MICHAEL WAGNER

Im Grab ist noch ein Eckchen frei

Sauerland-Krimi

BASTEI
LÜBBE
TASCHENBUCH

BASTEI LÜBBE TASCHENBUCH
Band 17792

Dieser Titel ist auch als E-Book erschienen

MIX
Papier aus verantwortungsvollen Quellen
FSC® C083411
FSC
www.fsc.org

Originalausgabe

Umschlaggestaltung: Christin Wilhelm, www.grafic4u.de
unter Verwendung von Motiven von © shutterstock: PhotoHouse |
Steve Collender | Iakov Kalinin | grafvision
Satz: two-up, Düsseldorf
Gesetzt aus der Minion
Druck und Verarbeitung: CPI books GmbH, Leck – Germany
ISBN 978-3-404-17792-9

1 3 5 4 2

Sie finden uns im Internet unter www.luebbe.de
Bitte beachten Sie auch: www.lesejury.de

BASTEI
LÜBBE
TASCHENBUCH

Weitere Titel des Autors:

Lünsch-Mord

Über den Autor

Michael Wagner, Jahrgang 1968, ist diplomierter Ingenieur der Produktionstechnik und gelernter Journalist. Heute arbeitet er als PR-Experte für ein großes Industrieunternehmen und lebt im nordhessischen Frankenberg (Eder). Sein Krimi-Debüt *Lünsch-Mord* um das skurrile Duo Theo Kettling und Lieselotte Larisch erfährt mit *Im Grab ist noch ein Eckchen frei* eine turbulente Fortsetzung. Die Romane der Kettling-&-Larisch-Reihe sind auch eine Liebeserklärung des Autors an seine Heimat, das Märkische Sauerland.

Für meinen Opa –
der mir so viel mitgegeben hat.
Johann Benisch, 1906–1987

Prolog

Was für ein herrlicher Frühlingstag, denkt sie. Die milde Vormittagssonne taucht das tief eingeschnittene Tal in ein goldenes Licht, und wenn sie den Kopf ein wenig aus dem Abteilfenster hält, kann sie trotz der laut schnaubenden Dampflokomotive, trotz der lebhaften Diskussionen der Frauen und des Geschreis der Kinder die Vögel zwitschern hören.

Im Zug ist es so voll, dass sie sich kaum rühren kann, doch das ist ihr egal. Die Fahrt, die sie schon am frühen Morgen angetreten hat, hat sich gelohnt. Das Gerücht stimmte: In einer der Bäckereien gab es Brot, und sie hat zwei Laibe für ihre Lebensmittelkarten bekommen.

Außerdem hat sie gleich noch das hübsche kleine Erinnerungsstück abgeholt, das er liegen gelassen hatte.

Dieser kleine Schussel – nun ist er schon fast dreizehn Jahre alt, und trotzdem vergisst er ständig irgendetwas. Immer muss sie auf ihn aufpassen, und wenn sie es mal nicht tut, passiert garantiert wieder ein kleines Unglück.

Böse aber kann sie ihm nicht sein. Er ist halt immer noch ihr Kleiner, und eigentlich will sie gar nicht, dass er in einigen Jahren erwachsen ist. Sie drückt die Brotlaibe an sich, schließt die Augen und genießt den Moment.

Sie vergisst die Not, die seit Monaten herrscht, und die Frage, wie sie ihre zwei Kinder jeden Tag satt bekommen soll. Sie vergisst sogar die Angst vor dem Besuch des Briefträgers, die Angst vor dem Feldpostbrief mit der Nachricht, dass sie ihren Mann niemals wiedersehen wird. Sie vergisst diesen ganzen verdammten Krieg, dessen Ende sich mehr und mehr anzukündigen scheint.

Durch das schrille Quietschen der Bremsen wird sie aus ihrer Ruhe gerissen. Der Zug steht, die Menschen im Abteil werfen sich ängstliche Blicke zu. Aus dem Stimmengewirr hört sie »feindliche Flugzeuge« und »Tiefflieger« heraus.

Gleich darauf fallen Schüsse – nicht in unmittelbarer Nähe, sondern in einiger Entfernung. Fest umklammert sie die Brote. Sie erwartet, dass die Reisenden die Flucht ergreifen, doch es bleibt alles ruhig, und schon bald setzt sich der Zug wieder in Bewegung. Alles scheint noch einmal gut gegangen zu sein, und sie spürt, wie das Pochen ihres Herzens langsam leiser wird.

Dann hört sie lautes Motorengeräusch von Flugzeugen. Es hat sich nicht allmählich entwickelt, sondern ist plötzlich da gewesen.

Im nächsten Moment erschüttern die Explosionen zweier Bomben den Zug. Es scheint ihr, als rüttele der Teufel selbst das Abteil durcheinander, als drückte seine Hand sie gegen die Sitzlehne und gegen die Wand neben dem zersplitternden Fenster. Instinktiv schlägt sie ihre Arme vor das Gesicht und kauert sich so klein wie möglich zusammen.

Als sie den Kopf wieder hebt und die Augen aufmacht, eröffnen zwei Maschinen vom Typ Republic P-47 Thunderbolt das Feuer aus ihren MGs. Die Geschosse durchschlagen das Dach und die Wände des Waggons, und fast jedes trifft. Der Lärm der Schüsse, das Geräusch berstenden Stahls vermischt sich mit Schreien wie von Tieren.

Sie könnte durch das zerschossene Fenster aus dem Zug springen und versuchen, irgendwo eine Deckung zu finden. Doch die Panik lässt kein rationales Denken mehr zu. Sie sieht, wie die Menschen kreischend und in Todesangst versuchen, zu einer der beiden Abteiltüren zu kommen, und läuft ebenfalls los. Sie springt durch Blutlachen und robbt über zerfetzte Körper: Körper von Erwachsenen und Körper von Kindern.

Neben dem Bild des Grauens – eines Grauens, das tausendmal schlimmer ist als alles Böse, was sie bisher gesehen und erlebt hat – sieht sie noch ein zweites Bild. Die Gesichter ihrer Kinder. Sie will nicht, dass sie ohne Mutter aufwachsen müssen; sie will beide in ihre Arme schließen. Sie will leben.

Es gelingt ihr, die Abteiltür und die dahinterliegende Plattform zu erreichen und vom Zug zu springen. Sie rennt und stolpert wie von Sinnen die steile Böschung mit den Gärten hinauf, die neben den Schienen liegen, versucht, zur etwa fünfzig Meter oberhalb liegenden Kirche zu gelangen.

Doch sie schafft es nicht. Nur wenige Schritte vom rettenden Gebäude entfernt trifft sie ein 12,7-Millimeter-Geschoss aus einem der Browning-M2-MGs und löscht das Bild des Grauens, das Bild ihrer Kinder und alle anderen Bilder in ihr aus.

1

Theo Kettling hatte keine Lust, hier noch länger zu sitzen. Wie immer, wenn er einen Termin bei seinem Orthopäden hatte, schien das Warten kein Ende zu nehmen, und wie immer verzögerte sich seine Untersuchung um mehrere Stunden.

Ein einziges Mal hatte er sich in den letzten fünf Jahren getraut, das sinnentleerte Schauspiel abzubrechen, war von seinem Stuhl im Büro des Arztes einfach aufgestanden und gegangen und hatte den gleichermaßen unfähigen wie unfreundlichen Mediziner ebenfalls einfach sitzen lassen. Dies allerdings hatte sich bitter gerächt, denn seitdem dauerte es noch länger, bis die herrisch auftretenden Sprechstundenhilfen verkündeten, er wäre nun an der Reihe. Und auch die eigentliche Untersuchung durch den Arzt mit ihrem überaus schmerzhaften Höhepunkt, dem Nervenwurzel-Provokationstest, sowie der anschließenden, gar nicht enden wollenden Begutachtung der Medikation zog sich fortan noch quälender in die Länge.

Theo verfluchte den Tag vor bald fünf Jahren, an dem sich mit einem zwar heftigen, aber eigentlich doch so profanen und unbedeutend erscheinenden Schmerz im unteren Rücken die Spirale des Unheils in Gang gesetzt hatte. Er dachte an die Diagnose »akuter Bandscheibenprolaps«, die ihm hier in dieser Praxis eröffnet worden war. Und an den gleichermaßen unsinnigen wie verhängnisvollen Rat des Arztes, sich schnellstmöglich einer Operation zu unterziehen.

Danach nämlich war alles nur noch schlimmer geworden.

Es hatte angefangen, auch im mittleren Rücken und im Nacken fürchterlich wehzutun, und phasenweise hatte er sogar Morphiumtabletten verschrieben bekommen, mit deren Einnahme die Schmerzen zwar auszuhalten gewesen waren, dafür aber war er von urplötzlich einsetzenden Träumen aller Art heimgesucht worden – am helllichten Tage, im Stehen und mit offenen Augen. Gar so unerträglich war sein Leiden zwar irgendwann nicht mehr gewesen, und auch das Morphium hatte er nach und nach absetzen können. Doch auch heute noch waren die Schmerzen im Rücken eigentlich immer da; auch dann, wenn er an etwas anderes dachte und sie deshalb nicht bewusst wahrnahm.

Das Schlimmste bei alldem aber waren nicht die Schmerzen, auch keine verrückten Tagträume oder anderen Nebenwirkungen von Medikamenten. Das Schlimmste war, dass diese verdammte Krankheit sein gesamtes Leben auf den Kopf gestellt hatte. Hatte er schon zuvor wenig Befriedigung bei dem Gedanken empfunden, seinen Lebensunterhalt als Konditor zu bestreiten, so war es ihm heute fast unerträglich, Frührentner zu sein und auf Kosten der Allgemeinheit zu leben.

Und zu allem Überfluss saß er – quasi als tragikomischer Höhepunkt des Ganzen – jedes Vierteljahr in der Praxis dieses tyrannischen Quacksalbers und musste dessen Launen über sich ergehen lassen.

Aber auch dieses Mal war es irgendwann geschafft. Irgendwann ließ der Arzt davon ab, Theos Bein weiter und weiter in die Höhe zu strecken, freilich erst, nachdem dieser ihm wie üblich vor Schmerz mit der Faust in die Seite geschlagen hatte. Schließlich und endlich war auch die Prüfung der Medikamentenliste abgeschlossen, allerdings nicht ohne den vorherigen obligatorischen Hinweis des Orthopäden, Theos Hausarzt werde ihn mit diesem Füllhorn an diversen Schmerzmitteln irgendwann noch ins Grab bringen.

Viel zu spät, um exakt 18.22 Uhr, verließ er die Praxis am Staberg. Zu spät, um sich noch eine halbe Stunde aufs Ohr zu hauen und den Schmerzen im Rücken etwas Einhalt zu gebieten. Zu spät, um sich im Bad halbwegs in Ruhe zurechtzumachen, und erst recht zu spät, um einfach noch etwas dazusitzen und sich zu freuen auf das, was da kommen würde und was zweifellos der Höhepunkt des gesamten Sommers 1974 war: das Klassentreffen!

Alle zwei Jahre trafen sie sich in der Ollen Piepe. Und immer noch war es so wie vor 30 Jahren. Obwohl sie charakterlich so unterschiedlich waren, oder eben gerade deshalb, waren sie ein eingeschworener Haufen gewesen. Einer war für den anderen da, und die autoritären Lehrer hatten alle Mühe gehabt, ihre Macht auszuspielen.

Theo freute sich darauf, gemeinsam mit den anderen die besten und lustigsten Anekdoten wieder aufleben zu lassen, Witze zu hören und Witze zu erzählen, zu rauchen und Bier und Schnaps zu trinken.

Gerade als er den Staberg hinuntergelaufen war und die Hochstraße erreicht hatte, fuhr ihm – trotz Winkens und hektischen Gestikulierens – der Einser vor der Nase weg. Der nächste würde zwar bereits in zehn Minuten kommen, doch so lange konnte und wollte er nicht warten. Mit Rückenschmerzen hetzte er die Hochstraße entlang und dann die Werdohler Straße. Kurz bevor er das Haus Nummer 195a erreichte, überholte ihn der nächste Einser.

Fluchend erklomm er seine Wohnung im dritten Stock, zog sich hastig aus, setzte sich in die Badewanne und drehte die Dusche auf. Weil einerseits sein Vermieter, dieser miesepetrige

Geizhals, nicht bereit war, eine moderne Dusche einbauen zu lassen und andererseits er, Theo, nicht über das notwendige handwerkliche Geschick verfügte, wenigstens eine Duschkopfhalterung über der Badewanne an der Wand anzubringen, war er seit siebzehn Jahren gezwungen, diese umständliche Form der Körperreinigung zu praktizieren.

Nachdem er unter den hässlich knackenden Geräuschen seiner Wirbelsäule der Wanne wieder entstiegen war, föhnte er sich das Haar zumindest so lange, dass es nur noch halbwegs feucht war, und trug eine unangemessen große Menge Eau de Cologne auf.

Einen Moment später stand er ratlos und hilflos vor dem Kleiderschrank. Er wollte gut aussehen, wollte attraktiv wirken. Was konnte daran so schwer sein? Denn heute war nicht nur Klassentreffen, was ja allein schon Grund genug war, ordentlich zu erscheinen, heute war das Klassentreffen, bei dem seit vielen, vielen Jahren zum ersten Mal wieder *sie* dabei sein würde: Christiane Born, heute Stuckmann, aber längst wieder geschieden und allein lebend – sein großer Kindheits- und Jugendschwarm.

Nach anstrengender Grübelei entschied er sich für eine ausgewogene Mischung zwischen legerem Chic und Eleganz, zog seine neueste Jeans an und ein Hemd mit modischem Wellenmuster in verschiedenen Orange- und Pinktönen, dazu seine noch am wenigsten ausgelatschten Lederschnürschuhe.

Dank eines kurzen, aber wenig rückenschonenden Sprints zur nur hundert Meter entfernt liegenden Haltestelle erwischte er gerade noch den Einser um 19 Uhr 7.

Halbwegs bequem auf dem graublauen Kunststoffsitz hockend, konnte er endlich tief durchatmen. Und ging in Gedanken die Menschen durch, die er, bis auf zwei oder drei

Ausnahmen, seit zwei Jahren nicht gesehen hatte und die ihm – ebenfalls bis auf zwei oder drei Ausnahmen – so viel bedeuteten. Er dachte an Elfriede Henke, heutige Nöllenkamp, das Organisationstalent, das sämtliche Klassentreffen seit sechsundzwanzig Jahren organisiert hatte. An Walter Stutenkötter, den Elektriker, dem es schon unzählige Male gelungen war, Theos uralten Schwarzweiß-Fernseher irgendwie wieder ans Laufen zu bringen. An Willi »Schlotti« Schlottmann, der spätestens nach seinem fünften Bier wieder mit gekonnten Parodien von Prominenten glänzen würde.

Und auch der Rest der üblichen Verdächtigen würde wieder mit dabei sein: Eva Brocke, verheiratete Pohl – ein lebenslustiger und humorvoller Wirbelwind, dazu noch ein sehr hübscher. Wo sie war, war immer was los. Das hatte sich in all den Jahren nicht geändert, und bei jedem Klassentreffen hatte allen voran sie für gute Laune gesorgt. Seit beinahe zwanzig Jahren lebte sie mit ihrem Mann und den drei Kindern in Frankfurt-Bornheim, doch sie war immer zum Klassentreffen erschienen.

Rolf Menkhoff – der Fabrikant, der es von allen am weitesten gebracht hatte. Nach seiner Lehre, dem Nachholen des Abiturs und dem Absolvieren der Ingenieursschule hatte er sich selbstständig gemacht und aus den berühmten kleinsten Anfängen heraus nach und nach ein Unternehmen aufgebaut, das mittlerweile fast 250 Mitarbeiter an mehreren Standorten beschäftigte und als ausgewiesener Spezialist für fortschrittliches Elektroinstallationsmaterial galt. Die Arbeit kam bei ihm stets an erster Stelle, weshalb er auch nicht an allen Klassentreffen teilgenommen hatte. Diesmal aber würde er dabei sein, und Theo freute sich darauf, ihn wiederzusehen, weil Rolf bei allem Erfolg auf dem Teppich geblieben war und seinen angenehmen Charakter nicht verloren hatte.

Heinz Plettenkämper – der Lebenskünstler, der immer wieder eine windige Geschäftsidee fand, damit jeweils eine Zeit lang sehr erfolgreich unterwegs war und viel Geld machte. Der dann irgendwann übermütig wurde und alles in den Sand setzte. Doch Heinz stürzte niemals ganz ab, wurde niemals zum Sozialfall. Er schüttelte sich zwei-, dreimal, hatte die nächste Geschäftsidee, und das Drama ging von vorne los. Allerdings wuchs die Liste derer, die nicht besonders gut auf ihn zu sprechen waren, mit jeder neuen beruflichen Episode an. Immer blieben irgendwo Leute zurück, die anstatt seiner den Schaden zu tragen hatten. Im Moment hatte er seinen Lebensmittelpunkt im norddeutschen Oldenburg und war – wieder einmal – in Versicherungen unterwegs. Es fiel nicht schwer zu glauben, dass er auch das Klassentreffen dazu nutzen würde, einem oder besser gleich mehreren seiner ehemaligen Schulkameraden irgendeine Police aufzuschwatzen.

Marianne Brüseke, verheiratete Dierbusch – als Jugendliche die graueste Maus, die man sich nur vorstellen konnte. Nicht hässlich, aber völlig unscheinbar. Sie hatte auf die Jungen weder attraktiv noch unattraktiv gewirkt; sie hatte ganz einfach gar nicht gewirkt und hatte auch unter den Klassenkameradinnen kaum Freundinnen gehabt, da sie sich vorwiegend mit sich selbst zu beschäftigen schien und nur selten den Eindruck erweckt hatte, Kontakt zu suchen. Nach der Schulzeit aber hatte sie ganz offenbar irgendeine erstaunliche Entwicklung durchlaufen. Nach einigen Jahren war Theo – und wohl auch den anderen – aufgefallen, dass sie von Klassentreffen zu Klassentreffen hübscher wurde und immer kommunikativer und eloquenter wirkte. Und heute nun, mit Anfang 40, war sie zweifellos die schönste und charmanteste Frau der ehemaligen Klasse b des Einschulungsjahrgangs 1938.

Harry Hölscher – der Eigenbrödler. Harry sagte selten etwas. Er saß da, hörte hin und wieder den Gesprächen und Witzen zu, ohne dass er dabei sonderlich großes Vergnügen zu haben schien. Je höher allerdings sein Alkoholpegel stieg, umso näher kam der Punkt, da er – stets urplötzlich – äußerst mitteilsam wurde. Wer dann gerade neben ihm saß, hatte den schwarzen Peter gezogen. Harry erzählte und erzählte; nicht über das Wetter, nicht über Politik und Gesellschaft, nicht über Musik oder Filme und auch nicht über Krankheiten. Nein, wenn Harry dozierte, dann über sein in höchstem Maße skurriles und einziges Hobby: Aufzüge. Alles, was an Literatur zu diesen, wie er selbst sagte, *Wunderwerken der Technik* vorhanden war, stand in seinem Bücherregal, und Harry war im Laufe der Jahre durch die ganze Republik, ja durch ganz Europa gereist, um seltene Exemplare zu inspizieren und eine Probefahrt zu unternehmen. Und auch heute würde ganz sicher wieder – vermutlich irgendwann zwischen elf und Mitternacht – das mit feuchten Augen und beeindruckendem Pathos vorgetragene Bekenntnis Harrys in die Runde schallen: »AUFZÜGE SIND MEIN LEBEN!«

Ingeborg Vollmann – die Emanze. Theo und den anderen männlichen Teilnehmern des Klassentreffens ein Graus und auch bei den Frauen umstritten, weil in ihren Ansichten und Forderungen unangemessen radikal und, so zumindest die weitgehend einhellige Meinung, weit über das Ziel hinausschießend. Theo hoffte inständig, dass Ingeborg Vollmann bereits in der Ollen Piepe war, damit er sich einen Platz möglichst weit von ihr entfernt würde suchen können und nicht das Gleiche würde erleiden müssen wie vor vier Jahren, als sie ihm in nicht enden wollenden Doktrinen klarzumachen versuchte, dass Männer generell niederträchtig seien, gipfelnd in der nicht näher begründeten These, er, Theo, gehöre auch dazu, zu der Sorte Männer, die man nur als Schwein inmitten eines reaktionär-sexistischen Schweinesystems bezeichnen könne.

Christiane Born, verheiratete Stuckmann, schon lange aber wieder geschieden, und, wie man hörte, derzeit alleine lebend. Was für ein Mädchen! Theo war seine ganze Kindheit lang und beinahe auch seine ganze Jugendzeit in sie verliebt gewesen. Und auch wenn er bis auf ein dreitägiges Intermezzo mit lediglich einigen Zungenküssen keine Chance bei Christiane gehabt hatte, so hatte doch die Begeisterung für sie nicht nachgelassen und war erst schwächer geworden, als die Schulzeit zu Ende gewesen war und man sich weitgehend aus den Augen verloren hatte. Sie war nur noch die ersten zwei Male beim Klassentreffen gewesen; dann war sie angeblich irgendwohin ins Ruhrgebiet gezogen, und von dieser Zeit an hatte Theo nie wieder etwas von ihr gehört. Nun aber war es Elfriede Nöllenkamp gelungen, sie ausfindig zu machen und einzuladen, und zu Theos beinahe euphorischer Freude hatte Christiane angekündigt, in der Ollen Piepe zu erscheinen.

Theo Kettling – der … er überlegte … Durchschnittliche. Nein, das klang zu negativ. Vielleicht »der Normale«? Ja, das ging; es war zumindest nicht völlig gelogen und hörte sich halbwegs erträglich an. Also weiter: der Normale, der eigentlich ganz sympathisch … konnte man das sagen, fanden die Leute ihn sympathisch? Der Normale, der eigentlich ganz nett war und der meistens … nein, der in aller Regel … der hin und wieder einen … hm … ruhigen und ausgeglichenen …

Ach, zum Teufel – es ging ganz einfach nicht. Er konnte sich nicht selbst charakterisieren, ohne sich die Vorfreude auf das Klassentreffen komplett zu versauen.

Als Theo an der Haltestelle »Wiedenhof/Bahnhof« ausgestiegen war und nach ein paar Schritten die Olle Piepe erreichte, standen bereits Elfriede Nöllenkamps VW K 70 und Marianne Dierbuschs Peugeot 304 Cabrio vor der Gaststätte. Neben dem Peugeot war ein weiteres französisches Fahrzeug auf dem kleinen Platz mit der Fahrzeugwaage abgestellt, ein giftgrüner Simca 1000 Rallye 2 mit Frankfurter Kennzeichen. Das schneidige kleine Auto musste Eva gehören. Offenbar war sie es leid gewesen, in der Großstadt immerfort mit einer unhandlichen Familienkutsche herumzufahren, und hatte sich den Simca als Stadtflitzer gekauft. Ein Fahrzeug, das ganz zweifellos zu ihr passte und genauso temperamentvoll war wie sie selbst.

Schon im Vorraum der Ollen Piepe mit dem Zigarettenautomaten konnte er es mehr oder weniger deutlich vernehmen: »Theeooo!« Er wunderte sich, dass die anderen ihn durch das kleine Fenster an der Straßenseite der stets mit Zigarettenqualm vollgeräucherten Kneipe hatten kommen sehen. Doch nachdem er die Tür zum Gastraum geöffnet hatte, begriff er, dass es gar nicht seine Klassenkameraden waren, die nach ihm riefen, sondern die griechisch-deutsche Schlagersängerin Vicky Leandros, die ihren Kassenschlager »Theo, wir fahr'n nach Lodz« mit Hilfe der alten Stereoanlage des Wirtes zum Besten gab. Seit einigen Wochen wurde der Gassenhauer im Radio rauf und runter gespielt; sehr zu Theos Leidwesen, weil er bei jeder Gelegenheit von allen möglichen Leuten damit aufgezogen wurde. Und kaum hatten die alten Schulkollegen ihn bemerkt, da brandete auch im Gastraum der Piepe Jubel auf, und sofort danach stimmten alle in Vicky Leandros' Gesang ein – »Theeooo, Theeooo …«.

Der wirkliche Theo lächelte dünn, schlug ihm doch das Herz bis zum Hals in der Erwartung, nun Christiane Born, heutige

Stuckmann, in die Augen zu blicken. Doch halb beruhigt, halb enttäuscht stellte er fest, dass sein großer Schwarm aus vergangenen Tagen noch nicht da war.

Er ging die Anwesenden mit zwei, drei schnellen Blicken durch und stellte fest, dass ansonsten nur Heinz Plettenkämper fehlte. Vermutlich würde er wie üblich ein bis zwei Stunden später kommen, mit irgendeiner neuen Angeberkarre, reichlich gehetzt wirken und von wichtigen Terminen faseln, die ein pünktliches Erscheinen unmöglich gemacht hätten.

Alle anderen waren da – auch Ingeborg Vollmann und Harry Hölscher. Nun konnte er sich einen freien Platz wählen, der so weit weg wie nur möglich von den beiden war, und damit zumindest für die ersten ein oder zwei Stunden des Abends sicherstellen, weder von Vorträgen über die beeindruckendsten Aufzüge in Südskandinavien noch über die Suffragettenbewegung in England ins Koma versetzt zu werden. Wie gewöhnlich musste Theo in den ersten Minuten seiner Anwesenheit unzählige Fragen nach seinem »schlimmen Rücken« beantworten, woraufhin – trotz der Beteuerung, es gehe schon – jeweils ein wahres Feuerwerk an Genesungswünschen sowie an gleichermaßen unnützen wie nervtötenden gesundheitlichen Ratschlägen folgte.

Endlich brachte die junge Aushilfsbedienung, die von Marianne Dierbusch Gabi genannt wurde und die Theo von irgendwoher kannte, sein erstes Herrengedeck – einen Korn und ein Bier. In der Piepe gab es Andreas-Pils; nicht gerade seine Lieblingsmarke, aber man bekam es runter. Wie zu Beginn jedes feuchtfröhlichen Abends nahm er sich vor, dieses Mal so hochkonzentriert mitzuzählen, dass er am Ende exakt wissen würde, wie viele Gläser er getrunken hatte.

Die Tür wurde aufgerissen, und teils von Applaus, teils von

gequältem Aufstöhnen begleitet begrüßte Heinz Plettenkämper die Runde mit einem laut ausgerufenen »Hey, Leute – da bin ich!« Das rief er immer, und es klang immer wie: »Platz da – jetzt komm ich!«

Offenbar war nun der harte Kern komplett versammelt, und Marianne Dierbusch förderte ihre neueste Errungenschaft aus einer schicken Ledertasche zutage – eine Sofortbildkamera des Typs SX-70 von Polaroid. Außerdem stapelte sie noch eine ganze Batterie von Filmen vor sich auf den Tisch und legte den ersten davon mit fachmännisch wirkenden Griffen und unter erwartungsfreudigen Blicken in die schwarz-braune Kamera ein. Fortan klickte, blitzte und surrte es alle paar Minuten, und anschließend blickten die Fotografierten gebannt auf die sich wie durch Geisterhand langsam entwickelnden Aufnahmen.

Keine Frage: Marianne Dierbuschs Fotoapparat und die von ihm produzierten Bilder waren trotz fragwürdiger Farbqualität die Stars des Abends. Selbst die von Elfriede Nöllenkamp wie eh und je mitgebrachten und in die Runde gereichten Schulfotos schienen erstmals seit Jahrzehnten nur Nebensache zu sein. Die wenigen Aufnahmen, die während der Schulzeit gemacht worden waren – alle in Schwarzweiß, aber schärfer als Marianne Dierbuschs Sofortbilder –, wurden diesmal nur kurz und wohl eher aus Höflichkeit betrachtet, und sofort danach wandte man sich wieder auf Fotopapier festgehaltenen Momenten zu, die fast live waren, weil sie Situationen wiedergaben, die man nur Minuten zuvor erlebt hatte.

Offensichtlich etwas enttäuscht über das unerwartete Desinteresse, hatte Elfriede Nöllenkamp aber noch einen Pfeil im Köcher. Neben den vier altbekannten Fotografien – von der Einschulung 1938, vom Unterricht im Freien mit Klassenlehrer

Gottfried Könning 1941, vom Unterricht im Klassenraum mit Gottfried Könning zwei Jahre später sowie von der Ausschulung 1946 – hatte sie noch eine weitere dabei.

»Wisst ihr das noch? Die hat mein Großonkel gemacht, als wir im vorletzten Schuljahr auf Klassenfahrt in Altena waren. Die ist dann auch bei mir ganz in Vergessenheit geraten, aber als mein Onkel Max vor einem halben Jahr gestorben ist und ich mitgeholfen habe, sein Haus auszuräumen, da fiel sie mir wieder in die Hände.«

An die Klassenfahrt zur Jugendherberge auf Burg Altena im Herbst 1944 erinnerten sich alle; an den Amateurfotografen Max Henke, der eigens aus Lüdenscheid gekommen war, um das Erinnerungsfoto zu machen, nur wenige.

Und anscheinend niemand außer Elfriede Nöllenkamp kannte das Mädchen, das an dritter Stelle von rechts in der hinteren Reihe stand.

»Das ist Ingrid Heimann. Sie war nur vier Monate bei uns. Ihr Vater war im Krieg, so wie fast alle unsere Väter. Und ihre Mutter hatte im Ruhrgebiet in irgendeinem Rüstungsbetrieb gearbeitet, bevor sie mit Ingrid nach Lüdenscheid kam. Doch nach nur vier Monaten ging sie dann wieder zurück ins Ruhrgebiet; ich weiß auch nicht mehr, wie und warum.«

Trotz der prächtigen Stimmung wurde Elfriede Nöllenkamp plötzlich nachdenklich.

»Als sie in unsere Klasse kam, wurden wir sofort Freundinnen. Wir waren unzertrennlich, gingen zusammen ins Kino, haben uns darüber unterhalten, welche Jungs nett waren und welche nicht, und haben heimlich unsere erste Zigarette geraucht. Wenn ich ganz ehrlich bin, dann war das die schönste Zeit meines Lebens.«

Nun war es nicht mehr nur Nachdenklichkeit, die in Elfriede

Nöllenkamps Stimme mitschwang, nun war es Traurigkeit und tiefes Bedauern.

»Als sie wegzog, wollte ich nicht mehr leben. Es war nicht so, dass ich meiner Mutter nur gesagt hätte, ich wolle nicht mehr leben. Nein, ich konnte … ich wollte wirklich keinen Sinn mehr erkennen ohne sie. Ich dachte jeden Tag an Ingrid, und ich kämpfte dagegen an, dass der Schmerz zurückginge, dass sich Licht in mein Dunkel mischte.«

Ihre Mitschüler, die gerade noch so ausgelassen feierten, schwiegen jetzt, wirkten zumeist ebenfalls berührt und hingen geradezu an Elfriede Nöllenkamps Lippen.

»Doch sosehr ich mich auch dagegen sträubte – irgendwann wurde der Schmerz weniger, und ich konnte mich wieder über Dinge freuen.«

Wären nicht die beiden volltrunkenen Idioten an der Theke gewesen, die irgendetwas von »In gut zwei Wochen sind wir Weltmeister, und morgen putzen wir erst mal die Ostzone« faselten, man hätte eine Stecknadel fallen hören können.

»Irgendwann fiel mir auf, dass ich mich nicht mehr an ihre Stimme erinnern konnte und später auch nicht mehr an ihr Gesicht.«

Hastig wischte sie sich mit dem Handrücken eine Träne von der Wange.

»Und wenn ich dieses Foto da ein paar Jahre später gefunden hätte … ich glaube, mir wäre nicht einmal mehr ihr Name eingefallen.«

»Hast du irgendeinen Anhaltspunkt, wo sie heute leben könnte?«, fragte Marianne.

»Nein, ich weiß noch nicht so recht, wo ich ansetzen soll. Aber ich habe mir fest vorgenommen, sie zu finden. Ich will sie unbedingt wiedersehen.«

Es folgten verschiedene Ratschläge zum Aufstöbern des Mädchens Ingrid Heimann, und schon bald lockerte die Stimmung wieder auf. Es wurde getrunken und geraucht, und Marianne Dierbusch fotografierte mit ihrer Polaroid SX-70 alles kurz und klein.

Als Theo sich eine seiner Krone-Zigaretten angezündet und den ersten Schluck aus seinem vierten Glas Bier sowie – natürlich in einem Zug – den Korn zu sich genommen hatte, blickte er mehr zufällig zur Tür und sah, wie eine überaus ungepflegt wirkende Frau den Gastraum betrat.

Sie schritt auf die zwei zusammengestellten Tische zu, blieb vor der Gruppe stehen und blickte ausschließlich in fragende Gesichter.

Theo erkannte sie prompt als Erster und erschrak beinahe zu Tode.

Das war Christiane Born. Heutige Stuckmann. Seine große Liebe aus Kinder- und Jugendtagen. Sie wog mindestens 110 Kilo, ihr früher so seidiges brünettes Haar hing in fettigen Strähnen von ihrem kugelrunden Kopf, und wenn sie einen Zahnarzt hatte, dann musste der letzte Behandlungstermin sehr lange zurückgelegen haben. Dazu trug sie abgelatschte Sandalen, deren helles Beige die schmutzigen Zehennägel zusätzlich betonte, einen Minirock, der selbiges in Bezug auf ihre dicken Beine übernahm und – als Krönung des Ganzen – ein viel zu enges knallbuntes T-Shirt, das jedes einzelne Speckröllchen perfekt zur Geltung brachte.

Während die anderen mehr oder weniger erfolgreich versuchten, ihr Entsetzen zu überspielen, und versicherten, man freue sich wahnsinnig, sie nach so langer Zeit wiederzusehen, und sie, Christiane, habe sich über all die Jahre gar nicht verändert, blickte Theo gedankenverloren in eine ganz andere

Richtung. Inständig hoffte er, nicht erkannt zu werden. Doch wie üblich brachte die Schauspieleinlage nicht den gewünschten Erfolg.

»Aaah, wen haben wir denn da?«, rief Christiane Stuckmann spitz aus. »Na, wenn das mal nicht mein lieber Theo ist!«

Mit einem unerwartet schnellen Satz sprang sie auf den freien Stuhl neben Theo und rückte so nah an ihn heran, dass sie fast auf seinem Schoß saß.

Seitdem er vor einigen Tagen erfahren hatte, dass Christiane zum Klassentreffen erscheinen würde, hatte er sich wie ein zum ersten Mal verliebter Teenager die Begegnung mit ihr ausgemalt, hatte mit pochendem Herzen Stunden, später auch Minuten gezählt und dabei die Langsamkeit der vorüberfließenden Zeit verflucht. Wie sehr hatte er sich gewünscht, sie würde sich nicht einfach irgendwo hinsetzen, sondern ganz gezielt einen Platz neben ihm wählen. Und nun, da genau das flehentlich Ersehnte eingetreten war, wäre er am liebsten im Erdboden versunken.

Er stürzte sein Bier in einem Zug hinunter und rief der Bedienung namens Gabi zu, sie möge ihm schnell ein frisches Herrengedeck bringen. Es war doch immer so: Je mehr er trank, desto schöner wurden die Frauen um ihn herum. Dennoch war er skeptisch, dass die Maßnahme in diesem Fall funktionieren würde.

Christiane Stuckmann nahm Theo sofort in Beschlag, indem sie überaus lebhaft und ohne Punkt und Komma auf ihn einredete. Das einzig Tröstliche an der Situation war, dass er sich nicht sonderlich auf die »Unterhaltung« konzentrieren musste. Es reichte, wenn er Interesse durch regelmäßiges Kopfnicken heuchelte und hin und wieder ein »Ja« oder auch ein »Mhm« nuschelte.

Er hatte sich schon seelisch darauf eingestellt, für den Rest des Abends neben dieser auf so subtile Weise fremden Frau zu sitzen, die nicht nur ununterbrochen sprach, sondern auch alles andere als angenehm roch. Doch nach einer knappen halben Stunde und weiteren drei Herrengedecken war er erlöst. Christiane Stuckmann stand auf und suchte sich ihr nächstes Opfer.

Wie zur Feier dieses erhabenen Augenblicks legte der Wirt wieder die Single mit seinem Lieblingslied auf, das, zumindest an diesem Abend, offenbar das Lieblingslied aller war. Die Nadel setzte auf das Vinyl auf, und zwei Sekunden später rief Vicky Leandros – und weiß Gott nicht nur sie – »Theeooo …«.

Theo verband das Angenehme mit dem Nützlichen und verschwand unter den Protestbekundungen der vereinigten Theeooo-Brüller auf die Toilette. Nachdem er seine Blase entlastet hatte, ging er zum Waschbecken, förderte aus einem in seiner Hosentasche mitgeführten Röhrchen Spalt-Tabletten zwei Stück heraus und spülte beide mit einem großen Schluck Wasser hinunter. Wäre sein Orthopäde Zeuge der gleichsam eigenmächtigen wie unerlaubten Einnahme gewesen, hätte es mit Sicherheit ein fürchterliches Donnerwetter gegeben. Doch der war nicht da, und so sorgte Theo mit dem illegalen Medikamentenkonsum einerseits dafür, dass der Schmerz im Rücken etwas zurückgehen und andererseits der Brummschädel am nächsten Morgen nicht ganz so peinigend daherkommen würde.

Zurück am Platz und dort weit genug entfernt von Christiane, Harry und Ingeborg, gerieten die folgenden Minuten dennoch zu einer Belastungsprobe für seine Nerven. Er hatte zwei Jahre zuvor – wenn auch nicht allein und streng genommen eher begleitend – einen Mordfall aufgeklärt. Noch beim Klassentreffen 1973 war es ganz eindeutig und ausschließlich

Bewunderung gewesen, die ihm seine ehemaligen Schulkameraden entgegengebracht hatten. Man hatte ihn mit allen denkbaren Fragen regelrecht gelöchert, und Theo war der unumstrittene Star des Abends gewesen.

Ein Jahr später aber gab es nichts mehr, das noch nicht beantwortet worden war. Stattdessen konzentrierten sich die Anwesenden darauf, den »Freizeit- und Hobbyermittler« auf den Arm zu nehmen. Wohlwollend bis liebevoll zwar, aber deshalb kaum weniger nervend. Theo Poirot, Hercule Kettling, Mr. Marple – die Kreativität am Tisch schien keine Grenzen zu kennen, und immer wieder wurden Forderungen laut, er möge doch den Tatort-Kommissaren Trimmel, Finke, Haferkamp und wie sie doch sonst gleich alle hießen, auf die Sprünge helfen; der Sonntagabend ziehe sich ansonsten ja unerträglich in die Länge.

Als die ausgelassene Runde sich endlich bequemte, zu anderen Themen überzugehen, fiel Theo auf, dass es nun doch wieder passiert war: Er hatte keinen Überblick mehr über die bislang konsumierten Herrengedecke.

Allenfalls war er in der Lage, ein grobes Spektrum zu umreißen, das bei elf bis vierzehn Stück lag.

Durch den mittlerweile recht beträchtlichen Alkoholpegel etwas verschwommen sah er Heinz, Rolf und Eva an jener schmalen Seite der Theke stehen, die fast an die Tür zum kleinen Vorraum grenzte.

Nun war es also so weit: Heinz begab sich auf die Suche nach Opfern für gute Geschäfte. Theo ärgerte sich über die Kaltschnäuzigkeit seines Klassenkameraden, dem ganz offensichtlich ein paar schnell verdiente Mark wichtiger waren als Freundschaften. Diese Erkenntnis war zwar nicht neu, aber dennoch schmerzhaft.

Da man in der Ollen Piepe für den Gang an die frische Luft ebenso an der Theke vorbeimusste wie für den Weg zum Zigarettenautomaten im Vorraum, blieben immer mal wieder einzelne Teilnehmer des Klassentreffens bei den dreien stehen, verabschiedeten sich aber jedes Mal nach einem kurzen Moment wieder. Anscheinend kam nur für Eva und Rolf der Abschluss einer neuen Versicherung in Frage.

Obwohl Theos Bierglas noch halb voll war, brachte Gabi schon wieder ein frisches Herrengedeck. Er ließ das alte Pils stehen, kippte das neue auf ex hinunter und ließ einen ungewollten, aber dennoch überaus lautstarken Rülpser folgen, für den er umgehend anerkennenden Applaus erhielt.

Schlagartig übermannte ihn eine massive Müdigkeit, was angesichts der ungezählten Herrengedecke aber auch kaum verwunderlich war. Gegen die bleierne Schwere ankämpfend, sah er zu Christiane Stuckmann hinüber, deren Anblick noch immer nicht attraktiv, ja nicht einmal erträglich war. Im Gegenteil: Mit ihrem großen Mund und dem oben am Kopf angeklatschten und ganz unten, an den Schultern, strähnigen Haar erinnerte sie Theo an den Kiemenmenschen aus Jack Arnolds Horrorschocker »Der Schrecken vom Amazonas«.

Heinz' Akquise dauerte unterdessen erstaunlich lang. Selbst als Schlotti ein fiktives Streitgespräch zwischen Willi Brandt, Heinz Erhardt und Else Tetzlaff überaus gekonnt vortrug, blieben er, Rolf und Eva an der Theke stehen, schauten nur hin und wieder kurz herüber, lachten über Schlottis Gags und widmeten sich dann wieder ihrer Unterhaltung.

Theo hatte immer größere Mühe, seine Gedanken zu koordinieren, und er trank längst nicht mehr, weil es ihm schmeckte, sondern schüttete den Alkohol sinnlos in sich hinein. Immerhin bekam er noch mit, wie unter grölendem

Gelächter die üblichen Dönekes erzählt wurden, einige ganz sicher wahr, andere eher erfunden, wie die des heimischen Jägers, der nach dem Genuss zahlreicher Schnäpse versehentlich eine Kuh erschossen hatte. Und er bekam auch noch mit, dass Ingeborg dem tatsächlich noch schlimmer als Theo vom Alkohol gezeichneten Harry klarzumachen versuchte, dass diese ganzen Schulmädchen-Report-, Hausfrauen-Report-, Lehrmädchen-Report- und sonstigen schwachsinnigen Report-Filmchen Frauen zu reinen Lustobjekten degradierten, während er, Harry, ihr davon berichtete, dass der erste absturzsichere Personenaufzug der Welt 1857 in einem Geschäft in New York City eingebaut worden sei und dass seit Beginn des laufenden Jahres in der Bundesrepublik und Westberlin keine Paternoster mehr errichtet werden dürften.

»Du kannst doch unmöglich wollen, dass das gesamte weibliche Geschlecht derart diskriminiert wird!«

Harry bekam feuchte Augen und blickte weihevoll nach oben. Endlos lang erscheinende Sekunden saß er da, ohne ein Wort zu sagen und im Ringen nach Fassung nur zwei-, dreimal schluckend. Ingeborg, das war ihrer Miene anzusehen, erwartete ein Eingeständnis der Schuld. Doch stattdessen trug Harry mit tränenerstickter Stimme den Satz vor, der einfach nicht fehlen durfte und der offenbar von allen anderen längst erwartet worden war. Unmittelbar nämlich nachdem es raus war – »AUFZÜGE SIND MEIN LEBEN!« –, brandete unbeschreiblicher Jubel auf. Nur Harry selbst und Ingeborg stimmten nicht ein. Stattdessen sprang Letztere von ihrem Platz auf und verließ wortlos das Klassentreffen. Theo blickte ihr mit schweren Lidern hinterher und sah sie in Gedanken zu ihrer Ente mit dem großen Heckaufkleber »ATOMKRAFT? NEIN DANKE« stapfen, sich wütend hineinschmeißen und davontuckern.

Obgleich Ingeborgs Abschied gewiss nicht auf allgemeines Bedauern stieß, taten es ihr Eva und Heinz gleich. Beide hatten noch eine weite Autofahrt vor sich – sie nach Frankfurt, er nach Oldenburg – und beide rechtfertigten sich, man habe am Samstag Verpflichtungen und könne es sich nicht leisten, erst am frühen Morgen wieder zu Hause zu sein.

Theo hatte gar nicht mitbekommen, wie sich die Gesprächsrunde an der Theke aufgelöst hatte. Er sah auf seine Armbanduhr, die Viertel nach elf anzeigte, und stellte erstaunt fest, dass er mindestens eine halbe Stunde lang tief geschlafen haben musste. Sein Rausch war dadurch etwas zurückgegangen, nahm aber gleich wieder an Intensität zu, als er die drei Herrengedecke, die sich mittlerweile vor ihm gesammelt hatten und längst nicht mehr kalt waren, hastig hinuntergoss.

Kurze Zeit später war auch für Rolf das Klassentreffen 1974 beendet. Nachdem er das hinter der Theke stehende Telefon des Wirtes benutzt hatte, zog er sich mit gehetzt wirkendem Gesicht seine Jacke über.

»Das war ja mal wieder klar. Habe gerade mit meiner Frau gesprochen. In unserem neuen Werk in Stuttgart gibt es ziemliche Probleme, die ganze Produktion steht. Es hilft nichts, ich fahre da jetzt runter, dann kann ich mich gleich morgen früh kümmern und verliere keine weitere Zeit.«

»Wie willst'n da jetzt noch'n Hotel kriegen?«, fragte Schlotti.

»Das ist kein Problem. Ich habe ein Appartement – bin ja eh mindestens einmal die Woche dort.«

Er verabschiedete sich von den sieben letzten Mohikanern, wobei es vor allem Theo, Walter und Harry schwerfiel, einen akustisch verständlichen Abschiedsgruß zu artikulieren, und brach in Richtung Stuttgart auf.

Theo würde später nicht ansatzweise genau sagen können,

wie lange man anschließend noch in der Ollen Piepe zusammengesessen hatte. Vielleicht zehn Minuten, vielleicht eine halbe, vielleicht eine Dreiviertelstunde. Aus irgendeinem unerfindlichen Grund befand sich stets wieder ein frisches Herrengedeck vor ihm, und wenn er den Inhalt der beiden Gläser – längst schaudernd und sich schüttelnd – heruntergebracht hatte, standen bereits zwei neue auf dem Tisch. Es war wie in der Sage des Sisyphos, der wieder und wieder einen mächtigen Felsblock den steilen Hang hinaufrollen muss, nur war der große Stein hier ein Herrengedeck, und nicht Sisyphos in der Unterwelt war Protagonist dieses zermürbenden Schauspiels, sondern Theo in der Ollen Piepe.

Verschlimmert wurde die Situation noch dadurch, dass Christiane sich wieder neben ihn gesetzt hatte. Merkwürdig verzerrt und irgendwie leiernd hörte er ihre Stimme, hörte aber nicht, was sie sagte, oder begriff es zumindest nicht. Er spürte ihren unangenehmen Atem, spürte, wie dieser näher und näher kam, und fühlte plötzlich etwas Feuchtes, Warmes, Labberiges an seiner Zunge. Es war, als wirbele ein mächtiges Stück Fleisch durch seine Mundhöhle, und streng genommen war es ja auch so.

Endlich vernahm er die Worte »so langsam Schluss machen« und »nach Hause«, wer immer sie auch ausgesprochen haben mochte. Jemand griff ihm unter die Arme, zog ihn nach oben und half ihm, in den Vorraum zu kommen, wo sich – wie man erst jetzt entdeckte – Harry schlafen gelegt hatte. Theo verfiel ebenfalls immer wieder für einige Sekunden in einen schlafähnlichen Zustand und war auch dazwischen nicht wirklich wach. Es bereitete ihm große Mühe, den verschwommenen Bildern, die er sah, und den zäh klingenden Geräuschen, die er hörte, eine Bedeutung zuzuordnen.

Harry und er wankten auf einen beigen Mercedes mit gelb leuchtendem Schild auf dem Dach zu; offenbar von jemandem gestützt, denn immer, wenn er wegzusacken drohte, wurde er wieder nach oben gezogen, und auch Harry kam immer wieder auf die Füße, obwohl ihm jede Körperspannung fehlte. Er sah aus wie eine Marionette, die man an den Fäden hochzieht und aufrichtet. Wenig später lag er auf der Rücksitzbank des Mercedes, während sich Theo eingerollt und in einer Mischung aus Liegen und Sitzen auf dem Beifahrerplatz befand. Er hörte das Brummen und Nageln des Mercedes Diesel und sah verschiedene Straßen seiner Stadt. Dann sah er das Haus, in dem er wohnte, und er wunderte sich, dass das beigefarbene Auto zufällig genau hier anhielt. Er sah Fragmente des Treppenhauses, Fragmente seiner Wohnung und sah – endlich – sein Bett. Er ließ sich fallen, und noch ehe er auf der Matratze gelandet war, wurde es schwarz.

2

Das Erste, was Theo Kettling wahrnahm, war das Gesicht. Es hatte ein verschmutztes Fell, zumindest noch an zwei oder drei Stellen, und gläserne braune Augen mit großen schwarzen Pupillen. Das Gesicht seines Teddybären Fipsi, des besten und treuesten Freundes aus Kindheitstagen. Ein Freund, den er einfach nicht wegwerfen konnte und der deshalb seit Jahren, eigentlich seit Jahrzehnten, seinen festen Platz oben auf dem Kleiderschrank im Schlafzimmer hatte.

Aus der Tatsache, dass er Fipsis Gesicht deutlich erkennen konnte, schloss er, dass es draußen bereits hell geworden war – was allerdings nicht viel hieß, weil es der 21. Juni war und die Sonne bereits um kurz nach vier aufging.

Gerade wollte er versuchen, seinen Arm zu befreien, der unter dem Kopfkissen vergraben war, um auf die Uhr zu schauen, als das Telefon schrill klingelte. »Welcher Idiot ruft mich mitten in der Nacht an?«, murmelte er, als er schwankend und von urplötzlich einsetzenden Schmerzen in Kopf und Rücken gepeinigt in die Diele wankte.

Es war Elfriede Nöllenkamp, deren Stimme er auch in seinem Zustand deutlich anmerkte, dass etwas passiert sein musste.

»Du weißt es noch nicht, oder?«

»Äh, nein … was meinst du, Elfriede?«

»Eva … sie ist …«, ihre Stimme wurde brüchig. »Sie ist mit dem Auto … ach Theo, es ist alles so furchtbar.«

Elfriede Nöllenkamp begann zu schluchzen, und Theo

spürte eine Übelkeit in sich aufsteigen. Doch er riss sich zusammen und ließ sich nichts anmerken; es reichte, wenn Elfriede ihre Nerven nicht mehr kontrollieren konnte.

»Ich habe gleich heute Morgen bei ihr angerufen, so wie ich es immer nach einem Klassentreffen tue, um mich zu erkundigen, ob sie gut zu Hause angekommen ist. Diesmal ging ihr Mann ans Telefon, und ich habe gleich gemerkt, dass … dass etwas Schlimmes …«

Elfriede war nun völlig aufgelöst, und Theo hatte Mühe, ihre Worte zu verstehen.

»Sie ist wahrscheinlich eingeschlafen und mit dem Auto gegen … gegen eine Brücke gerast.«

Es folgte eine Pause, in der nur Elfriedes Schluchzen zu hören war.

»Sie muss sofort tot gewesen sein, Theo.«

»Oh mein Gott«, hörte er sich selbst sagen, während er das Gefühl hatte, jemand stülpte ihm eine Plastiktüte über den Kopf.

»Und das ist noch nicht alles.«

Theo hätte gern etwas erwidert, hätte gern ›Was ist denn noch passiert?‹ oder etwas Ähnliches gefragt. Aber er konnte nicht sprechen. Er atmete tief ein und versuchte es. Doch er konnte nicht.

»Rolf …«, fuhr Elfriede schließlich auch ohne Aufforderung fort, »… er ist auf der Fahrt nach Stuttgart ebenfalls am Steuer eingeschlafen. Und er hat den Unfall wohl nur deshalb überlebt, weil er diesen riesigen Mercedes fährt. Das Auto ist kaputt, aber ihm selbst ist Gott sei Dank nichts passiert.«

Elfriede Nöllenkamp hatte sich offenbar etwas beruhigt. Ihr Schluchzen wurde weniger, ihr Atem ruhiger. Sie sagte nichts mehr, und auch Theo blieb stumm.

Es tat gut, nicht reden zu müssen, und es war überhaupt nicht peinlich zu schweigen.

Es war Elfriede, die schließlich wieder das Wort ergriff.

»Glaubst du, dass da etwas … etwas nicht stimmt?«

»Äh … ich weiß nicht, was du meinst, Elfriede.«

Das war nicht nur so dahergesagt. Theo hatte tatsächlich keine Idee, was sie damit andeuten wollte.

Sie versprach, sich wieder bei ihm zu melden, wenn sie Details über Evas Beerdigung kenne. Als sie sich mit »Mach's gut, Theo« verabschiedete, klangen ihre Worte wie eine Umarmung.

Wie angewurzelt stand Theo in der Diele und starrte auf das graue Telefon. Nachdem er den Blick endlich gelöst hatte, sah er auf seine Armbanduhr. Großer Gott – es war nicht etwa sechs oder sieben Uhr, wie er vermutet hatte, auch nicht acht oder neun. Es war Viertel vor elf. Hatte er jemals nach einem Rausch so lange und fest geschlafen?

Die schreckliche Mitteilung, die ihm Elfriede soeben gemacht hatte, wäre schon in normalem Zustand schwer zu verdauen und noch schwerer in einer der Schubladen in seinem Kopf unterzubringen gewesen, die mit der Beschriftung »Akzeptanz« versehen waren. Doch in seinem jetzigen Zustand war es schlicht unmöglich.

Theo ging ins Bad, kniete sich vor die Toilette und übergab sich nach allen Regeln der Kunst. Sofort war die Übelkeit verschwunden, und auch die Schmerzen im Magen verflüchtigten sich erstaunlich schnell.

Als er anschließend vor einer großen Tasse schwarzem Tee und einer dünn mit Butter und Erdbeermarmelade bestrichenen Scheibe Brot am Küchentisch saß, wurde ihm plötzlich klar, was Elfriede Nöllenkamp mit ihrer Bemerkung gemeint hatte. Sie hatte sich gefragt, ob irgendjemand vielleicht dafür gesorgt hatte, dass Eva und Rolf am Steuer eingeschlafen waren. Theo schüttelte es. Allein der Gedanke daran, dass jemand aus der Klasse, aus seiner Schulklasse … Nein, diesem Gedanken konnte und wollte er sich nicht stellen. Nicht jetzt mit diesem Kater. Er fasste den Entschluss, sich den Tag über zu schonen und dann am Abend, wenn er wieder halbwegs auf der Höhe wäre, über das Unerhörte nachzudenken.

Er ließ die noch halbvolle, mit der Aufschrift »Einer spinnt immer« unter dem Goldrand versehene Henkeltasse sowie die halbe Scheibe des Marmeladenbrots stehen, nahm sein beeindruckendes Konvolut an Medikamenten ein und zog seine Wildlederjacke an. Er war sich sicher, dass etwas Bewegung an der frischen Luft in Kombination mit den zwei zuvor zusätzlich und illegal eingenommenen Spalt-Tabletten seinem brummenden Kopf und vor allem seinem gepeinigten Rücken guttun würde.

Als er die zwei Stockwerke hinuntergegangen war und die Haustür öffnete, zeigte sich die Sonne, und es war – alles verdächtig ungewöhnlich für Lüdenscheid – mit 18 Grad angenehm mild.

Er schlurfte über diverse Umwege zum Worthplatz mit der Firma Tropen Schröder, bekannt vor allem für ihre hochqualitativen und niemals schmierenden Tropen-Kugelschreiberminen. Nach einem weiteren großen Bogen rund um sein Zuhause erreichte er um eins wieder die 195 a in der Werdohler Straße.

Als er sich auf das alte Sofa im Wohnzimmer fallen ließ, ging es ihm deutlich besser als am Vormittag. Die Kopfschmerzen waren nahezu verschwunden, die Rückenbeschwerden hielten sich in Grenzen, und seine Gedanken und Gefühle fuhren nicht mehr Karussell. Oder hatten zumindest das Tempo der Fahrt gedrosselt, weshalb er sich nun in der Lage sah nachzudenken.

Trauriger Fakt war, dass Eva Pohl niemals wieder an einem Klassentreffen würde teilnehmen können, weil sie auf der Heimfahrt nach Frankfurt tödlich verunglückt war.

Weiterhin war Fakt, dass Rolf Menkhoff auf seiner Fahrt nach Stuttgart ebenfalls einen schweren Unfall gehabt hatte. Und dass er wohl nur deshalb noch bei guter Gesundheit war, vielleicht sogar nur deshalb überhaupt noch am Leben war, weil er ein so großes und sicheres Auto fuhr. Einen Mercedes 300 SEL 6.3, was für eine wunderbare Luxuslimousine.

Theo besaß zwar selbst kein Fahrzeug, hatte noch nicht einmal einen Führerschein, doch er liebte Autos. Er stellte sich vor, wie der stattliche und so stolze Mercedes nun hässlich deformiert und zerknautscht war .... Nach ein paar Sekunden meldete sich sein schlechtes Gewissen und beendete das Kopfkino. Großer Gott, Eva war tot, und er hatte nichts Besseres zu tun, als die Havarie eines fahrbaren Untersatzes – wenn auch eines höchst eleganten – zu betrauern.

Also am Steuer eingeschlafen. Warum nur? Okay: Rolf hatte sicher einen harten und stressreichen Arbeitstag in seiner Firma gehabt. Und Eva war vermutlich bis spät in den Nachmittag hinein mit ihrem Haushalt beschäftigt gewesen, hatte sich um die Kinder gekümmert und war dann nach Lüdenscheid aufgebrochen. Vor ihr hatte eine rund zweistündige Fahrt gelegen, in einem kleinen, brettharten und lauten Auto. Vielleicht – so genau hatte er da nicht drauf geachtet – hatten beide beim Klassentreffen auch noch zwei oder drei Gläser Alkohol getrunken. Und wenn dann bei der Rückfahrt keine Pause eingelegt wurde, wenn gegen die immer wieder zufallenden Augen angekämpft und gemäß dem unheilvollen Motto »Es wird schon gut gehen« weitergefahren worden war, dann konnte eben genau das passieren, was letzte Nacht passiert war.

Nein, was immer Elfriede konkret damit gemeint hatte, als sie fragte, ob da »etwas nicht stimme« – ihre Vermutung war ganz sicher unbegründet. Der Gedanke war völlig abstrus, dass jemand aus der Klasse – ach was, dass überhaupt irgendjemand – bei den Unfällen von Eva und Rolf nachgeholfen hätte, dass irgendjemand dafür gesorgt hätte, dass die beiden in ihrem Auto einschliefen.

Erleichtert über dieses Ergebnis seiner Betrachtungen, zündete er sich eine Krone an. Es war zwar etwas Furchtbares passiert, was ihm noch lange Zeit zu schaffen machen würde. Doch der unerhörte Gedanke, die Unfälle wären in Wirklichkeit keine Unfälle gewesen, war vom Selbstberuhigungsministerium in Theos Kopf ins Reich der Phantasie verbannt worden.

Als er seine Zigarette aufgeraucht und die Kippe in dem allmählich überquellenden Aschenbecher ausgedrückt hatte, klingelte das Telefon.

Es war wieder Elfriede. Diesmal weinte sie sofort los und noch viel heftiger als am Vormittag. Während sie noch erfolglos versuchte, ihr Schluchzen zumindest so weit in den Griff zu bekommen, dass sie etwas Verständliches sagen konnte, legte sich Theo einige verständnisvolle Worte zurecht, um seiner Klassenkameradin, die mit dem Tod von Eva offenbar noch überhaupt nicht klarkam, etwas Trost zusprechen zu können.

Doch Elfriede Nöllenkamp war nicht auf der Suche nach Trost. Sie hatte angerufen, um Theo mitzuteilen, dass Heinz Plettenkämper in der vergangenen Nacht nicht zu Hause in Oldenburg angekommen war. Etwa 35 Kilometer vor dem Ziel war er mit seinem Porsche 911 gegen einen Baum geprallt und noch an der Unfallstelle gestorben.

Als Ursache vermutete die Polizei, dass der Fahrer am Steuer eingeschlafen war.

3

Seit mindestens eineinhalb Stunden saß Theo Kettling vor dem kieselgrauen Telefon in seiner Diele. Völlig unschlüssig stand er vor der Frage, ob er Lieselotte Larisch anrufen sollte oder nicht.

Zwei seiner Klassenkameraden waren tot und einer dem Tod nur knapp entronnen. Und war er sich noch vor etwas mehr als vierzig Stunden – bis zu Elfriede Nöllenkamps zweitem Anruf – beinahe sicher gewesen, dass die Unfälle von Eva Pohl und Rolf Menkhoff nur ein böser Zufall gewesen waren, so war seine Zuversicht mit der Mitteilung, dass auch Heinz Plettenkämper während der Fahrt tödlich verunglückt war, doch deutlich zurückgegangen.

Alle drei Teilnehmer des Klassentreffens, die noch eine längere Autofahrt vor sich gehabt hatten, waren von einem Sekundenschlaf überwältigt worden. Selbst wenn man sich vornahm, die Sache nüchtern zu betrachten und jegliche Art von Komplott als letzte aller denkbaren Möglichkeiten anzusehen – das Ganze wirkte irgendwie verdächtig.

Theo hatte schon einmal vor einem ähnlich düsteren Rätsel gestanden. Vor zwei Jahren war der alte Rott, sein Etagennachbar, ermordet worden. Damals hatte er durch Zufall Lieselotte Larisch kennengelernt, die eine verdächtige Beobachtung im Zusammenhang mit dem Mordfall gemacht hatte. Obgleich sie so gut wie nichts in der Hand gehabt hatten, das als Ausgangspunkt für Ermittlungen hätte dienen können, war Lieselotte Larisch sofort Feuer und Flamme gewesen und hatte ohne

Umschweife mit Nachforschungsarbeiten losgelegt. Frei nach dem Motto »Drei Schritte vor und zwei zurück« hatte sie sich der Wahrheit genähert, und auch wenn Theo immer wieder seine Meinung kundgetan hatte, man werde auf diese Weise niemals zum Erfolg kommen, so hatte man am Ende doch den Mörder überführt und ihn der Polizei übergeben.

Die kommenden Tage, vielleicht die kommenden Wochen, darüber war sich Theo im Klaren, würden eine harte Belastungsprobe für seine schwachen Nerven sein, und er hörte im Geiste schon wieder Lieselotte Larischs Zurechtweisungen, wenn er eine andere Meinung als sie vertrat, wie auch die pathetisch vorgetragenen Durchhaltereden der resoluten Grundschulrektorin im Ruhestand.

Wenn aber auch nur im Entferntesten die Möglichkeit bestand, dass seine Klassenkameraden Opfer eines Anschlages geworden waren, dann war er es ihnen ganz einfach schuldig, den Dingen mit Lieselotte Larischs Hilfe auf den Grund zu gehen.

Bevor er es sich wieder anders überlegen konnte, drückte er seine Zigarette im Aschenbecher aus, wählte die Nummer, und nach nur zweimaligem Klingeln hob die Angerufene ab. Ganz so, wie er es erwartet hatte, war Lieselotte Larisch hocherfreut über seinen Anruf, schlug offenbar in ihrer Erregung mit der flachen Hand auf die Holzplatte ihres Telefontischchens und begrüßte Theo schreiend. Anschließend drohte ihre Freude in ungezügelte Ekstase auszuufern, als er ihr mitteilte, es gebe da eventuell einen neuen Fall zu untersuchen, etwas, das vielleicht in Zusammenhang mit einem Verbrechen stünde: »Das ist ja wirklich ganz wunderb… Mein Gott, wie schrecklich!«

*

Nachdem Theo ihr erfolglos vorgeschlagen hatte, das Ganze erst einmal in aller Ruhe durchzusprechen, und sie sich stattdessen direkt am Telefon die wichtigsten Fakten hatte durchgeben lassen, kam sie um 9 Uhr 20, nur vierzig Minuten nach Beendigung des Anrufes, vor seinem Haus angefahren. In Feldherrenmanier hatte sie verkündet, man werde sofort mit den Ermittlungsarbeiten beginnen und sich zunächst auf den Weg in Richtung Oldenburg machen. Dort werde man die Redaktion der örtlichen Tageszeitung aufsuchen und sich den Artikel über den Unfall von Heinz Plettenkämper ansehen. Außerdem werde sie die Unfallstelle gewissenhaft in Augenschein nehmen. Dies alles treffe sich ganz hervorragend, denn Oldenburg sei eine überaus reizvolle Stadt, die Theo unbedingt kennenlernen müsse.

Daran hatte er nicht gedacht: Lieselotte Larisch war nach ihrer Flucht aus dem Sudetenland fast fünfzehn Jahre in Oldenburg Lehrerin gewesen und liebte ihre zwischenzeitliche Heimat nach wie vor, wie sie immer wieder zum Ausdruck brachte.

Obgleich sie – ganz im Gegensatz zu Theo – sich nicht viel aus Autos machte, hatte sie im vergangenen Jahr ihren ockergelben DAF 44 gegen ein knallrotes DAF 66 Coupé eingetauscht. Genau genommen handelte es sich um die Farbe mit dem DAF-internen Namen »Inferno«, was im Hinblick auf die Besitzerin des Fahrzeugs erstklassig passte. Jedenfalls hatte die Anschaffung dieses Möchtegern-Gran-Turismos das ohnehin schon mühsame Ein- und Aussteigen für Theo und seine Bandscheibe nochmals erschwert.

Als er endlich im Fahrzeug war, folgte die nächste Herausforderung. Lieselotte Larischs Hündin Cleo, eine Deutsche Dogge von überaus beeindruckender Statur, empfing ihn mit so rasender Begeisterung, dass es ihm nur unter Aufbietung aller Kräfte möglich war, sein Gesicht vor der riesigen Zunge des Tieres wegzuhalten. Für eine gefühlte Ewigkeit schien der Innenraum des niederländischen Kleinwagens nur aus hektischen Abwehrbewegungen sowie aus einem wild umherwirbelnden Hund zu bestehen, bis Lieselotte Larisch endlich mit ihrem vielfach erprobten herrischen Schrei Cleo zur Räson brachte und sie zurück auf die mit der Sabberdecke ausgelegte Rücksitzbank verwies.

»Ich bin davon überzeugt, dass Sie mit Ihrem Verdacht völlig richtigliegen, Theo: Das ist ganz gewiss alles kein Zufall«, sagte sie, als sie im flotten Tempo die »Königin der Autobahnen«, die vor drei Jahren fertiggestellte Sauerlandlinie, in Richtung Hagen befuhr.

»Aber es ist trotzdem durchaus möglich, dass jemand während einer langen Autofahrt mitten in der Nacht einschläft und verunglückt«, entgegnete Theo.

»Natürlich ist das möglich. Aber wenn drei Menschen im je eigenen Wagen nach einer Feier nachts nach Hause fahren, und alle drei schlafen am Steuer ein, dann ist das ganz sicher keine böse Laune des Schicksals. Nein, da steckt etwas anderes hinter.«

Theo hätte gern etwas entgegnet, doch er musste sich eingestehen, dass das, was Lieselotte Larisch sagte, zwar nicht zu beweisen war, aber sinnvoll erschien. Er blickte traurig auf die Kühe, die auf den rechts neben der Autobahn liegenden Weiden grasten und stellte sich mit Grauen vor, wie in den kommenden etwa drei Stunden auf dem unbequemen Beifahrersitz des DAFs seine Rückenschmerzen von Minute zu Minute unerträglicher würden. Dazu kam Lieselotte Larischs überaus forsche Fahrweise, die im Zusammenspiel mit ihrem beängstigend unterentwickelten Fahrtalent immer wieder für haarsträubende und in mehrfacher Hinsicht äußerst gesundheitsbelastende Situationen sorgte.

Gottlob legte sie bereits kurz hinter Münster eine Pause auf einem Rastplatz ein. Zwischen einem Sattelzug und einem gelben Ford Capri mit schwarzem Vinyldach quetschte sie den DAF mit Schwung in eine enge Lücke, wobei sie mit dem rechten Vorderrad den Bordstein derart rabiat hinaufdonnerte, dass Cleo verschreckt bellte und Theo in seinem Sitz hochflog, was seine Wirbelsäule mit einem stechenden Schmerz quittierte.

Nachdem man sich auf der Sitzbank aus Waschbeton niedergelassen hatte, versuchte Theo Lieselotte Larisch ein wenig auf den Zahn zu fühlen, versuchte in Erfahrung zu bringen, in welche Richtung ihre gewiss schon vorhandene erste Theorie ging.

»Aber selbst wenn es so sein sollte, selbst wenn da nicht alles mit rechten Dingen zugegangen ist und jemand nachgeholfen hat: Wie kann man es schaffen, Stunden, nachdem man eine Party verlassen hat, so müde zu werden, dass man einschläft und einen Unfall baut?«

»Für solche Fragen ist es noch viel zu früh, Theo«, antwortete Lieselotte Larisch und holte aus ihrem mitgebrachten Frühstückskorb vier Tupperdosen von beeindruckender Größe hervor.

Theo begann wieder, sich über ihre psychologischen Spielchen zu ärgern. Ausgerechnet sie, deren größte Schwäche es war, abzuwarten. Die immerfort irgendwelche Überlegungen anstellte und Vermutungen äußerte. Ausgerechnet sie trat auf die Bremse und mahnte zur Umsicht. Er war sich ganz sicher, dass sie längst eine Ahnung, einen Verdacht hatte, diesen jedoch noch nicht preiszugeben bereit war. Sie wollte ihr Herrschaftswissen für sich behalten, nur um am Ende wieder als grandiose Ermittlerin und als strahlende Siegerin dazustehen.

»Wir werden ganz systematisch vorgehen und den Erkenntnissen, die wir gewinnen, die nötige Zeit geben, sich zusammenzufügen.«

Lieselotte Larisch hatte nun alle Lebensmittel auf dem Tisch der Waschbeton-Sitzgruppe ausgebreitet – selbstverständlich nicht, ohne zuvor sorgsam ein großes Picknicktuch ausgelegt zu haben. Vor ihr und Theo lagen insgesamt sieben Pausenbrote, jeweils dick belegt mit Wurst oder Käse, eine fast volle Tupperdose mit von ihr selbst eingelegter Saurer Rolle, zwei gewaltige Stücke mittelalter Gouda sowie – quasi als Dessert – rund zwei Dutzend Mohnschluschken, eine süße und eigentlich warm gegessene sudetenländische Spezialität, die Lieselotte Larisch zu jedem nur denkbaren Anlass zubereitete.

»Zunächst machen wir uns ein Bild von dem Unfall des Porsche-Fahrers, dann von dem Ihrer bedauernswerten Klassenkameradin aus Frankfurt und schließlich von dem des Fabrikanten, der das Ganze ja Gott sei Dank unbeschadet überstanden hat. Erst wenn wir uns auf diese Weise einen umfassenden Eindruck verschafft haben, macht es Sinn, Hypothesen zu entwickeln.«

Theo, der nach einem Wurstbrot und drei Mohnschluschken bereits mehr als satt war, steckte sich eine Krone an und beobachtete Lieselotte Larisch missmutig. Wie war es nur möglich, dass jemand solch einen Appetit hatte? Inbrünstig und in enormem Tempo schaufelte sie sowohl Süßes wie Herzhaftes in sich hinein – ließ sich dabei hin und wieder von Cleos Betteln erweichen, indem sie ihr mit großmütiger Geste einige Happen überließ – und blies dann eilig zum Aufbruch, freilich nicht ohne den mahnenden Hinweis, wenn er, Theo, weiterhin wie ein Bettelmann esse, könne er ja ganz einfach nichts auf die Rippen bekommen.

Der DAF setzte sich wieder in Bewegung, und nun wurde Theo zusätzlich zu seinen Rückenschmerzen und zu Lieselotte Larischs beängstigenden Fahrmanövern auch noch akustisch gepeinigt. Die Fahrerin nämlich führte ihm ihr hochmodernes Autoradio mit Cassettenteil vor und legte dafür einen Tonträger mit der Aufschrift »Im Krug zum grünen Kranze« ein. Anschließend hallte, begleitet von den Geräuschen des gequälten Motors und verschiedenster knarzender Kunststoffteile, allerhand deutsches Volksliedgut durch den Innenraum des Kleinwagens – vorgetragen von irgendeinem Kinderchor. Dem »Jäger aus Kurpfalz« folgte »Im Wald und auf der Heide«, und da man ohnehin gerade in Richtung Norddeutschland unterwegs war, durfte natürlich auch »Eine Seefahrt, die ist lustig« nicht fehlen.

Nachdem Theo all seinen Mut gefasst und behutsam vorgeschlagen hatte, doch vielleicht »lieber ein wenig Radio zu hören« – gefolgt von Lieselotte Larischs eindringlichem Fingerzeig, er müsse sich in seinem Alter nun aber wirklich auch des traditionellen Liedgutes annehmen –, gab sie schließlich nach und drückte mit ihrem dicken Zeigefinger derart kräftig auf die Auswurftaste, dass die Cassette im hohen Bogen in den Fahrgastraum flog und auf Cleo landete.

Theo drehte am Regler für die Einstellung der Frequenz und erwischte einen Sender, auf dem »Kansas City« von den Les-Humphries-Singers lief. Das war zwar nicht gerade seine Lieblingsmusik, aber allemal erträglicher als die schrill herumjuchzende Kinderbande. So gestaltete sich der Rest der Fahrt halbwegs erträglich, und um kurz nach halb eins hatte man das Verlagsgebäude der *Nordwest-Zeitung* in der Peterstraße in Oldenburg erreicht.

Der gesamte Komplex war eine einzige Baustelle; offenbar war der Verlag gerade dabei, sich für die Zukunft nicht nur journalistisch, sondern auch gebäudetechnisch zu rüsten.

Lieselotte Larisch fragte die junge Dame in ihrem provisorischen Empfangsbüro hinter dem Eingang, wo man die Lokalredaktion finde, und anschließend machte sie sich mit Theo und Cleo auf den abenteuerlichen Weg in den dritten Stock. Vorbei an Speiswannen, allem nur denkbaren bautechnischen Gerät und herumwerkelnden Arbeitern schlugen sich Mensch und Tier durch, bis sie endlich die staub- und lärmgeschädigten Journalisten erreicht hatten. Angesichts der widrigen Bedingungen schien es verwunderlich, dass die Abonnenten derzeit überhaupt eine Tageszeitung in ihren Briefkästen vorfanden.

»Entschuldigung, in der …«

»*WAS?*«

Lieselotte Larisch holte tief Luft, um noch etwas lauter brüllen zu können.

»*… IN DER NACHT VON FREITAG AUF SAMSTAG HAT SICH BEI GROSSENKNETEN EIN TÖDLICHER VERKEHRSUNFALL EREIGNET. DARÜBER HABEN SIE DOCH BESTIMMT IN DER* NORDWEST-ZEITUNG *BERICHTET.*«

Dieses Mal hatte der sichtlich von den Bauarbeiten genervte Redakteur Lieselotte Larisch verstanden.

»*JA, HABEN WIR – IST HEUTE IM BLATT.*«

Er zündete sich eine Zigarette an und warf Theo ein auf seinem Schreibtisch liegendes Exemplar der aktuellen Ausgabe zu. Wie üblich griff dieser beim Versuch, ein auf ihn zufliegendes Objekt zu fangen, daneben, und die Tageszeitung landete als Loseblattsammlung auf dem mit Baustaub bedeckten Boden.

Noch bevor Theo überhaupt den Entschluss fassen konnte, sich zu bücken, hatte Lieselotte Larisch das Papier bereits aufgehoben und – Theo fragte sich wie – die Seite mit dem gesuchten Artikel ganz oben, quasi als Deckblatt, drapiert. Da gerade keine geeignete Ablage verfügbar war, hielt sie die Zeitung mit halb ausgestreckten Armen vor sich, sodass beide den ohne Foto veröffentlichten Artikel lesen konnten.

Oldenburg/Großenkneten (ScH) Zu einem tragischen Verkehrsunfall kam es in der Nacht zum vergangenen Samstag an der Sager Straße auf Großenknetener Gemeindegebiet. Ein 43-jähriger Oldenburger verlor bei offenbar hoher Geschwindigkeit die Kontrolle über seinen Porsche und raste nahezu ungebremst an einen am Straßenrand stehenden Baum.

Die aus Sage, Großenkneten und Ahlhorn eingerückten Rettungskräfte fanden den Fahrer mit schwersten Verletzungen vor und leiteten direkt Erste-Hilfe-Maßnahmen ein. Ein sofortiger Abtransport des Unfallopfers war jedoch nicht möglich, da dieser in dem völlig zerstörten Wrack eingeklemmt war und erst von der Feuerwehr mit schwerem Gerät befreit werden musste. Kurz nach der Ankunft im Krankenhaus erlag der Mann seinen Verletzungen.

Die Unfallursache konnte noch nicht abschließend geklärt werden. Die Polizei hält es nach den an der Unfallstelle gemachten Beobachtungen aber für wahrscheinlich, dass der Fahrer übermüdet war und am Steuer eingeschlafen ist.

Der zu Tode gekommene Versicherungsvertreter hinterlässt insgesamt vier Kinder aus mehreren Ehen.

Es war so, wie Theo es erwartet hatte. Der Artikel enthielt keine Neuigkeiten. Nichts, was zu irgendwelchen weiterführenden Erkenntnissen führen könnte.

Während er in sich hineinschmollte, bemühte sich Lieselotte Larisch ein weiteres Mal um Kontaktaufnahme zu dem gestressten Redakteur.

»Sagen Sie, wer ist denn …«

»WAS?«

»WER IST DENN DIESER HERR ›SCH‹«?

»DAS IST DER KOLLEGE HORST SCHMIDT, DER IST ABER GERADE AUF'M TERMIN. KOMMT SO IN 'NER HALBEN STUNDE WIEDER REIN IN DAS IRRENHAUS HIER.«

Lieselotte Larisch zog Cleo zu sich, die gerade dabei war, sich mit einem der Bauarbeiter um eine herumliegende Zementkelle zu kabbeln, widmete dem Redakteur einen kurzen optischen Gruß und gab dann auch Theo durch resolutes Ziehen am Arm zu verstehen, dass man die Lärm- und Staubkathedrale nun verlassen werde. Allerdings nicht endgültig, wie ihm eröffnet wurde, als er wieder auf dem Beifahrersitz des DAFs saß.

»Wir werden nachher nochmal zurückkommen und mit diesem Herrn *ScH* sprechen. Vielleicht verfügt er über Informationen, die er nicht in seinem Artikel erwähnt hat, die uns aber weiterhelfen können.«

Theo war sich sicher, dass dies nicht der Fall sein würde, verzichtete aber zur Schonung seiner Nerven auf einen entsprechenden Hinweis.

»Großer Gott, es ist ja schon fast Viertel nach eins«, rief Lieselotte Larisch beim Blick auf ihre Armbanduhr spitz aus. Im nächsten Moment hatte sie den Zündschlüssel herumgedreht und den DAF auf die Straße gelenkt, freilich nicht, ohne einem anderen Fahrzeug wie selbstverständlich die Vorfahrt zu nehmen.

»Jetzt geht's zum Waffenplatz. Dort können wir gut den Wagen abstellen und haben es nur noch ein paar Schritte bis Steffensmeyer in der Kurwickstraße. Ich weiß nicht recht, ob Hunde dort erlaubt sind; deshalb lassen wir Cleo vorsorglich im Auto.«

*

Wie sich für Theo herausstellen sollte, war Steffensmeyer nichts Geringeres als *die* Gaststätte in Oldenburg – zumindest wenn man, wie Lieselotte Larisch beteuert hatte, Wert auf eine ordentliche, gutbürgerliche Küche lege und diesem neumodernen Zeug aus dem Ausland nichts abgewinnen könne.

Offenbar gab es in der norddeutschen Stadt nicht wenige, die eine ähnlich traditionell-konservative Meinung zu Essensthemen vertraten. Die meisten Tische in dem großen Gastraum jedenfalls waren ebenso besetzt wie nahezu alle Plätze an der gemütlichen Bar.

Lieselotte Larisch bestellte sich Nordseescholle mit Salzkartoffeln, und Theo gelang es nur unter Aufbietung seiner gesamten Willenskraft, auf ein Fischgericht zu verzichten – welch ein Frevel, wo man nun schon mal hier oben sei – und stattdessen ein Wiener Schnitzel mit Pommes frites durchzusetzen. Dazu bestellte er ein großes Rolinck-Pils, ebenso wie Lieselotte Larisch – »ein Fisch muss schwimmen« –, die er nie zuvor Bier hatte trinken sehen.

In rekordverdächtiger Geschwindigkeit putzte sie ihren Teller leer. Theo benötigte zwar einige Minuten länger, doch auch er aß alles bis auf den letzten Bissen auf. Eines nämlich musste er neidlos eingestehen: Die offenbar in der Stadt so beliebte Steffensmeyer-Küche war wirklich von erstklassiger Qualität, und auch Lieselotte Larischs allgemeine Begeisterung von Oldenburg konnte er nun – zumindest weitgehend – nachvollziehen. Es war eine wirklich schöne und auf ganz eigentümliche Weise Gemütlichkeit ausstrahlende Stadt – sah er einmal von der Baustelle im Verlagsgebäude der *Nordwest-Zeitung* ab. Bausünden schienen hier weitgehend ausgeblieben zu sein – ganz anders als in Lüdenscheid, wo man in den vergangenen zwei Jahren den gesamten Stadtkern regelrecht zubetoniert hatte.

Mit einigen knappen Worten ließ er Lieselotte an seiner Begeisterung teilhaben. Um die Stimmung aber nicht mutwillig allzu harmonisch werden zu lassen, kam er wieder auf den eigentlichen Grund des Tagesausflugs zu sprechen.

»Was wir da vorhin in dem Zeitungsartikel erfahren haben, das haben wir alles auch schon vorher gewusst«, resümierte er trotzig und erntete als Reaktion auf seinen Defätismus den mittlerweile so vertraut strafenden Blick.

»Aber Theo, so etwas muss man immer im Kontext sehen. Erst nach unserem Gespräch mit dem Verfasser des Artikels und der Besichtigung der Unfallstelle – wenn wir sie denn finden – sehen wir klarer.«

*

ScH war ein ausgelaugt wirkender Endfünfziger, dem große Hunde offenbar nicht recht geheuer waren. Immer wenn Cleo, die nach der langen Wartezeit im Auto großen Bewegungsdrang verspürte, einen Schritt auf ihn zu machte, sprang er gleich mehrere Meter zurück und näherte sich erst wieder seinen Besuchern, wenn Lieselotte Larisch die Hündin zu sich zurückzog. Immerhin hatten die Bauarbeiter gerade gemeinschaftlich ein Kaffeepäuschen eingelegt, weshalb nun eine Unterhaltung in normaler Lautstärke möglich war.

»Haben Sie irgendwelche weitergehenden Informationen zu dem Unfall, und vor allem: Können Sie uns die genaue Stelle nennen, an der es passiert ist?«, fragte Lieselotte Larisch.

»Lassen Sie mich mal schauen, ob ich die Polizeimeldung noch irgendwo …«

Horst Schmidt fing an, in dem riesigen Papierchaos auf seinem Schreibtisch zu wühlen, stoppte dann für einige Sekunden, weil Cleo mitwühlen wollte, und machte, als nach einigen Sekunden die Luft wieder rein war, zaghaft weiter.

Theo hielt es für völlig aussichtslos, dass der Lokaljournalist eine einzelne Notiz in dem gewaltigen Wust finden würde, doch er sollte sich täuschen.

»Ah … sehen Sie, hier ist sie ja.«

Mit einem Hauch von Genugtuung in seinem müden Gesicht förderte er ein gelbliches Matrizenpapier mit blauvioletter Maschinenschrift zu Tage und las den Text gewissenhaft durch.

»Nein … hier steht nur das drin, was ich in dem Artikel geschrieben habe. Aber die Ortsangabe, die ist etwas genauer – ›auf halber Strecke zwischen Sage und der Siedlung Hengstlage‹.«

*

Weil keine Bremsspur vorhanden war, hatte Lieselotte Larisch an dem in der Polizeimeldung beschriebenen Abschnitt fünfmal entlangfahren müssen, bis Theo endlich die Stelle entdeckt hatte, an der sein Klassenkamerad vor zweieinhalb Tagen gestorben war.

Ein paar Glas- und Metallsplitter im Gras und wenige gelbe Lackspuren an dem Baum, das war alles. An diesem einen Baum von hunderten, die die über mehrere Kilometer schnurstracks verlaufende Straße säumten.

Es fiel nicht schwer, sich vorzustellen, wie ermüdend es gewesen sein musste, hier zu nächtlicher Stunde unterwegs zu sein. Nach einem langen Tag mit etlichen Stunden in einem lärmenden Sportwagen und mit dem ein oder anderen beim Klassentreffen getrunkenen Bier intus.

Nach ein oder zwei Minuten Schatten schob sich die Sonne wieder an den Wolken vorbei. Hätten Lieselotte Larisch und Theo – Cleo hatte man wohlweislich im DAF gelassen – nicht immer wieder vor den heranrasenden Autos Schutz suchen müssen, man hätte von einem idyllischen und friedlichen Ort sprechen können. Auf der rechten Seite, direkt hinter den zwei oder drei Baumreihen, lag ein kleiner See mit leuchtend grüner Oberfläche. Links der Straße fiel der Blick auf große Weideflächen mit scheinbar glücklichen Kühen darauf.

Theo stand im hohen Gras und sah auf den mächtigen Baumstamm.

Hier also hatte Heinz festgeklemmt. Mit gebrochenen Knochen und gequetschten Organen in einem zusammengestauchten Bündel Blech, das mal deutsche Wertarbeit gewesen war.

Und der Baum? Seine Rinde war ein wenig beschädigt und er hatte einen mittelgroßen dunklen Fleck davongetragen, von dem man schon bald nichts mehr würde entdecken können. Er stand da, als wäre überhaupt nichts passiert.

Und er würde vermutlich noch in zehn Jahren hier stehen, größer und mächtiger als je zuvor. Und auch noch in zwanzig

Jahren und in fünfzig. Er würde noch hier stehen, wenn Cleo und Lieselotte Larisch nicht mehr da waren. Und auch dann noch, wenn er, Theodor Richard Kettling, selbst von der Erde verschwunden war. Er, und mit ihm sein kaputter Rücken und seine schwachen Nerven.

»Kommen Sie, Theo. Wir wollen nach Hause fahren.«

*

Zum ersten Mal an diesem Tag bewegte Lieselotte Larisch ihr Auto vernünftig, ja fast schon vorsichtig. Dabei konnte es sich – das hatte Theo mittlerweile gelernt – nur um zwei Ursachen handeln: Entweder grübelte sie hochkonzentriert und angestrengt über die zuletzt gemachten Beobachtungen, oder sie war enttäuscht darüber, nichts Interessantes vorgefunden zu haben. Da sie ihm mit ziemlicher Sicherheit ohnehin keine ehrliche Antwort gegeben hätte, verzichtete er auf eine Nachfrage und genoss das gleichermaßen seltene wie wohltuende Gefühl einer unaufgeregten Fahrt im DAF.

Als dessen Besitzerin das Hinweisschild »Rasthof Oldenburger Land 5 km« erblickte, wurde sie urplötzlich wieder munter.

»Genau die richtige Zeit für ein Kännchen Kaffee und ein ordentliches Stück Torte – nicht wahr, Theo?«

Noch während sie das fragte, trat sie das Gaspedal voll durch und schien auf den verbleibenden fünftausend Metern bis zur Rastanlage die Existenz jeder einzelnen der insgesamt siebenundfünfzig Pferdestärken prüfen zu wollen. Theo griff vorsorglich nach dem Haltegriff über der Tür, und Cleo vergrub den Kopf zwischen Sitzfläche und Lehne der Rücksitzbank.

*

Im Restaurant war erstaunlich viel Betrieb, wovon sich die drei Kellner in ihren weißen Servicejacken allerdings wenig beeindruckt zeigten. Mit stoischer Ruhe schlichen sie von Tisch zu Tisch, was zu unnötig langen Wartezeiten führte, und auch Lieselotte Larisch und Theo mussten sich eine halbe Ewigkeit gedulden, bevor die gewünschten Speisen und Getränke kamen.

Während Lieselotte Larisch zwei Stücke Schwarzwälder Kirschtorte verschlang – »auf einem Bein kann man nicht stehen« – und nach höchstens einer Minute die erste Tasse Kaffee ihres Kännchens hinuntergekippt hatte, biss Theo lustlos in seinen Zitronenkuchen und nippte am Pfefferminztee.

Plötzlich hörte er von einem der Tische am anderen Ende des Raums ein Lachen, das ihm vertraut erschien. War das nicht – sein Herz schlug schneller – das musste doch Sabine sein …

Er hatte sich nicht getäuscht: Nachdem er den Kopf nach hinten gedreht und sich etwas aus seinem Stuhl erhoben hatte, sah er ihr altes, verwaschenes Jimi-Hendrix-T-Shirt, ihr rotblondes, leicht gelocktes Haar und ihr wundervolles Gesicht.

Es war tatsächlich Sabine, die Tochter der Inhaber des Kiosks bei ihm zu Hause um die Ecke. Als erstes und einziges Wesen nach Christiane Stuckmann, damals noch Born, vermochte sie es, für Schmetterlinge in seinem Bauch oder zumindest für ein paar kleine flatternde Motten darin zu sorgen. Natürlich war er lebenserfahren genug, um zu wissen, dass er bei dieser mehr als zwanzig Jahre jüngeren Traumfrau, die überdies als Sängerin der Rockband »Hill Cats« einen kleinen Promi-Status in Lüdenscheid und Umgebung innehatte, keine wirkliche Chance besaß. Umso mehr genoss er es, freundschaftlich mit ihr verbunden zu sein. Denn Sabine sah nicht nur unverschämt gut aus, sie war auch in jeder anderen nur denkbaren Hinsicht ein ganz außergewöhnlicher und wunderbarer Mensch.

Theo machte durch unbeholfenes Winken auf sich aufmerksam, und als Sabine ihn erkannte, schnappte sie sich ihre Kaffeetasse und kam angestürmt.

Es folgte eine ebenso lebhafte wie freudige Begrüßung zwischen den dreien, denn auch Lieselotte Larisch und Sabine kannten sich bereits. Vor zwei Jahren war es im Zuge der »Ermittlungsarbeiten« im Fall des Mordes an Theos Nachbarn zu einer Begegnung gekommen. Die beiden Frauen hatten sich – trotz des mehr als beträchtlichen Altersunterschiedes – von Beginn an prächtig verstanden, und durch einen Zufall war Sabine später sogar dabei gewesen, als man den Täter überführt und der Polizei übergeben hatte.

»Na, wenn das mal keine schöne Überraschung ist! Was machen Sie denn hier, mein Kind?«

»Ich bin auf der Heimfahrt. Dieses Semester stehen keine Klausuren mehr an, alle Hausarbeiten sind geschrieben, und drei Profs sind krank. Und die beiden blöden Vorlesungen in Morphologie und Bakterien-Öko schwänze ich einfach.«

Ganz im Gegensatz zu Theo verstand es Sabine, ihre Träume zu leben. Seitdem sie ein kleines Mädchen gewesen war und die Filme von Jacques Cousteau über das Leben in den Ozeanen gesehen hatte, war ihr klar gewesen, dass sie Meereszoologin werden wollte. Im vorigen Jahr hatte sie das Biologie-Grundstudium in Bochum absolviert, und nun befand sie sich im Hauptstudium der Meereszoologie an der Uni Kiel.

»Und – von wo kommt ihr jetzt her?«

Lieselotte Larisch und Theo drucksten um die Wette, doch schließlich erzählten sie, dass sie gemeinsam in Oldenburg gewesen waren und warum.

»Oh mein Gott, das ist ja furchtbar.« Es war nicht zu überhören und nicht zu übersehen, dass Sabine wirklich berührt war. »Ihr habt völlig recht. Dieser Sache muss man unbedingt auf den Grund gehen.«

Sie strich mit der Handfläche über die Tischplatte und rollte die Lippen nach innen: ganz so, als traute sie sich nicht, etwas auszusprechen, das ihr unter den Nägeln brannte. Dann holte sie tief Luft und stemmte demonstrativ die Hände in die Hüften.

»Also: Ich muss drei Wochen nicht in die Uni. Bandproben stehen momentan auch nicht viele an, und mit meinem Freund ist gerade ziemlich Funkstille. Kurzum – ich habe jede Menge Zeit und möchte euch bei euren Nachforschungen helfen.«

Während Sabine offensichtlich bemüht war, einen möglichst entschlossenen Gesichtsausdruck aufzusetzen, blickten sich Lieselotte Larisch und Theo verdattert an.

Dann lösten sich nach und nach die Gesichtszüge, und alle drei begannen zu lächeln.

4

Besonders bei Lieselotte Larisch löste das Zusammenfinden des auf den ersten Blick so ungleich erscheinenden Ermittlungstrios große Begeisterung aus. Nachdem sie – offenbar zur Feier des Augenblicks – beim Kellner noch ein Stück Buttercremetorte bestellt und dieses serviert bekommen hatte, strahlte sie nun wie ein hingebungsvoll kauendes und mampfendes Honigkuchenpferd über das ganze Gesicht. Theo Kettling vermutete, dass ihr besonders die Aussicht auf die Führungsposition innerhalb des kleinen Teams Freude bereitete, denn dass sie diese wie selbstverständlich beanspruchen und von Beginn an einnehmen würde, daran konnte kaum ein Zweifel bestehen.

Als sie das von Größe und Nährwert gleichermaßen gewaltige Tortenstück weggeputzt hatte, folgte denn auch die Bestätigung dieser Einschätzung. Sofort wurde Theo zum Münzfernsprecher auf dem Parkplatz des Rasthofs delegiert mit dem Auftrag, bei Rolf Menkhoff anzurufen und zu fragen, ob man ihm am Abend einen Besuch abstatten dürfe. Er tat wie ihm befohlen, und sein Klassenkamerad hatte nichts einzuwenden gehabt, sondern schien im Gegenteil erfreut, dass man gemeinsam der Frage würde nachgehen können, was es mit der mysteriösen Aneinanderreihung von Unfällen auf sich hatte. Er kündigte an, schon um 19 Uhr die Firma zu verlassen und noch eine Kleinigkeit zu essen, sodass man sich zwischen acht und halb neun bei ihm zu Hause treffen könne.

Lieselotte Larisch schlug wie so häufig bei schwer zu kontrollierendem Tatendrang mit der flachen Hand auf den Tisch, und nachdem sie – begleitet von einer großmütig wirkenden Geste – die Rechnung komplett bezahlt hatte, fuhren alle in Kolonne zu ihr nach Rölvede. Hier, inmitten der kleinen Siedlung auf dem Land und rund zwölf Kilometer von Lüdenscheid entfernt, hatte sie vor einigen Jahren ein altes Bauernhaus erworben und damit ihren Lebenstraum vom Alterswohnsitz im Grünen verwirklicht. Vorneweg fuhr – natürlich – sie mit Cleo und Theo im DAF, dahinter Sabine in ihrem Mini Cooper. Die kleine schwarze und mit zahllosen bunten Sternen lackierte Krawallbude hatte sie vor einem halben Jahr von einer jungen Ärztin gekauft.

Um Viertel nach sieben war das Bauernhaus erreicht. So blieb mindestens noch eine Dreiviertelstunde, bis man sich auf den Weg zu Rolf Menkhoff machen würde.

Sofort verschwand Lieselotte Larisch mit dem Hinweis in ihre Küche, sie müsse sich schleunigst an die Zubereitung des Abendbrotes machen, natürlich nicht ohne den in seiner Scheinheiligkeit kaum zu überbietenden Zusatz, es sei gesundheitlich mehr als bedenklich, die letzte Mahlzeit des Tages zu spät am Abend zu sich zu nehmen.

Eine Dreiviertelstunde später und um jeweils mindestens dreitausend Kalorien reicher ging es mit dem DAF in den Lüdenscheider Stadtteil Oeneking. Während die Damen standesgemäß vorne saßen, teilte sich Theo die Rücksitzbank mit Cleo. Gottlob war der Hündin – vermutlich, weil sie nach einem ebenfalls opulenten Mahl sowie dem Erbetteln zahlreicher Leckerchen am Abendbrottisch einen gleichermaßen zum Bersten vollgestopften Magen hatte – kaum nach Kabbeleien zumute, und sie begnügte sich damit, mit dem Kopf auf Theos Bein zu liegen und dessen gerade erst gewaschene Jeans vollzusabbern.

Lieselotte Larisch wählte nicht den Weg über die Heedfelder Straße, sondern fuhr an der Anschlussstelle Lüdenscheid-Nord auf die Sauerlandlinie. Theo vermutete, dass sie die etwa fünf Kilometer bis zur Ausfahrt Lüdenscheid einzig nutzen würde, um mal wieder die Höchstgeschwindigkeit des DAF austesten zu können.

Sekunden später folgte denn auch die Bestätigung dafür: Auf dem Beschleunigungsstreifen trat sie das Gaspedal so fest es nur ging gegen das Bodenblech und hielt sich anschließend erst gar nicht mit der rechten und der mittleren Fahrspur auf, sondern zog im Stile eines Porsche- oder Ferrari-Fahrers in einem Zug nach ganz links. Unter ohrenbetäubendem Lärm und einem allgegenwärtigen Vibrieren, Knarzen und Scheppern im Fahrzeuginneren näherte sich die Tachonadel immer mehr der 150-km/h-Markierung, und als diese erst erreicht und schließlich sogar überschritten wurde, juchzten Lieselotte und Sabine derart schrill, dass Theo und Cleo auf der Rücksitzbank zeitgleich zusammenzuckten und Letztere verstört bellte.

Da nach Beendigung des geglückten Geschwindigkeitsversuchs die Ausfahrt höchstens noch 150 Meter entfernt war, bremste Lieselotte Larisch den Kleinwagen ohne Vorwarnung zunächst brachial ab und zog im Anschluss durch kräftiges Reißen am Lenkrad scharf nach rechts, sodass sie die nachfolgenden Fahrzeugführer in allerhöchste Bedrängnis brachte und es nur mit großer Mühe vermeiden konnte, aus der scharfen Kurve der Ausfahrt getragen zu werden.

Theo hörte ein orchestral anmutendes Hupkonzert und seinen eigenen Herzschlag in den Ohren.

*

Die Menkhoffs wohnten im Oeneking, dem wohl gefragtesten und teuersten Lüdenscheider Stadtteil. Obwohl das zweigeschossige Haus noch größer war als die meisten in der Nachbarschaft, wirkte es im Vergleich eher bescheiden. Zwar strahlte es durchaus eine gewisse Eleganz aus, doch es rief nicht »Schaut mal, wie viel Geld meine Besitzer haben«, so wie es die meisten Immobilien hier taten. Es war im typisch unbeholfenen, aber irgendwie gemütlich wirkenden Stil der sechziger Jahre errichtet worden. Theo erinnerte es an das ein oder andere jener Häuser, in denen Kommissar Herbert Keller freitagabends allerhand Ermittlungen anstellte.

Lieselotte Larisch parkte den DAF schief vor der Doppelgarage ein. In der Hoffnung, dass die Menkhoffs Hunde mochten, durfte auch Cleo das Fahrzeug verlassen. Vor lauter Begeisterung trampelte die Hündin den ebenfalls im Aussteigen begriffenen Theo zurück auf den Fondsitz und verpasste ihm dabei mit ihren erstaunlich scharfen Krallen eine Schramme an der Wange.

Gerade als Lieselotte Larisch auf die Klingel drücken wollte, ging die Tür auf, und drei Männer traten, begleitet von der Hausherrin, hinaus. Die Erscheinung der drei hätte kaum unterschiedlicher sein können. Der erste – überaus selbstbewusst voranschreitend – war schon etwas älter, auffallend klein und stark untersetzt. Dahinter folgte ein mittelgroßer, mittelalter und auch in Bezug auf seinen Körperumfang eindeutig als »mittel« zu klassifizierender Mann. Die letzte Position des Trios schließlich nahm ein Jungspund ein, der bei einer Körpergröße von mindestens zwei Metern allerhöchstens fünfundsechzig Kilo wog.

»Schönfärber, Hauptkommissar Schönfärber«, stellte sich der kleine Machthaber des Trios vor, um gleich im Anschluss sein Revier abzustecken: »Herr Menkhoff hat uns bereits gesagt, dass Sie sich ebenfalls für den Fall interessieren. Hören Sie mir jetzt gut zu …«, er hob die Stimme an, »… hier ermitteln nur Vollprofis. Also wir. Und sonst ermittelt niemand. Haben wir uns verstanden?«

»Aber natürlich, Herr Hauptkommissar! Wir sind nur hier, um unseren Freund moralisch ein wenig zur Seite zu stehen.«

Der Hauptkommissar nickte mit ernster Miene, gab seinen stummen Gefolgsleuten einen Wink, und dann marschierten alle drei zu einem quietschgelben VW 411 – im Volksmund Nasenbär genannt und optisch auf irgendeine Art perfekt zu dem skurrilen Kripoteam passend –, stiegen ein und entschwanden.

»Nervensägen«, schätzte Lieselotte Larisch das Trio ein. »Und jetzt sind wir dran.«

Hildegard Menkhoff begrüßte die neuen Gäste. Wie unschwer zu erkennen war, hegte sie große Sympathien für Hunde. Sie erwiderte Cleos freundschaftliche Angriffe mit ihrerseits sehr temperamentvoll ausgeführten Liebkosungen und fand erst nach einer halben Ewigkeit Gelegenheit, den Hobbyermittlern Einlass zu gewähren.

Man ging durch die großzügige Diele ins riesige Wohnzimmer, in dem Rolf Menkhoff bereits wartete. Die Begrüßung fiel diesmal keineswegs unfreundlich, aber doch deutlich sachlicher aus. Insbesondere auf Kuscheleinheiten mit einer ausgewachsenen Deutschen Dogge schien er wenig Lust zu haben, beließ es bei einem kurzen Streicheln über den Kopf des Tieres und blickte dann leicht missmutig seine Frau an, deren rotweiß geblümtes Kleid großflächig vollgesabbert war.

Er selbst trug noch seine Anzughose, hatte aber das Sakko gegen eine dunkelblaue Strickjacke getauscht und die Lederschuhe gegen bequem aussehende Cordpantoffeln.

»Ach Gott, Sie haben es aber hübsch hier«, bemühte sich Lieselotte Larisch, ein Gespräch in Gang zu bringen.

»Och, nun ja, wir fühlen uns ganz wohl hier«, erwiderte der Angesprochene in seiner typischen Bescheidenheit, blickte aber gleich anschließend wieder nachdenklich durch die großen Panoramascheiben in den riesigen, geschmackvoll angelegten Garten.

Frau Menkhoff bat die Besucher, auf der über Eck laufenden Sitzgruppe aus hellbraunem Leder Platz zu nehmen, doch Theo brachte es nicht übers Herz, die mehr als beeindruckende Hi-Fi-Anlage, so viel konnte er bereits aus der Entfernung erkennen, uninspiziert zu lassen.

»Ach Rolf, wenn ich gerade mal schauen dürfte, was du da Schönes …« Schon hatte er sich an die gegenüberliegende Wand begeben und bewunderte die technischen Meisterwerke. Allen voran den Schallplattenspieler, einen National SL 1000 mit – auch das identifizierte er innerhalb von Sekunden – Tonabnehmer Shure V 15/II. Dazu ein Receiver SX-2500 von Pioneer mit – »Alter Schwede!« – zweimal 140 Watt sowie damit gewiss bestens harmonierende Lautsprecher CS-E 500, ebenfalls von Pioneer. Und als ob dies alles noch nicht gereicht hätte, stand für eigene Aufnahmen auch noch ein sehr hochwertiges Tonbandgerät von Braun, Typ TG 1000, bereit.

Theo war mit seiner Nordmende-Stereoanlage, die er sich nach jahrelangem eisernem Sparen im vergangenen Jahr zugelegt hatte, eigentlich hochzufrieden. Aber gegen das hier … Damit könnte er die alte Hütte Werdohler Straße 195a an den Rand des Einsturzes bringen. Liebend gern hätte er seinen Klassenkameraden gebeten, mal irgendetwas, vorzugsweise natürlich irgendetwas »Schnelles«, aufzulegen. Doch er verzichtete darauf, da er vermutete, Lieselotte Larisch würde dies für unangemessen halten, und erhielt dafür dann auch umgehend die Bestätigung.

»Theo, ich denke, wir sollten uns nun doch lieber mit anderen Dingen beschäftigen als mit dieser zweifellos sehr prächtigen Musikkonsole.«

Theo nahm zwischen Sabine und Lieselotte Larisch Platz. Wie üblich legte sich Cleo sofort auf seine Füße, was ein Lächeln in das ansonsten angespannt und besorgt wirkende Gesicht von Rolf Menkhoff zu zaubern schien.

Man konnte den Eindruck haben, dass er froh war, nun drei Menschen an seiner Seite zu wissen, die versuchen würden, die Wahrheit ans Licht zu bringen – falls es eine andere Wahrheit gab als die, dass alles nur ein unglücklicher Zufall wäre.

Theo sah seinen Klassenkameraden an. Nie zuvor hatte er ihn so erlebt. In Hauptkommissar Schönfärber und seine Assistenten jedenfalls schien er kein sonderlich großes Vertrauen zu haben.

»Das waren vielleicht drei Pfeifen. Die beiden Jüngeren sagen gar nichts, und der kleine Dicke stellt zwei oder drei zusammenhanglose Fragen, nur um dann zu resümieren, dass es sich höchstwahrscheinlich um Unglücksfälle handele, man ein Verbrechen zum jetzigen Zeitpunkt aber nicht ganz ausschließen könne.«

»Da haben wir es, das ist doch mal wieder typisch«, polterte Lieselotte Larisch los. »Alles, was der Polizei nicht passt, wird als Hirngespinst abgetan.«

Frau Menkhoff sah die Chef-Hobbyermittlerin etwas irritiert an, die daraufhin ins Detail ging.

»Glauben Sie mir, ich habe das schon durch. Bereits vor zwei Jahren nämlich, im Zusammenhang mit der Aufklärung unseres ersten Falls, ist mir das so widerfahren. Na ja, am Ende war ich es ja, die recht behalten hatte.« Sie lächelte süffisant.

Theo erinnerte sich an die vielen Versuche, die er damals gestartet hatte, Lieselotte Larisch davon zu überzeugen, die Polizei einzuschalten und ihr die eigenen Ermittlungsergebnisse zu übergeben. Doch alles Argumentieren hatte nichts geholfen; sie war hart geblieben. Vermutlich nicht nur, weil sie eine große Abneigung gegen das Auge des Gesetzes entwickelt hatte, sondern weil sie den Fall unbedingt selbst hatte lösen wollen.

Hier nun verhielt es sich ganz ähnlich, und Theo hatte die Befürchtung, dass – falls Rolf Menkhoff wirklich in Gefahr wäre – Lieselotte Larischs Bockigkeit durchaus gefährlich sein konnte.

»Wo ist dein Sohn?«, fragte er, nachdem einige Sekunden lang nichts gesprochen worden war.

»Der ist bei einem Freund. Die beiden lernen für eine Klassenarbeit, die morgen geschrieben wird – hoffe ich jedenfalls«, antwortete Rolf Menkhoff mit einem gequälten Lächeln. »Das ist auch ganz gut so. Der Junge weiß nur von *meinem* Unfall. Dass Eva und Heinz in der gleichen Nacht zu Tode gekommen sind, haben wir ihm nicht erzählt, das würde ihn nur unnötig beunruhigen.«

Rolf Menkhoff griff nach einer Schachtel Eckstein No. 5, zündete sich eine Zigarette an und erhob sich dann, um zur in der hinteren rechten Ecke des Raumes befindlichen Bar zu gehen und sich einen Cognac einzugießen.

»Will noch jemand einen?«, fragte er in die Runde.

Während Lieselotte Larisch, Sabine und Hildegard Menkhoff dankend ablehnten, nahm Theo an und handelte sich damit einen strafenden Blick von Lieselotte Larisch ein.

Als der Gastgeber an den Tisch zurückkam und die Gläser

auf den Tisch stellte, bemerkte Theo, dass seine Hände – wenn auch nur ganz leicht – zitterten.

Alle saßen schweigend da, dann eröffnete Lieselotte Larisch die Befragung.

»Herr Menkhoff, Sie und Ihre zwei ums Leben gekommenen Klassenkameraden – fällt Ihnen da eine Gemeinsamkeit ein? Irgendwas, das Sie miteinander verbindet?«

»Das habe ich mich auch schon zigmal gefragt. Aber außer dass wir drei noch eine längere Fahrt vor uns hatten und beim Klassentreffen mindestens eine, wenn nicht sogar anderthalb Stunden zusammen an der Theke in der Kneipe standen, fällt mir absolut nichts ein.«

Das hatte Theo ganz vergessen. Richtig: Da war dieses Grüppchen gewesen, das die ganze Zeit beieinandergestanden hatte. Rolf Menkhoff, Heinz Plettenkämper und Eva Pohl – die drei Unfallopfer! Ein kalter Schauer lief ihm über den Rücken.

»Über was habt ihr euch denn die ganze Zeit unterhalten, etwa über Versicherungen?«, fragte er Rolf Menkhoff.

»Natürlich über Versicherungen. Hast du das nicht mitbekommen?«

Nein, davon hatte Theo nichts mitbekommen, was freilich nicht nur an den sechs oder sieben Metern zwischen der Theke und dem Tisch gelegen hatte.

»Heinz hat doch, als er angekommen war und sich zu uns setzte, sofort groß und breit herumgetönt, was er da für tolle Freundschaftsangebote habe. Eva und ich waren so blöd, Interesse zu signalisieren. Bei mir war es nur gespielt; ich brauche keine weitere Versicherung, und schon gar keine von Heinz. Eva war aber ganz angetan. Na, jedenfalls meinte er, wir sollten uns mal kurz irgendwohin zurückziehen, wo es nicht so laut sei, damit er uns in Ruhe beraten könne. Und dann hat er uns an der Theke einen unendlich langen Vortrag gehalten. Und hat uns erzählt, wie wichtig es sei, eine Glasbruchversicherung, eine Versicherung gegen häusliche Notfälle und, weil man ja nie wisse, eine Hochzeits-Rücktrittskostenversicherung abzuschließen und welch große Unterscheide es da gebe. Und dass viele schwarze Schafe in der Branche unterwegs und dass seine Angebote natürlich die einzig seriösen seien. Zum Totlachen. Eva hat er damit tatsächlich breitgeschlagen, sie hat noch an Ort und Stelle einen Vertrag unterschrieben. Ausgerechnet für eine Lebensversicherung.«

Lieselotte Larisch, Sabine und Theo sahen sich verblüfft an.

»Oh nein, ihr glaubt doch jetzt nicht ernsthaft …«

»Wir glauben gar nichts, Herr Menkhoff, dafür ist es noch viel zu früh«, entgegnete Lieselotte Larisch.

Nicht nur das Haus, auch Lieselotte Larischs Gesprächsführung erinnerte Theo – nicht zum ersten Mal – an »Kommissar« Erik Ode alias Herbert Keller in seiner unumstrittenen Lieblingskrimiserie, von der er erst eine einzige der bisher 73 Folgen verpasst hatte.

Er ließ sich von Hildegard Menkhoff den Weg zum Bad weisen, das – gefliest in modischem Orange – nicht nur einen sehr schicken Eindruck machte, sondern auch überaus großzügig bemessen war. Er wählte das rechte der zwei Waschbecken und spülte mit einem ordentlichen Schluck Wasser zwei Spalt-Tabletten hinunter. Stundenlanges »Sitzen« im DAF, verbunden mit der nervlichen Belastung, alle paar Minuten einen Beinahe-Unfall miterleben zu müssen, forderten nun von seinem Rücken Tribut.

Als er zurück im Wohnzimmer war, setzte Lieselotte Larisch ihre Befragung fort.

»Hatten Sie Ihre Getränke mit an der Bar?«

»Zuerst nicht. Aber so nach fünf oder zehn Minuten haben wir sie dann geholt. Heinz hat ja nicht aufgehört zu erzählen, und ich wollte nicht so unhöflich sein, einfach wegzugehen. Na ja, und Eva, die fand das wirklich interessant, was er da alles von sich gab.«

»Haben Sie später noch weitere Getränke an der Bar zu sich genommen?«

»Ich habe noch ein Mineralwasser getrunken. Und Eva zwei Cola. Die haben wir direkt an der Theke bestellt und dort auch getrunken.«

»Stand denn zwischendurch mal jemand bei Ihnen?«

Zum ersten Mal musste Rolf Menkhoff etwas länger überlegen.

»Hm … außer anderen Klassenkameraden eigentlich nicht«, sagte er schließlich.

»Aber Klassenkameraden standen bei Ihnen?«

»Ja, immer wieder andere, die auf dem Weg zum Zigarettenautomaten waren oder von dort kamen oder einfach mal draußen etwas frische Luft schnappen wollten – die Piepe war ja völlig verqualmt. Die merkten aber alle schnell, dass Heinz nur seine Versicherungen verkaufen wollte, und haben sich zügig aus dem Staub gemacht.«

Als er Lieselotte Larischs nachdenklichen Blick bemerkte, fügte er hinzu: »Hören Sie, es ist völlig unmöglich, dass das jemand von uns getan hat.«

Theo nickte heftig.

»Ich sammle lediglich die Fakten, Herr Menkhoff. Lassen Sie mich nochmal kurz auf die Getränke zurückkommen. Bevor Sie die an die Theke geholt haben – hätte jemand eine Substanz hineingeben können, ohne dass dies bemerkt worden wäre?«

»Wenn jemand anderes im Raum das versucht hätte, wäre es

ganz sicher aufgefallen; es saßen ja nur unsere Klassenkameraden am Tisch. Und von denen war es – auch wenn ich mich wiederhole – sowieso niemand.«

Wieder signalisierte Theo durch Nicken des Kopfes Zustimmung.

»Aber gegessen haben Sie alle am Tisch, nicht wahr?«

»Ja, aber nicht gemeinsam. In der Ollen Piepe gibt es ja nur Würstchen und Frikadellen und natürlich Potthucke. Da hat jeder mal zwischendurch was gegessen, wenn er Hunger hatte.«

»Haben Sie etwas gegessen?«

»Ja, einen Teller Potthucke, kurz bevor ich mit Heinz und Eva aufgestanden bin.«

Lieselotte Larisch drängte auf Präzisierung: »Die Potthucke wurde Ihnen serviert, und Sie haben sie – wie soll ich sagen – in einem Zug gegessen? Also Sie sind nicht etwa zwischendurch aufgestanden und haben Ihren Platz kurz verlassen?«

»Nein, die Potthucke kam, und ich habe sie gegessen.«

»Erinnern Sie sich, ob Eva Pohl und Heinz Plettenkämper ebenfalls etwas gegessen haben?«

Rolf Menkhoff überlegte angestrengt, holte dann plötzlich tief und schnell Luft, um einen Moment später doch wieder innezuhalten. Schließlich sagte er: »Nein, ich weiß es nicht; daran kann ich mich nicht mehr erinnern. Weißt du das noch, Theo?«

Theo war die Frage, die ihn völlig unerwartet getroffen hatte, ziemlich peinlich. Er wollte nicht vor Sabine und schon gar nicht vor Lieselotte Larisch zugeben, dass er aufgrund seines starken Alkoholkonsums an jenem Abend doch recht große Erinnerungslücken hatte.

»Äh … nein, daran kann ich mich auch nicht mehr so recht … das weiß ich auch nicht mehr«, stotterte er.

»Nun ja, so ganz im Detail müssen wir das jetzt ja auch nicht durchsprechen. Ich und Sabine werden uns von Theo ohnehin noch die gesamten Geschehnisse des Abends so detailliert wie möglich wiedergeben lassen«, schaltete sich Lieselotte Larisch wieder ein, während Theo Übles schwante. »Aber Sie hatten den Eindruck, dass Ihre Müdigkeit im Auto stärker war, als sie es eigentlich hätte sein dürfen? Dass die Müdigkeit, die Sie übermannt hat, kaum nur von einem langen und sicher auch anstrengenden Tag herrühren konnte?«

Rolf Menkhoff, der zwischenzeitlich seine Selbstsicherheit zurückerobert zu haben schien, wirkte nun wieder nachdenklich und beunruhigt.

»Nun ja, komisch war das schon. Ich fahre ja oft lange Strecken mit dem Auto, auch nachts. Natürlich wird man da schon mal müde. Aber so sehr, dass ich das gar nicht mehr kontrollieren kann und einschlafe ... nein, das hatte ich vorher noch nie.«

Theo musste daran denken, wie völlig unkontrollierbar sein Zustand während des Klassentreffens plötzlich für ihn selbst geworden war. Dass er anschließend wie ein Stein geschlafen hatte und selbst durch seine Rückenschmerzen nicht wach geworden war und stattdessen – völlig ungewöhnlich – erst am späten Vormittag zu sich gekommen war.

Hatte man etwa auch ihm irgendetwas in sein Bier geträufelt? Oder auf seine Bockwurst, die er sich zwischendurch genehmigt hatte? Oder auf den Senf?

Lieselotte Larisch ließ sich noch den Ort nennen, an dem Rolf Menkhoff verunglückt war, und erfuhr, dass er nach dem Unfall – wenn auch in langsamer Geschwindigkeit – immerhin noch zurück nach Lüdenscheid hatte fahren können. Und obgleich der Mercedes furchtbar in Mitleidenschaft gezogen worden sei, liege kein Totalschaden vor und der Wagen befinde sich bereits in Reparatur.

»Hat Kommissar Schönfärber vorhin vielleicht noch irgendetwas erzählt, das uns helfen könnte?«

Rolf Menkhoff legte die Stirn in Falten, überlegte erst angestrengt und dann immer gedankenverlorener. Schließlich atmete er tief durch. »Er hat nur gesagt, dass man Heinz' Leichnam eine Blutprobe entnommen hat. Er hatte 0,6 Promille. Das heißt, er ist zumindest leicht alkoholisiert vom Klassentreffen weggefahren – was schon dafür sprechen könnte, dass er irgendwann zu müde geworden und eingeschlafen ist. Ansonsten hat man in seinem Blut wohl nichts gefunden, jedenfalls hat dieser Schönfärber nichts Derartiges erwähnt. Bei Eva konnte man …«, Rolf Menkhoff senkte den Blick und seufzte, »… konnte man keine Blutprobe mehr entnehmen, weil sie in ihrem Auto verbrannt ist.«

Wie bei einer Gedenkminute herrschte einige Augenblicke lang Schweigen, bevor Lieselotte Larisch das Ende des Besuches einleitete.

»Nun gut, ich denke, fürs Erste reicht uns das, Herr Menkhoff. Wir werden bestimmt nochmal zu einem späteren Zeitpunkt auf Sie zukommen.«

Nachdem sich die Gäste von Hildegard Menkhoff im Wohnzimmer verabschiedet hatten, brachte ihr Ehemann sie noch bis zur Haustür. Als er den dreien zum Abschied viel Erfolg für ihre Ermittlungsarbeit wünschte, hatte seine Stimme – das war jedenfalls Theos Eindruck – etwas beinahe Beschwörendes.

Rolf Menkhoff schloss die Tür, und sofort danach drehte er den Schlüssel zweimal herum und schaltete die Alarmanlage ein.

5

»Das ist doch wirklich unfassbar. Wer macht denn so etwas Schreckliches?«

Lieselotte Larisch meinte nicht etwa die Geschehnisse nach Theo Kettlings Klassentreffen und den Verdacht, jemand könne die Unfälle herbeigeführt haben. Sie entrüstete sich über die neueste Tat einer spektakulären Mordserie, die – wie so oft in den letzten Wochen – Thema in der Tageszeitung war.

Gemeinsam mit Sabine und Theo saß sie in ihrem Bauernhaus am Küchentisch. Die Tagesplanung sah vor, dass man nach einem ausgiebigen Frühstück zunächst Eva Pohls Unfallstelle bei Freudenberg besichtigte.

Während bei den Damen Einigkeit darüber bestand, dass diese Maßnahme unverzichtbar sei, wenn man nicht Gefahr laufen wolle, etwas Wichtiges zu übersehen, hielt Theo den neuerlichen Ausflug für völlig überflüssig. Fest davon überzeugt, dass man am Ende ebenso mit leeren Händen dastünde wie nach der Besichtigung der schnurgeraden Landstraße im Oldenburger Land, an der Heinz Plettenkämper zu Tode gekommen war.

So beschränkte er sich darauf, sich an Lieselotte Larischs schier unerschöpflicher Essensauswahl gütlich zu tun. Obgleich er am liebsten noch ein weiteres Brötchen mit der unnachahmlichen, von der Gastgeberin selbst eingelegten Sauren Rolle zu sich genommen hätte, entschied er sich für eine Hälfte mit Cervelatwurst und eine mit Appenzeller Käse, um wenigstens noch zwei Bestandteile der riesigen Essensauswahl auszuprobieren. Genau wie Lieselotte Larisch und Sabine schnitt er hin und wieder eine kleine Ecke ab und gab sie Cleo, die sich auf diese Weise eine nicht unbescheidene zusätzliche Mahlzeit erbettelte.

Als erst Sabine und schließlich auch Theo so pappsatt waren, dass sie nichts mehr herunterbringen konnten, Lieselotte Larisch – mittlerweile mit dem Lesen fertig – aber weiterhin die verschiedensten Speisen in sich hineinstopfte, nahmen die beiden die Zeitung an sich. Weil sie sich ebenso wie die Gastgeberin nicht viel aus Fußball machten, ignorierten sie die Vorberichte im Hinblick auf die WM-Zwischenrunde, die am nächsten Tag losging, und überflogen den Artikel über die Mordserie und ihren jüngsten Fall.

In aller Regel wurde über Ereignisse im knapp dreißig Kilometer entfernt liegenden Hagen, das für Sauerländer das »Tor zum Ruhrgebiet« und für Ruhrgebietler das »Tor zum Sauerland« war, in den *Lüdenscheider Nachrichten* gar nicht oder nur sehr knapp berichtet. Doch mit der Reihe von Morden, die fatal an die Untaten von Jack the Ripper erinnerten, schaffte es die Stadt nun schon zum x-ten Mal auf die Titelseite.

Irgendjemand nämlich hatte es auf Hagener Prostituierte abgesehen. Die knapp zweihunderttausend Einwohner zählende Stadt hatte einen kleinen, aber bei Kunden der dort angebotenen Dienstleistungen offenbar sehr angesagten Rotlichtbezirk, der sich auf eine einzige Straße beschränkte und höchstens hundert Meter lang war. Besonders an den Wochenenden war die Düppenbecker Straße ein überaus beliebtes Ziel zahlloser Freier aus dem Sauerland und dem gesamten Ruhrgebiet.

Seit einigen Wochen aber war es um die Routine für die dort

arbeitenden Frauen geschehen. Bereits drei von ihnen waren irgendeinem Verrückten zum Opfer gefallen. Einem brutalen Schlächter, der zuerst in den Medien, dann in der Bevölkerung und mittlerweile sogar – zumindest hin und wieder – von der Polizei der »Jack the Ripper von Hagen« genannt wurde.

Und nun wurde in der Zeitung über Opfer Nummer vier berichtet, eine Frau, deren Leiche am Vortag gefunden worden war – wieder nicht im Rotlichtviertel selbst, sondern an einem wenig belebten Ort, nahe der Wohnung der Frau; im Funckepark diesmal. Und wieder wurde dem Opfer – so wie seinerzeit beim »echten« Jack the Ripper – die Kehle durchschnitten und der Unterleib durch Messerstiche verstümmelt.

Mindestens genauso erschreckend wie die Tat selbst war die daraus folgende Erkenntnis, dass der Mörder bei der Auswahl seiner Opfer mittlerweile weit weniger wählerisch zu sein schien. Dieses Mal nämlich war die Tote keine Prostituierte, sondern eine Frau, die mit diesem Gewerbe – soweit man das zu diesem frühen Zeitpunkt der Untersuchungen wissen konnte – rein gar nichts zu tun hatte.

Die Polizei hatte dennoch keinen Zweifel daran, dass es sich um denselben Täter handelte, weil dessen »Handschrift« nur allzu genau passe.

Mit einem kräftigen Schlag auf die Tischplatte und einem damit bestens korrespondierenden »Jetzt aber los, Kinder!« riss die nun erstaunlicherweise ebenfalls satte Lieselotte Larisch die beiden Gäste aus ihrer Lektüre. Eilig wurden die Lebensmittel in den Kühlschrank gestellt und das schmutzige Geschirr in die Spüle.

Natürlich bestand Lieselotte Larisch darauf, nicht etwa Sabines Mini Cooper als Einsatzfahrzeug zu wählen, sondern ihren DAF. Die Fahrt dauerte zwar nur etwas länger als eine halbe

Stunde, hatte es aber besonders schlimm in sich. Sabine, die Theo ohnehin nie wirklich missmutig erlebt hatte, war heute noch besser als sonst gelaunt und geradezu euphorisch.

Am Vorabend hatte sie erfahren, dass sie eine äußerst schwere Klausur in Statistik bestanden hatte, bei der Durchfallquoten zwischen achtzig und neunzig Prozent die Regel waren. Ein Kommilitone hatte in der Uni die Prüfungsaushänge am Schwarzen Brett eingesehen und sie gleich daraufhin angerufen.

Vor allem dies war ganz sicher ein Grund dafür, warum ihr Lieselotte Larischs horrible Manöver noch besser gefielen als ohnehin schon und sie die Fahrerin durch ganz besonders leidenschaftliche Jubelschreie anstachelte, den Kleinwagen noch gewagter zu pilotieren.

Schon aus einiger Entfernung war zu erkennen, dass es *die* Brücke war. Der große schwarze Fleck und das verbrannte Gras ringsherum ließen keinen Zweifel daran.

Lieselotte Larisch schaltete die Warnblinkanlage ein, fuhr auf den Standstreifen und kam dann recht unsanft – halb auf dem Asphalt, halb auf der Böschung – zum Stehen. Immerhin aber konnte man auf diese Weise zwar mühsam, aber gefahrlos aussteigen, da die vorbeirauschenden Fahrzeuge weit genug entfernt waren. Weil zudem die Sauerlandlinie hier – man befand sich zweieinhalb Kilometer vor der Anschlussstelle Freudenberg – schnurgerade verlief, war es anschließend auch möglich, die Unfallstelle aus allen Perspektiven zu betrachten, ohne Angst haben zu müssen, jeden Moment über den Haufen gefahren zu werden.

Dennoch war die Situation vor Ort offenbar für alle drei überaus beklemmend. Mindestens eine Minute lang sagte niemand etwas, und obwohl im Abstand von wenigen Sekunden die Autos mit dröhnenden Motoren vorbeifuhren, war es Theo, als würde Grabesstille herrschen.

Die noch sichtbaren Spuren des Unfalls wirkten in ihrer Gesamtheit wie ein makabres Ensemble des Todes. Zwei Bremsspuren von höchstens anderthalb Metern Länge mündeten in einen großen schwarzen Fleck auf dem Asphalt, der sich wiederum auf dem kurzen, steilen Anstieg hin zum Brückenkopf fortsetzte. Und auch der Kopf selbst war rußgeschwärzt.

Lieselotte Larisch und Theo bemühten sich, in den Spuren irgendetwas zu lesen, kamen dabei aber zu keinerlei Ergebnis. Unterdessen setzte bei Sabine nach dem ersten Schrecken das erfolgsbedingte Hochgefühl offenbar wieder ein. Sie entfernte sich langsam von den beiden, indem sie die Böschung entlangging und verträumt vor sich hin summte. Während ständig irgendwelche Kleinflugzeuge in unmittelbarer Entfernung starteten oder landeten – anscheinend befand sich hinter den Bäumen auf der anderen Seite der Autobahn ein Sportflugplatz –, stand Theo in gebückter Haltung und mit trauriger Miene da. Er fragte sich, ob Eva noch etwas mitbekommen hatte von dem Aufprall und dem Feuer. Er fragte sich, ob sie noch einige Sekunden oder Minuten gelitten hatte. Ob sie vielleicht grausame Schmerzen gehabt hatte und die Gewissheit zu sterben.

»Sie haben sie sehr gemocht, nicht wahr?«, fragte Lieselotte Larisch plötzlich, als hätte sie Theos Gedanken gelesen.

»Ja, das stimmt. Ich mag alle meine Klassenkameraden von früher gern. Aber mit ihr verstand ich mich immer ganz besonders gut.«

Er sah das Bild von Eva beim Klassentreffen vor sich. Sah, wie er den Gastraum betrat und sie ihn anlächelte, und musste gegen seine Tränen ankämpfen.

Weil es ihm überaus peinlich gewesen wäre, vor Lieselotte Larisch zu weinen, war er erleichtert, als Sabine aus rund hundert Metern Entfernung durch lautes Rufen zum Ausdruck gab, wie sehr ihr an diesem für sie so wundervollen Tag die Vegetation am Autobahnrand imponierte.

»SEHT DOCH NUR, WAS FÜR EINE HERRLICHE PFLANZE ... UND WAS FÜR EIN HERRLICHER BAUM!«

Theo und Lieselotte Larisch sahen sich mit einem wohlwollenden Lächeln an.

»HIER LIEGT SOGAR GOLD. WIRKLICH, HIER LIEGT GOLD HERUM.«

Sabine reckte die Arme zum Himmel und sprang dabei immer wieder – so gut es auf der Böschung ging – in die Luft, jeweils begleitet von einem laut quietschenden Juchzen. Mit einer vor dem Bauch zusammengebundenen Batikbluse, die ihre schlanke Taille freiließ, und engen Hotpants sah sie einfach umwerfend aus. Ihre Plateauschuhe hatte sie ausgezogen, um barfuß besser auf dem steilen Gelände umherlaufen zu können, und Theo gelang es selbst an diesem bedrückenden Ort kaum, den Blick von ihr zu lösen.

»Ich denke, wir machen uns wieder auf den Weg«, riss Lieselotte Larisch ihn aus seiner Schwärmerei, »ich kann nicht erkennen, welche weiteren Erkenntnisse wir hier noch gewinnen wollen.«

Theo fragte sich, welche Erkenntnisse man *überhaupt* gewonnen hatte, verzichtete aber auf einen Kommentar.

»Nach diesen unschönen Eindrücken müssen wir uns nun erst mal ordentlich stärken«, sagte Lieselotte Larisch, nachdem sie die im Auto wartende Cleo begrüßt hatte, alle eingestiegen waren und sie den DAF auf die Fahrspur lenkte. Sabine stimmte zu, was stille Begeisterung bei Theo auslöste – würde er doch nun nicht alleine mit Lieselotte Larisch am Mittagstisch sitzen, sondern gemeinsam mit dieser wunderbaren jungen Frau, die heute noch viel mehr als sonst eine solche Lebensfreude ausstrahlte.

*

Offenbar hatte Lieselotte Larisch fest damit gerechnet, dass Theo und Sabine ihre Einladung zum Mittagessen annehmen würden, denn sie hatte ein ganz besonderes kulinarisches Highlight vorbereitet: Es gab Labskaus.

Flugs schaltete sie den Herd ein, auf dem schon der Topf mit den im Wasser schwimmenden Kartoffelhälften stand. Die Garzeit nutzte sie, um Rote Bete zu schneiden und zusammen mit Gewürzgurken, dem nach einem Geheimrezept verfeinerten Gewürzgurkensud sowie Corned Beef fein zu pürieren.

Voller Ungeduld wartete sie darauf, dass die Kartoffeln durch waren, und nachdem der Einstichtest mit dem kleinen Schälmesser endlich das gewünschte Ergebnis geliefert hatte, schüttete sie das Wasser ab und zerdrückte die Hälften unter Einsatz ihrer ganzen Körperkraft mit einem gewaltigen Stampfer, der jeder Großküche zur Ehre gereicht hätte. Sie hob das Püree aus Roter Bete unter, gab noch Salz und Pfeffer hinzu und erhitzte alles bei milder Hitze.

Schließlich bereitete sie noch Spiegeleier zu und drapierte alles auf Tellern, während die Matjesheringe auf einer kleinen Kuchenplatte Platz fanden, sodass sich jeder selbst an ihnen bedienen konnte.

Vor etwa zwei Jahren hatte Theo zum ersten Mal das von Lieselotte Larisch zubereitete Seemannsgericht gegessen, hatte zum ersten Mal in seinem Leben überhaupt Labskaus gegessen und war zunächst von der optischen Wirkung auf seinem Teller so entsetzt gewesen, dass er befürchtet hatte, sich beim ersten Bissen unwillkürlich übergeben zu müssen. Zu seiner großen Erleichterung hatte er dann aber feststellen dürfen, dass die rosafarbene bis rote Masse, die so frappierend an ein mächtiges herausgeschnittenes Geschwür erinnerte, im schmeichelnden Zusammenspiel mit dem Spiegelei, dem Matjeshering sowie der Gewürzgurke erstaunlich gut schmeckte.

Sabine war als erfahrene Nordseeurlauberin diese in den meisten Teilen Deutschlands wenig bekannte, wenn nicht gänzlich fremde Speise offenbar sehr vertraut. Nach dem begeistert vorgetragenen Ausruf »Boah, sieht das irre lecker aus!« verschlang sie – genau wie Lieselotte Larisch und Theo – die gewaltige Portion sowie vier Matjesheringe, immer wieder mit der Beteuerung verbunden, sie, Sabine, habe schon oft Labskaus gegessen, aber dieser hier sei ja nun wirklich die absolute Krönung.

Da auch Theo nicht mit Komplimenten geizte, war trotz ihrer eifrigen Kaubewegungen deutlich zu sehen, wie Lieselotte Larischs Grinsen breiter und breiter wurde.

»Also, was haben wir?«, fragte Sabine wenig später, nachdem die drei zuvor mindestens fünf Minuten lang vollgegessen und schweigend dagessen hatten.

»Äh, was meinen Sie, mein Kind?« Lieselotte Larisch war ganz in Gedanken gewesen und hatte offenbar Mühe, ihre Konzentration zurückzuerlangen.

»Na, welche Schlüsse ziehen wir aus unserer Besichtigung der Unfallstelle? Ich meine, wir müssen doch zusehen, dass wir mit unseren Ermittlungen weiterkommen. Nicht, dass am Ende noch dieser Kommissar Schönfärber schneller ist als wir.«

Vielleicht war es Sabine etwas peinlich, dass sie aufgrund ihrer euphorischen Stimmung im Grunde ja gar nichts von der Besichtigung mitbekommen hatte, und nun versuchte sie das vermeintliche Versäumnis wettzumachen.

Theo, der längst ein feines Gespür für Lieselotte Larischs Mienen- und Körpersprache hatte, merkte ihr an, wie wenig es ihr gefiel, dass jemand anderes als sie die Moderation der Beratungen übernahm. Ebenso wenig erfreut war sie ganz sicher darüber, nun eingestehen zu müssen, dass die Inaugenscheinnahme der Brücke lediglich die altbekannten Anhaltspunkte bestätigt hatte.

»Es spricht nahezu alles dafür, dass Frau Pohl – ebenso wie Herr Plettenkämper – in der Tat am Steuer eingeschlafen ist.«

Theo wartete darauf, dass Lieselotte Larisch noch eine Ergänzung anbrachte, mit der sie die Exkursionen legitimierte, die dann tatsächlich auch kam.

»Dennoch war es unerlässlich, die Unfallorte persönlich aufzusuchen, weil wir nur auf diese Weise Gewissheit darüber bekommen konnten, dass der Verdacht, denn nichts anderes war es ja bis dato für uns, die beiden tödlich Verunglückten wären während der Fahrt eingenickt, auch wirklich richtig war.«

»Für mich ist die Frage eine ganz andere«, riss Sabine die Leitung des Gespräches wieder an sich. »Die entscheidende Frage für mich ist, *warum* die beiden eingeschlafen sind und warum auch Herr Menkhoff eingeschlafen ist. Ich meine, war dies alles wirklich ein Zufall? Sind allen dreien einfach nur aus Übermüdung die Augen zugefallen, oder hat jemand nachgeholfen?«

»Und es gibt noch eine weitere überaus wichtige Frage.« Lieselotte war offenbar bemüht, ihren Rang als unbestrittene Vorsitzende des dreiköpfigen Ermittlerteams zu verteidigen. »Ich denke, es ist uns allen aufgefallen, wie beunruhigt, ja fast schon ängstlich Herr Menkhoff gestern Abend wirkte. Bei mir drängt sich da der Verdacht auf, dass irgendjemand diese drei Menschen – Heinz Plettenkämper, Eva Pohl und Rolf Menkhoff – aus dem Weg räumen wollte. Gibt es hier eine alte Rechnung, die noch offen ist?«

Sie machte eine Pause und sah gedankenschwer zur Zimmerdecke, vermutlich um dem, was sie als Nächstes sagen wollte, ein größeres Gewicht zu geben. Gerade setzte sie zum Weiterreden an, als Sabine ihr zuvorkam.

»Aber wenn das wirklich so zutrifft, schwebt dann nicht Herr Menkhoff in großer Gefahr? Er, der als Einziger den Anschlag überlebt hat?«

*

Da Lieselotte Larisch in ihrer Eigenschaft als pflichtbewusste Rotkreuzhelferin einen wichtigen Termin hatte – sie war eingeteilt worden, um bei einem Jugendsportturnier den Sanitätsdienst zu leiten –, löste sich die Runde ungewohnt schnell und ohne die eigentlich übliche Nötigung Lieselotte Larischs auf, doch unbedingt noch bis zum Kaffee zu bleiben. Man verabredete sich für den Morgen des nächsten Tages, und Sabine nahm Theo mit nach Lüdenscheid, wo sie ihn am Haus in der Werdohler Straße absetzte.

Zurück in seiner Wohnung, war ihm eigentlich sehr danach, sich erst einmal ein oder zwei Stunden aufs Ohr zu hauen, um seinen schmerzenden Rücken zu entlasten.

Doch er fühlte, dass jetzt, genau jetzt, der richtige Zeitpunkt war, ein lange – sehr lange – gehegtes Vorhaben in die Tat umzusetzen.

Theo, der weder Auto noch Führerschein hatte, würde sich sein ganz persönliches Fortbewegungsmittel zulegen: EIN BONANZARAD!

Natürlich hätte er Sabine bitten können, ihn direkt beim Fahrradhändler in Lüdenscheid-Brügge abzusetzen, doch das Ganze war ihm etwas peinlich. Bonanzaräder, so lässig und cool sie auch waren, wurden im Wesentlichen von Kindern und allenfalls noch von Jugendlichen gefahren. Ein 42-jähriger auf einem Bonanzarad, das wirkte gewiss etwas ungewöhnlich, vielleicht sogar skurril. Dann schon lieber Sabine, Lieselotte Larisch und alle anderen, denen er begegnen würde, vor vollendete Tatsachen stellen und einfach mit dem Rad erscheinen.

Er ging in die Küche, öffnete den Schrank und holte den zwischen dem zweiten und dritten Essteller von oben platzierten Briefumschlag hervor. Exakt dreihundert Mark lagen darin – Geld, das er sich in den letzten Monaten mehr oder weniger mühsam zusammengespart hatte.

Jedes Mal, nachdem er bei der Sparkasse gewesen war und Geld abgehoben hatte, hatte er zwanzig oder fünfundzwanzig Mark in den Umschlag gesteckt, um auf diese Weise zu vermeiden, dass eine der Bankangestellten hinter dem Schalter ihn bei Abhebung der gesamten Summe vielleicht strafend angesehen hätte.

Immer nämlich, wenn Theo Geld holte, beobachtete er sein Gegenüber ganz genau. War da in dem Blick vielleicht irgendetwas Abwertendes, irgendetwas auf subtile Art Zurechtweisendes? War da Unverständnis zu lesen, dass er, Theo Kettling, der Frührentner, schon wieder etwas von seinem Konto nahm?

Dabei war seine finanzielle Situation eigentlich ganz solide, er selbst jedenfalls kam gut mit dem ihm zur Verfügung stehenden Geld zurecht. Neben seiner Erwerbsminderungsrente erhielt er jeden Monat mindestens 250 Mark von seiner Großtante Gertrud. Die 93-jährige war im Laufe der letzten zwei Jahre doch etwas klapperig geworden, und so musste sich Theo noch mehr um sie kümmern als zuvor. Das wiederum honorierte Tante Gertrud recht großzügig, konnte sie doch dank Theos Hilfe in ihrem eigenen Häuschen bleiben und war nicht gezwungen, sich eine kleine Wohnung zu nehmen oder gar ins Altenheim zu ziehen.

In Addition seiner Erwerbsminderungsrente mit Tante Gertruds finanzieller Unterstützung hatte Theo monatlich mindestens 850 Mark zur Verfügung, je nach Gertruds Spendierlaune auch deutlich mehr.

So hatte er im Laufe der Jahre ein hübsches Sümmchen auf seinem Sparbuch angesammelt und hätte durchaus den Führerschein machen und sich einen Kleinwagen kaufen können. Doch ihm fehlte der Mut, weil er Angst hatte, sich bei den Fahrstunden zu dumm anzustellen und sich zum Gespött der ganzen Nachbarschaft zu machen.

Und weil dies alles so war, stand er nun in seiner Diele und überlegte, welche Busse er nehmen sollte, um zum Fahrradladen im außerhalb gelegenen Stadtteil Brügge zu kommen.

Nach langem Grübeln entschied er sich für den Einser um 14.07 Uhr, mit dem er bis zur Altenaer Straße fuhr. Dort stieg er um in den Sechser. Um 14.38 Uhr kam er an der Haltestelle »Brügge Postamt« an, und von dort aus waren es nur noch ein paar Schritte bis zum Geschäft, in dem der etwas kauzig wirkende Inhaber alle möglichen Haushaltsutensilien feilbot, aber eben auch eine beachtliche Auswahl an Fahrrädern.

Offenbar war der hagere Mann im ölfleckigen grauen Kittel großer Fußballfan – direkt hinter der Eingangstür empfingen den Kunden zwei verblüffend große Figuren der WM-Maskottchen Tip und Tap.

Mit dem Hinweis, es sei ein Geschenk für seinen Neffen, eröffnete Theo dem Verkäufer seinen Wunsch.

»Na, da suchen se sich mal 'n schönes aus!«, entgegnete der Mittfünfziger und wies mit ausgestrecktem Arm auf eine Reihe von mindestens zehn Bonanzarädern, die sich inmitten eines Meeres verschiedenster Drahtesel befand.

Theo zwängte sich umständlich vorbei an Renn- und Holländrädern, überstieg Kettcars und Kinderfahrräder mit Stützrädern und betätigte mit Rumpf und Ärmeln immer wieder ungewollt die an den Lenkern befestigten Klingeln, sodass er ein beeindruckendes Konzert aus Klingelgeräuschen verschiedener Tonlagen entstehen ließ.

Es war das dritte von rechts. Und es war Liebe auf den ersten Blick. Vor lauter funkelndem Chrom hatte es sogar der wunderschöne Rahmen in Hellorange mit der weißen Aufschrift »BONANZA« auf rotem und schwarzem Grund schwer, zur Geltung zu kommen. Lenker, Schutzbleche, Kettenschutz und Gepäckträger: Alles glänzte um die Wette. Dazu der Easy-Rider-Sattel, die Dreigang-Schaltung mit großem Wählhebel, und sogar angedeutete Federbeine gab es.

Ja, das war seins! Es sah schon jetzt umwerfend aus, und er würde es nach und nach noch individualisieren und zu seinem einzigartigen Theomobil aufwerten. Mit verschiedenfarbigen Katzenaugen zwischen den Speichen, mit einem Tacho bis 70 km/h und vielleicht auch mit batteriebetriebenen Blinkern, mit einem Plastikschmutzfänger am Abschluss des vorderen Schutzbleches, mit einem Wimpel. Und vor allem mit einem Fuchsschwanz, den er an der Rückenlehne hinter dem Sattel befestigen würde.

»Wie groß is'n Ihr Neffe? Ich stelle Ihnen den Sattel gleich richtig ein.« Mit routinierten Bewegungen hob der Verkäufer das auserwählte Stück über die anderen Fahrräder hinweg und stellte es neben die Theke.

»Der … der ist … ach, wissen Sie was, ich fahre das Rad schnell selbst nach Hause. Da stelle ich den Sattel für den Kleinen dann richtig ein.«

»Gut, dann lass ich 'n ganz oben. Ich hoffe nur, dass Sie es nicht weit haben; auf den Dingern sitzt man nämlich wie 'n Affe auf'm Schleifstein.«

Theo versicherte lügend, er wohne nur ein Stück die Straße hinunter, zückte den Briefumschlag aus der Innentasche seiner Wildlederjacke und übergab, ohne zu handeln – denn das konnte und wollte er noch nie – 265 Mark an den Verkäufer.

Draußen, auf dem Gehweg vor dem Geschäft, merkte er schon beim Aufsteigen, dass der Vergleich mit dem Affen auf dem Schleifstein durchaus berechtigt war. Die Sitzposition war so fremdartig und unbequem, dass er sich beim besten Willen nicht vorstellen konnte, beim Fahren auch nur ansatzweise lässig auszusehen.

Theo fuhr die Volmestraße hinab und bog nach dreihundert Metern rechts in die Parkstraße ein, die sofort stark anstieg. War es schon schwer zu glauben, dass diese Fahrräder überhaupt zum Zwecke der Fortbewegung gemacht worden waren – dass sie als Vehikel für das Erklimmen von Steigungen dienen sollten, erschien völlig undenkbar. Egal, wie sehr er sich bemühte, seine Lage zu verändern, um eine günstigere Hebelwirkung zum Betätigen der Pedale zu erzielen – das Bild des Schleifsteinaffen nahm nicht an Deutlichkeit und Brillanz ab. Unmissverständlich bestätigt wurde dies nicht nur durch ein immer stärker werdendes Reißen, Hämmern und Bohren im Rücken, sondern auch durch die überaus amüsiert wirkenden Fahrer der entgegenkommenden Autos. Das Aussteigen aus dem Sattel, eigentlich bei starken Steigungen ja ein probates Mittel zu deren Bewältigung, erwies sich ebenfalls als kaum möglich – in der daraus resultierenden, nahezu artistischen Haltung war es eher noch schwerer, mit vertretbarem Kraftaufwand wertvolle Meter hinter sich zu bringen.

So quälte er sich sitzend, oder zumindest in einer Position, für deren Beschreibung das Wort »sitzend« noch am ehesten geeignet war, weiter den Berg hinauf. Er kroch an den Reihenmietshäusern entlang, die oberhalb der Kirche zu beiden Seiten die Straße säumten, anschließend am Friedhof und fühlte sich dabei mindestens so tot wie dessen Bewohner.

Als er endlich die Grundschule Schöneck erreicht hatte, völlig nass geschwitzt und beängstigend kurzatmig, war er heilfroh. Ab hier nämlich, im Lüdenscheider Stadtgebiet, stieg die Parkstraße längst nicht mehr so stark an und schon bald gar nicht mehr. Er bog in die Weststraße ein, ließ an der folgenden großen Kreuzung den neuen Rathaustunnel links liegen und nahm dann das Sauerfeld in Angriff, den letzten Anstieg der Überführungsfahrt.

Der allerdings hatte es nochmal in sich. Denn obwohl gar nicht so furchtbar steil und auch nicht übermäßig lang, war Theo mittlerweile so geschwächt, dass er mit verzerrtem Gesicht und verdrehten Augen an den Bushaltestellen vorbeifuhr, sehr zur Freude der dort wie üblich herumlungernden Halbstarken, die sich wort- und gestenreich über ihn lustig machten.

Doch mit einem für seine Verhältnisse schier unfassbaren Durchhaltevermögen erreichte er schließlich auch die Abbiegung zur Hochstraße, und von jetzt an verliefen die letzten zwei Kilometer nur noch eben.

Der Anblick des Hauses Werdohler Straße 195a wirkte auf Theo wie die Vision einer Fata Morgana auf einen Verdurstenden in der Wüste. Gottlob aber war hier alles real. Die mittelgrau gestrichene Fassade lachte ihn geradezu an, und selbst der Sweet-Hit »Teenage Rampage« – eigentlich überhaupt nicht seinen Musikgeschmack treffend – schien wie von einem himmlischen Engelschor gesungen. Das Glamrock-Gedudel drang aus einem geöffneten Fenster der Wohnung von Frau Kuhbier. Offenbar hatte eine ihrer beiden jugendlichen Töchter die Stereoanlage bis zum Anschlag aufgedreht und Mutters Wohnzimmer zur Disco umfunktioniert.

Mit stark schmerzendem Rücken und völlig taubem Hintern entstieg Theo seinem Bonanzarad und kratzte die allerletzten Reste seiner Kraft zusammen, um es ebenso vorsichtig wie umständlich die enge Kellertreppe hinunterzutragen. Nachdem er in dem kleinen Raum einen Teil des im Laufe der letzten Jahre angesammelten Gerümpels zusammengestellt hatte, fand das Theomobil seinen Platz an der rechten Wand neben dem Davoser Schlitten aus Kindheitstagen und der Kiste mit dem alten Wehrmachtskarabiner. Sein Onkel Josef hatte ihm die Waffe samt einiger Munition kurz vor seinem Tod feierlich für den Fall übergeben, dass eines Tages der Russe komme.

Er schleppte sich wieder die Kellertreppe hoch und war froh, dass er neben der Haustüre quasi eine Zwangspause einlegen musste, um den Briefkasten zu leeren.

Neben einer Rechnung für das Jahresabo seiner geliebten Autozeitschrift und dem Wochenzettel vom Bösen Wolf – Lüdenscheids erstem richtig großen Supermarkt, beinahe schon nach amerikanischem Vorbild – lag ein DIN-A6-Brief darin, der auffallend schwer und dick war. In einer sehr kreisbetonten Schrift, wie sie typischerweise von Mädchen und Frauen stammt, stand oben links auf dem Umschlag der Name Marianne Dierbusch zu lesen.

Als Theo ihn unfachgerecht mit dem Zeigefinger aufriss, fielen ihm drei Sofortbilder entgegen. Jedes davon zeigte ihn beim Klassentreffen – im Gespräch mit anderen Teilnehmern, lachend, essend, trinkend. Immerhin war Marianne so pietätvoll gewesen, keine Fotos von vorgerückter Stunde beizufügen.

Neben den Bildern lag auch eine Notiz in dem Brief.

Lieber Theo,
auch wenn wir alle furchtbar geschockt davon sind, was nach dem Klassentreffen passiert ist und immer noch nicht glauben können, dass wir Eva und Heinz niemals wiedersehen werden: Es ändert ja nichts daran, dass wir an diesem Abend sehr schöne gemeinsame Stunden hatten. Deshalb habe ich dir einige Aufnahmen meiner Polaroid zur Erinnerung beigelegt.
Sei umarmt – Marianne

Den von Marianne Dierbusch mit »PS:« gekennzeichneten Zusatz auf der Rückseite hätte Theo beinahe übersehen.

Wenn Du auch die übrigen Fotos nochmal sehen möchtest (es sind insgesamt fast siebzig!), kannst Du gerne mal vorbeischauen – ich habe ja den ganzen Abend alles und jeden fotografiert. ☺

6

Marianne Dierbusch wohnte im mittleren der drei vor wenigen Wochen fertiggestellten Hochhäuser am Breitenfeld im obersten Stockwerk.

Auf die insgesamt vielleicht hundert Quadratmeter verteilten sich vergleichsweise wenige Möbel. Diese allerdings waren offensichtlich sehr sorgsam ausgesucht worden und wirkten elegant und hochwertig. Theo Kettling war sich ziemlich sicher, dass es sich um die am teuersten und geschmackvollsten eingerichtete Wohnung des gesamten Hauses, wenn nicht des gesamten Straßenzuges handelte. Gemeinsam mit Lieselotte Larisch, Sabine und der Gastgeberin saß er auf einem todschicken, eierschalfarbenen Ledersofa von mehr als beeindruckenden Maßen. Auf dem gläsernen Wohnzimmertisch lag eine unüberschaubare Menge Polaroidfotos. Zu viert blickte man ratlos auf das beeindruckende Gewimmel von Lichtbildern.

»Meint ihr, das kann euch irgendwie weiterhelfen?«, fragte Marianne Dierbusch skeptisch, was Theo in dem Verdacht bestärkte, dass seine Klassenkameradin vor allem deshalb einem Treffen schon am nächsten Tag zugestimmt hatte, um mit ihrem überaus hübschen neuen Zuhause glänzen zu können.

»Aber natürlich, meine Liebe«, erwiderte Lieselotte Larisch in ihrem unverbrüchlichen Tatendrang. »Dafür müssen wir allerdings planvoll vorgehen und die Fotos nach einer festen Ordnung sortieren.«

»Vielleicht chronologisch – vom Beginn der Party bis zu ihrem Ende?«, regte Sabine an. Ihr Vorschlag stieß bei Lieselotte Larisch allerdings auf wenig Begeisterung.

»Nein, wir sollten thematisch vorgehen beziehungsweise nach Personengruppen typisieren.«

»Was denn für *Personengruppen?* Es waren doch quasi nur wir da; nur unsere Klasse halt. Und eben noch der Wirt … na ja, gut, und auch noch ein paar andere Gäste.« Theo war sich sicher, dass Lieselotte Larisch mit ihrer Schlaumeierei wieder einmal versuchte, sich in den Mittelpunkt zu rücken.

Die Zurechtweisung für die offenbar wahrgenommene Skepsis folgte postwendend.

»Aber Theo – zwischen ›nur‹ und ›quasi nur‹ besteht doch ein enormer Unterschied. Nun überlegen Sie mal …«, das war mittlerweile einer der meistgehassten Sätze des Angesprochenen, »… da gab es den großen Tisch, an dem die Teilnehmer des Klassentreffens zusammensaßen, richtig. Später aber sonderten sich Heinz Plettenkämper, Eva Pohl und Rolf Menkhoff ab und standen lange Zeit an der Theke. Ausgerechnet die drei! Angesichts der vielen Fotos, die hier vor uns liegen, kann ich mir gut vorstellen, dass Frau Dierbusch auch von dieser Situation ein paar Schüsse gemacht hat.«

Theos Schulkameradin nickte zustimmend.

»Und Sie haben uns doch unter anderem noch von zwei Bierpichlern berichtet, die den ganzen Abend über an der Theke saßen.«

»Ganz genau«, legte Sabine nach, »und dann waren ja noch Gäste da, die nur mal kurz vorbeigeschaut haben und zügig wieder verschwanden. Also Frau Larisch, nach welchen Kriterien wollen wir sortieren?«

»Nun, ich meine, wir sollten drei Stapel machen: Einen großen mit den Fotos vom Feiertisch, und dann zwei kleine –

einen mit Bildern, auf denen das Gespräch der drei späteren Unfallopfer an der Theke festgehalten ist und einen mit solchen, die fremde Personen zeigen oder zumindest welche, die nicht zum Kreis der ehemaligen Schüler zählen. Also zum Beispiel den Wirt, die Bierpichler und so weiter.«

Sabine und Marianne signalisierten – ganz im Gegensatz zu Theo – verbal und gestikulierend Zustimmung, und nachdem sich alle bis auf Lieselotte Larisch eine Zigarette angezündet hatten, begann ein überaus geschäftiges Treiben von sechs weiblichen Händen und ein recht zögerliches von zwei männlichen auf der Tischplatte. Fotos wurden von vorne nach hinten, von links nach rechts und von rechts nach links bewegt, kleine Stapel wurden zu größeren zusammengefasst, diese wiederum zu noch größeren, und nach rund zwanzig Minuten hochkonzentrierter Arbeit war die Sortierung abgeschlossen.

Wie nicht anders zu erwarten gewesen war, zeigten die meisten Aufnahmen Situationen am großen Partytisch. Auf allen schien die prächtige Stimmung an jenem Abend geradezu greifbar. Auf einer hochglänzenden Fläche von jeweils 7,9 mal 7,9 Zentimetern wurde getrunken, geraucht und viel gelacht, und bereits beim Ordnen der Fotos hatten sich die drei Frauen immer wieder erheitert angeblickt, immer dann nämlich, wenn Theos Zustand mehr oder weniger deutlich zu erkennen gewesen war.

Obgleich es sich um den mit Abstand größten Stapel handelte, bestand schon nach kurzer Zeit Einigkeit, dass diese Aufnahmen kaum geeignet waren, zielführende Erkenntnisse zu liefern. Zwar waren auch einige wenige dabei, auf denen Theos Mitschüler oder er selbst eher wenig erfreut wirkten, meist in großer Nähe zu Ingeborg Vollmann und Harry Hölscher, eine Tötungsabsicht konnte daraus aber wohl kaum abgeleitet werden, zumal ja sowohl Harry als auch Ingeborg sich immer noch bester Gesundheit erfreuten. Zwei- oder dreimal war auch Gabi, die Bedienung, auf einem Foto zu sehen, doch auch die junge Frau war nach einhelliger Meinung wenig verdächtig.

Etwas spannender war Stapel zwei, der mit den Fotos von der Dreiergruppe an der Theke. Nicht auf allen standen Eva Pohl, Heinz Plettenkämper und Rolf Menkhoff im Fokus des Bildes. Hin und wieder waren sie nur im Hintergrund auszumachen, klein und unscharf, doch Lieselotte Larisch hatte darauf bestanden, sämtliche Aufnahmen zu berücksichtigen, auf denen auch nur ansatzweise etwas von dem Beisammensein der Verunfallten zu sehen war.

Sofern Mienenspiele auf den Gesichtern erkennbar waren, bestätigten sie in ihrer Gesamtheit die Aussage Rolf Menkhoffs, wonach es die meiste Zeit über um das trockene Thema Versicherungen ging. Auf einigen wenigen Fotos wurde gelächelt, auf den meisten aber wirkten die Gesichter ernst und angestrengt. Mehrere der Polaroids zeigten – ebenfalls deckungsgleich mit den Erinnerungen Rolf Menkhoffs –, dass andere Teilnehmer des Klassentreffens an der Gruppe vorbeigingen oder dort stehen blieben.

In beinahe feierlicher Anmutung nahm Lieselotte Larisch schließlich den letzten Fotostapel an sich, den mit den Personen, die nicht zum Klassentreffen gehörten, und der insgesamt nur elf Aufnahmen umfasste. Auf fünfen davon war der Wirt zu sehen, auf zweien die Bierpichler, die sich in Endlosschleifen über die Fußball-WM »unterhalten« hatten, und auf weiteren zweien Wirt und Bierpichler zusammen.

Zwei Fotos aber – und letztlich aus der riesigen Auswahl wirklich nur diese beiden – waren wirklich interessant. Zu erkennen war ein Mann, der in unmittelbarer Nähe zu den drei später Verunfallten an der Theke stand und Bier trank. Er trug ein nichtssagendes blaues T-Shirt und hatte den Unterarm eingegipst. Das erste Bild zeigte ihn nur von hinten; das zweite, von einer anderen Position aufgenommen, zwar von vorn, weil der Mann in den Spiegelfliesen hinter der Theke zu sehen war, doch zum Zeitpunkt des Auslösens hatte er den Kopf gesenkt.

Eines aber war deutlich zu sehen: Der Mann hatte seinen Oberkörper in Richtung von Eva Pohl, Heinz Plettenkämper und Rolf Menkhoff gedreht gehabt und offenbar versucht, deren Gespräch zu folgen.

»Wir müssen unbedingt herausfinden, wer das ist.« Lieselotte Larisch war höchst begeistert, einen ersten Verdächtigen zu haben oder zumindest das, was sie dafür hielt. »Wir werden gleich heute Abend in die Olle Piepe fahren und den Wirt fragen, ob er uns etwas zu diesem ominösen Fremden sagen kann.«

»Das müssen wir auf morgen verschieben; heute hat die Olle Piepe Ruhetag«, sagte Sabine und verscheuchte damit das breite Grinsen aus Lieselotte Larischs Gesicht.

Wie üblich aber gelang es der Chefermittlerin, die Enttäuschung durch die Vorfreude auf eine von ihr selbst zubereitete üppige Mahlzeit im Bauernhaus zu kompensieren: »Dann jetzt aber nichts wie los nach Rölvede. Ich werde mich sofort in die Küche begeben und Reichenberger Kartoffelgulasch machen.«

In ihrer ungezügelten Begeisterung lud sie auch Marianne Dierbusch zu dem Mahl ein, die jedoch dankend ablehnte mit der Begründung, sie müsse in zwei Stunden zum Yogakurs und könne dort unmöglich mit vollem Magen erscheinen.

*

Als Lieselotte Larisch, Sabine und Theo am Bauernhaus eintrafen, war Cleos freudiges Bellen schon im DAF zu hören. Lieselotte Larisch holte gerade den Schlüssel aus ihrer Handtasche, um die Tür aufzuschließen, als sich ein hellblauer VW Karmann-Ghia näherte und anhielt. Hildegard Menkhoff entstieg dem eleganten Coupé und kam mit überaus besorgt wirkendem Gesicht auf die drei zu.

»Mein Mann hat mir verboten, es jemandem zu zeigen. Ihnen nicht und schon gar nicht der Polizei. Aber zumindest Ihnen zeige ich es jetzt. Ich kann das alles einfach nicht mehr alleine … ich halte das alles nicht mehr … ich kann einfach nicht mehr«.

Mit zitternden Händen holte sie aus der Innentasche ihres Blazers ein Stück Papier hervor, faltete es auseinander und gab es Lieselotte Larisch.

Es war ein gewöhnliches kariertes DIN-A4-Blatt, offenbar herausgerissen aus einem Block, wie ihn Schüler für den Mathematikunterricht brauchen. Mit aus verschiedenen Zeitschriftenartikeln herausgeschnittenen Buchstaben war eine Nachricht daraufgeklebt worden.

Zwei Schweine sind schon tot. Endlich. Und auch das dritte Schwein wird verrecken. Schon sehr bald!

7

Das Bild, das sich den Hobbyermittlern im Wohnzimmer des Hauses von Familie Menkhoff bot, hatte beinahe etwas Symbolisches. Rolf Menkhoff hockte mit verbissener Miene in einem Kugelsessel aus weißem Kunststoff. Anscheinend war das schicke Designerstück neu angeschafft worden, Theo Kettling jedenfalls meinte sich zu erinnern, dass es beim letzten Besuch vor drei Tagen noch nicht da gewesen war.

Es wirkte, als wollte sich sein Klassenkamerad in diesem kapselförmigen Sitzmöbel gegen die Ermahnungen der Menschen um sich herum abschotten, nun doch Kontakt mit Hauptkommissar Schönfärber aufzunehmen. Selbst Lieselotte Larisch schien die Situation allmählich brenzlig zu werden, und sie vertrat, wenn auch längst nicht so nachdrücklich wie die anderen, ebenfalls die Ansicht, man solle zur Polizei gehen, schließlich könne man ja nicht wissen, wie ernst es der Verfasser des Briefes meine.

Neben dem Bedrohten selbst und seiner Frau war noch ein gewisser Jakub Kucharczyk anwesend. Der mindestens einen Meter neunzig große und breitschultrige Mann in den Fünfzigern war den Gästen als langjähriger Mitarbeiter und Vertrauensperson Rolf Menkhoffs vorgestellt worden. Jakub Kucharczyk, so hatte man erfahren, fungiere als Hausmeister, als Dienstbote sowie als Kümmerer für alle möglichen Problemchen in der Firma, für die er noch immer die passende Lösung gewusst habe.

Nun war ihm von seinem Chef erstmals die Rolle eines

Leibwächters aufgetragen worden, und Rolf Menkhoff wurde an diesem Morgen nicht müde zu beteuern, er habe auch in diesem Punkt größtes Vertrauen in Jakub.

»Ich lasse mich durch diese Albernheiten ganz gewiss nicht beeindrucken, und schon gar nicht bin ich bereit, meine täglichen Verpflichtungen in irgendeiner Form schleifen zu lassen«, schnaubte der Mann im Kugelsessel, der dies in den vergangenen Minuten schon mindestens dreimal zuvor gesagt hatte.

Die kategorische Ablehnung Rolf Menkhoffs, seinen Tagesablauf vor dem Hintergrund der Bedrohung zu ändern, war auch der Grund dafür, dass die Ermittler zu ungewöhnlicher Uhrzeit in dem ausladenden Wohnzimmer saßen. Spätestens um acht wolle und werde er im Büro sein, hatte er missmutig verkündet, als Lieselotte Larisch ihn am Vorabend angerufen und um ein möglichst baldiges Gespräch gebeten hatte. So saß man nun bereits um halb acht zusammen, und an der Art, wie Rolf Menkhoff immer wieder seine Frau ansah, war deutlich zu erkennen, wie wenig er davon zu halten schien, dass sie den Drohbrief nicht unter Verschluss gehalten hatte.

»Nun, Herr Menkhoff«, unternahm endlich Lieselotte Larisch den Versuch, zum Kern der Sache zu kommen, »irgendjemand scheint Ihnen irgendetwas sehr übel zu nehmen. Etwas, dass Sie gemeinsam mit Heinz Plettenkämper und Eva Pohl … ähm, wie soll ich sagen … getan haben.«

»Was wollen Sie denn damit andeuten? Dass wir vor dem Klassentreffen noch schnell losgezogen sind und ein paar krumme Dinger gedreht haben – dass wir vielleicht eine Oma ausgeraubt haben oder eine Bank überfallen?«

»Aber natürlich nicht. Das, was vielleicht geschehen ist, liegt vermutlich schon sehr lange zurück. Ich kann mir durchaus vorstellen, dass es sich dabei um etwas aus ihrer Schulzeit handelt. Um einen an sich vielleicht harmlosen Streich, dessen Wirkung dann aber aus dem Ruder gelaufen ist und der jemandem so geschadet hat, dass er sich nun an Ihnen rächen will.«

Rolf Menkhoff blickte Lieselotte Larisch groß an. Sein Gesicht wirkte ein wenig wie das eines Kindes, das nach einer Übeltat zur Rede gestellt wird, sich aber weigert, das Vergehen einzugestehen.

»Sie meinen, Heinz, Eva und ich haben als Kinder gemeinsam etwas Schlimmes ausgefressen?«

»Ja, wobei der eigentliche Streich, wie gesagt, ganz harmlos sein kann, aber – warum auch immer – schlimme Auswirkungen gehabt hat.«

Lieselotte Larischs behutsame Wortwahl zeigte ein wenig Wirkung bei Rolf Menkhoff. Seine Atmung beruhigte sich, und seine Gesichtsfarbe wechselte von Krebsrot in ein deutlich gesünder wirkendes Altrosa. Seine Reaktion war dennoch wenig hilfreich.

»Da fällt mir nichts ein«, sagte er knapp, ohne dass man den Eindruck hätte gewinnen können, dass er sein Gedächtnis ernsthaft nach einem passenden Vorfall abgeklopft hätte.

»Hör mal, Rolf …«

Höchst überraschend und unüblich für ihn, zog Theo das Gespräch an sich.

»… wir kennen uns doch nun schon beinahe unser ganzes Leben lang. Ich will damit nur sagen … wenn ihr drei da irgendetwas, wenn da irgendetwas war, dann kannst du uns das wirklich ganz offen …«

Wie von der Tarantel gestochen sprang Rolf Menkhoff auf und stieß sich dabei noch den Kopf am Kugelsessel, was seinen Wutausbruch nicht milderte.

»Was zum Teufel ist eigentlich in euch gefahren? Was glaubt ihr, was Eva, Heinz und ich Schlimmes verbrochen haben? Oh, ja! Natürlich, dass ich da nicht eher drauf gekommen bin. Wir haben früher in der Schule bestimmt jemandem sein Pausenbrot entwendet, und nach dreißig Jahren hat dieser Jemand nun festgestellt, dass der Verlust der Stulle ihm damals das ganze weitere Leben ruiniert hat. Oder … wartet, ich weiß noch etwas Besseres: Wir haben jemandem den Stuhl genau in dem Moment weggezogen, als er sich gerade setzen wollte. Solche kleinen Scherze sind doch bei Kindern sehr beliebt. Wenn man das Opfer einer solch abscheulichen Tat ist, dann bleibt einem ja beinahe gar keine andere Wahl, als die Stuhlwegzieher später zur Verantwortung zu ziehen und einen nach dem anderen zu eliminieren! Warum verwendet ihr eure wertvolle Energie nicht einfach darauf, den Wahnsinnigen zu finden, der hier mordend durch die Gegend zieht und solche Scheißbriefe versendet?«

»Aber das tun wir doch, Herr Menkhoff …« Mit bedacht ruhiger Stimme versuchte Lieselotte Larisch auf Rolf Menkhoff einzuwirken, während Theo halb erschrocken, halb schmollend mit vor der Brust verschränkten Armen dasaß und auf das halbfertige Ministeck-Bild auf dem Wohnzimmertisch schaute, das die obere Hälfte eines beeindruckenden Tigerkopfes zeigte.

»Es geht uns überhaupt nicht darum, Ihnen wie auch immer geartete Vorwürfe zu machen, wir versuchen nur der Sache auf den Grund zu gehen, damit das ein Ende hat. Und Sie haben tatsächlich völlig recht, wenn Sie sagen, dass es eine absolute Nebensächlichkeit sein kann, die wir suchen. Eine Nebensächlichkeit, die quasi eine Spirale des … des Unheils in Gang gebracht hat. Es muss auch gar nicht während der Schulzeit passiert sein, vielleicht war da etwas, als Sie drei schon …«

»ES WAR NICHTS! NICHT WÄHREND DER SCHULZEIT UND NICHT DANACH!«, schrie Rolf Menkhoff und fügte – bereits mit Jakub Kucharczyk im Schlepptau auf dem Weg nach draußen – hinzu, er habe in der Firma weiß Gott bessere Dinge zu tun, als sich hier solch hanebüchenes Zeugs anzuhören.

Nachdem die drei Besucher Hildegard Menkhoff noch ein wenig Trost zugesprochen hatten – das laute Krachen der zugeschlagenen Haustür war direkt in ihr Schluchzen übergegangen –, verließen sie ebenfalls das Haus.

Man verabschiedete sich in aller Eile auch untereinander und verschob weitere Beratungen auf den Nachmittag, weil Lieselotte Larisch vorbereitende Maßnahmen für den Blutspendetermin in Schalksmühle zu erledigen hatte und Sabine im Kiosk aushelfen musste. Pünktlich um halb fünf, mahnte Lieselotte Larisch mit erhobenem Zeigefinger, müsse man sich an der Ollen Piepe treffen. Zwischenzeitlich hatte sie den Wirt angerufen, der sich bereit erklärt hatte, so gut wie möglich Rede und Antwort zu stehen, längstens allerdings bis um fünf, da er dann öffne und keine Zeit für solche Fisimatenten habe.

Lieselotte Larisch quetschte sich dynamisch in ihr DAF Coupé; Theo stieg bei Sabine ein, die angeboten hatte, ihn zur Werdohler Straße zurückzufahren.

*

Knapp neun Stunden später standen der Sterne-Mini und der rote DAF – Letzterer wie üblich schief abgestellt – auf den Parkflächen vor der Ollen Piepe. Von Theo war noch nichts zu sehen. Er hatte angekündigt, selbst zur Piepe zu kommen, und das neuerliche Angebot Sabines, ihn mitzunehmen, energisch abgelehnt.

Als er am Wiedenhof vorbei auf Lieselotte Larisch und Sabine zufuhr, erkannten ihn beide zunächst gar nicht. Erst als der hagere Mann auf den Platz vor der Piepe einbog und unter wildem Betätigen der Klingel über die Fahrzeugwaage donnerte, wurden sie gewahr, dass es sich um Theo handelte. Betont erhaben stellte er das Bonanzarad – in der Zwischenzeit um Fuchsschwanz, Plastikschmutzfänger, Tachometer und Blinker reicher geworden – in die Reihe der Ermittlerfahrzeuge und hatte anschließend alle Mühe, den Damen glaubhaft zu versichern, die Anschaffung des Vehikels sei weder ein Scherz noch eine wie auch immer geartete Kurzschlusshandlung gewesen.

Gerade wollte Lieselotte Larisch an die Scheibe pochen, um sich bemerkbar zu machen, als ein gelber VW Nasenbär überaus schwungvoll auf den Hof fuhr und mit quietschenden Bremsen zum Stehen kam. Hauptkommissar Schönfärber und seine zwei Assistenten stiegen ebenso zügig wie synchron aus und warfen den Hobbyermittlern strenge Blicke zu. Wie schon bei der ersten Begegnung war es anscheinend wieder dem Chef vorbehalten zu sprechen.

»Ich hoffe doch sehr, dass Ihre Anwesenheit hier Zufall ist und dass Sie da drin nur ein Bierchen trinken wollen.«

»Aber natürlich, Herr Hauptkommissar. Wie sagte doch schon Napoleon so schön: *Der Zufall ist der einzig legitime Herrscher des Universums.*«

Während der Angesprochene noch mit fragendem Gesicht die von Lieselotte Larisch vorgetragene Weisheit des französischen Generals und Kaisers zu interpretieren versuchte, ging die Tür auf, und der Wirt machte mit einer laxen Handbewegung klar, dass er den Gästen nun Eintritt gewährte.

Alle sechs Wartenden setzten sich in Bewegung, doch der kleine Hauptkommissar, der von Erscheinung und Auftreten her durchaus an den zitierten Napoleon erinnerte, stellte sich den Detektiven mit auf die Hüften gestützten Händen in den Weg.

»Erst sind wir dran. Wir haben hier eine wichtige Befragung durchzuführen. Sie werden sich hübsch gedulden, bis wir damit fertig sind. Haben wir uns verstanden?«

»Selbstverständlich, Herr Hauptkommissar«, tönte es dreistimmig.

Lange mussten sich Lieselotte Larisch, Sabine und Theo jedoch nicht gedulden. Nach allerhöchstens fünf Minuten kam die Troika wieder heraus und verabschiedete sich wortlos und mit strengen Mienen.

Der Kneipenraum wirkte fremdartig, so wie jeder normalerweise stark belebte Ort, den man zum ersten Mal beinahe menschenleer erlebt.

Lieselotte Larisch, Sabine und Theo nahmen an der Bar Platz, in dessen äußerer Ecke der kleine Sohn des Wirtes mit seinen Big-Jim-Figuren spielte, diese abwechselnd als Cowboy, Arktisforscher, Rennfahrer und Karatekämpfer verkleidete und allen möglichen Stabilitätstests unterzog.

»Habta das Fußballspiel gestern gesehen?«, fragte der Wirt, während er die kleine Deutschlandfahne zwischen einem ganzen Konvolut von Betriebsfußballpokalen und den rechts davon herumlungernden Tip und Tap postierte.

Dies war kein vielversprechender Start in das Gespräch, denn weder Lieselotte Larisch noch Sabine oder Theo interessierten sich sonderlich für Fußball, weshalb man die Frage mit Nein beantworten musste.

»Na, ihr seid ja vielleicht 'n paar komische Vögel«, befand

der Wirt, der gerade vier Pils fertig gezapft hatte und sie ungefragt und die abwehrenden Hände Lieselotte Larischs ignorierend den Gästen servierte. Er steckte sich eine Zigarette in den Mund und zündete sie an; Sabine und Theo taten es ihm gleich. Dann erhob man die Gläser und nahm unter gegenseitigem Zunicken einen mehr oder weniger kräftigen Schluck Andreas Pils zu sich.

»Also was is'n jetzt Phase hier. War das da gerade die Polizei, oder seid ihr die Polizei oder wie oder was?«

»Nein, nein, wo denken Sie hin? Wir hier sind lediglich ganz allgemein an den tragischen Vorfällen nach dem Klassentreffen vom 21. Juni interessiert.«

Lieselotte Larisch sprach in einem möglichst lockeren Plauderton, doch der Wirt vermittelte kaum den Eindruck, dass er ihr die Unbedarftheit abnähme.

»Na, wie ihr meint. Jedenfalls ist das echt 'n dicker Hund! Ich hatte ja schon 'ne ganze Menge Klassentreffen und andere Feiern hier, aber das gleich zwei direkt danach den Arsch zukneifen, das gab's in all den Jahren garantiert noch nicht. Und ihr glaubt, dass der Mörder an diesem Abend hier war, oder?«

»Das ist höchst unwahrscheinlich. Wir müssen nur alle Eventualitäten berücksichtigen, und seien sie noch so abwegig.«

Der Wirt grinste vielsagend. »Na, dann lasst ma hören. Is ja spannend hier ...«

»Das Ganze ist ... wie gesagt ... eigentlich nur ...«

Lieselotte Larisch kramte umständlich die zwei Polaroidfotos mit dem Unbekannten aus ihrer Lederhandtasche. Nachdem sie beide langsam auf die Theke gelegt hatte, betrachtete der Wirt sie eingehend.

»Können Sie sich an diesen Mann mit dem Gipsarm erinnern?«

»Ist das der, der die beiden …« Er legte seinen Daumen an den Hals und bewegte ihn von links nach rechts.

»Hören Sie, das Allerwahrscheinlichste ist wirklich, dass die beiden Opfer einfach nur am Steuer eingeschlafen sind. Trotzdem müssen wir jeder Spur nachgehen, die auch nur im Entferntesten …«

»Ja, schon gut, schon gut. Ich erinner mich an den Typen. Der saß an dem Abend ziemlich lang hier rum und hat 'n paar Pilskes getrunken. Ich glaube, 'n paar Schnäpskes waren auch dabei.«

»Ist er ein Stammgast?«, fragte Lieselotte Larisch den Wirt. Auf Drängen von dessen Sohn war sie damit beschäftigt, Big Jim den Karateanzug auszuziehen und ihn durch Anlegen eines weißen Overalls mit rot-blauen Streifen zum Rennfahrer werden zu lassen. Der bemitleidenswerte Big Jack wurde unterdessen durch den Jungen – deutlich rabiater als Big Jim von Lieselotte Larisch – vom Cowboy zum Arktisforscher verwandelt.

»Nee, der ist kein Stammgast. Ich wüsste auch nicht, dass der vorher schon mal da gewesen wäre. Beschwören könnt ich's aber nicht. Es gibt Gäste, die kommen fast jeden Tag, manche kommen einmal die Woche oder einmal im Monat. Und dann gibt es welche, die sich hier einfach mal einen trinken und in zwei Jahren wieder auftauchen. Oder in dreien oder überhaupt nie wieder.«

»Erinnern Sie sich auch an dieses Grüppchen?« Lieselotte Larisch ließ ihren dicken Zeigefinger über das Polaroid fahren und deutete auf Eva Pohl, Heinz Plettenkämper und Rolf Menkhoff.

»Ja, die drei standen da Ewigkeiten zusammen und haben

rumgequatscht. Sie haben sich lange und ausführlich über Versicherungen unterhalten.«

»Haben Sie vielleicht beobachtet, dass der Mann mit dem Gipsarm sich in besonderer Weise für das Gespräch interessiert hat?«, fragte Lieselotte Larisch, die Big Jim nun akkurat angekleidet hatte und ihn dem Jungen zuschob.

»Hm … kann schon sein, dass er da immer mal wieder hingeguckt und auch zugehört hat – so wie auf dem Foto hier.«

Der Wirt schob den Unterkiefer nach vorn und blickte schräg nach oben, ohne dabei etwas anzusehen. Offenbar war er bemüht, sich den Abend vor knapp einer Woche wieder ins Gedächtnis zu rufen. Zehn oder zwanzig Sekunden lang verharrte er so, ehe er weitersprach.

»Ja, Sie haben recht. Ihn hat das wohl wirklich interessiert, was diese Truppe da bekakelt hat.«

Wieder setzte er seine Nachdenkermiene auf, und schließlich fiel ihm noch etwas ein.

»Das war sowieso total komisch mit denen. Also es ging um Haftpflicht und um Hausrat und um ganz tolle Policen zum Schnäppchenpreis. Aber immer nur dann, wenn jemand von den Klassentreffenleuten stehen geblieben ist. Kaum waren die wieder weg, wurde nur noch geflüstert, da war selbst hier hinter der Theke absolut nichts zu verstehen. Aber anscheinend wurden ganz schön schwermütige Sachen besprochen. Die Gesichter waren verdammt ernst, und ein paar Mal fing die Frau fast an zu heulen.«

Der Wirt drückte seine Zigarette in einem der fünf auf der Theke stehenden Aschenbecher aus und stützte die Hände gegen die Abtropffläche der Spüle.

»Keine Ahnung, worum es da ging – aber um Versicherungen ganz bestimmt nicht.«

8

Lieselotte Larisch wurde zu ihrer Rechten von einem überaus grimmig dreinblickenden Alice Cooper beäugt, während zu ihrer Linken die Bandmitglieder von Led Zeppelin unter der Tragfläche eines Düsenflugzeugs herumlungerten. Theo Kettling indes hatte seinen Platz unter den Musikern von Status Quo und Golden Earring.

Zum ersten Mal diente Sabines Jugendzimmer als Büro für eine Besprechung des Ermittlerteams. Während sich Theo ebenso wohl zu fühlen schien wie dessen Bewohnerin, hatte Lieselotte Larisch offenbar Probleme, sich in dem für sie so fremdartig wirkenden Ambiente konzentrieren zu können. Erst nachdem sie dreimal neu zu ihrer Analyse angesetzt hatte, gelang es ihr, diese mehr oder weniger souverän vorzutragen.

»Ich denke, wir alle waren uns schon vor dem gestrigen … na ja … Gespräch mit Herrn Menkhoff im Klaren darüber, dass er gemeinsam mit Eva Pohl und Heinz Plettenkämper in etwas verwickelt ist, was letztlich ebenso der Auslöser für den Tod von Eva und Heinz war wie für die Drohungen gegen ihn selbst. Ferner spricht vieles dafür, dass der Unbekannte mit dem Gipsarm der Mörder beziehungsweise der Absender der Drohungen ist. Zumindest ist er derzeit unser einziger Verdächtiger.

Die Frage ist nun, wo wir mit unseren Ermittlungen am besten ansetzen können. Bei Herrn Menkhoff kommen wir nicht weiter. Entweder ist das, was er gemeinsam mit den anderen damals getan hat, so schlimm, dass er befürchtet, von Seiten des Gesetzes vielleicht noch heute dafür belangt zu werden, oder aber er hat Angst vor einer sozialen beziehungsweise geschäftlichen Ächtu…«

»Ich finde, wir sollten mal mit Theos Klassenkameraden sprechen und sie fragen, ob sie den Unbekannten an der Theke kennen!«

Lieselotte Larischs Gesichtsausdruck war anzumerken, wie wenig sie es schätzte, dass Sabine ihren Monolog unterbrochen hatte. Vielleicht auch deshalb fiel ihre Reaktion abschlägig aus.

»Das wird uns erstens nicht weiterhelfen, meine Liebe, weil nichts dafür spricht, dass der Mann Teilnehmern des Klassentreffens bekannt ist. Ansonsten wäre derjenige an diesem Abend zumindest kurz in Kontakt mit ihm getreten. Viel spannender wäre doch die Frage, ob jemand aus der Klasse eine Idee hat, was damals passiert sein könnte. Ich bin mir ziemlich sicher, dass dieser Vorfall bis in die Schulzeit zurückreicht.«

Bevor sie weitersprach, legte sie eine ihrer so gerne benutzten und stets von einer pathetischen Miene begleiteten Kunstpausen ein, um ihren Worten mehr Gewicht zu verleihen.

»Allerdings hielte ich es für keine gute Idee, nun einen nach dem anderen zu befragen. Damit könnten wir quasi schlafende Hunde wecken, schließlich wissen wir nicht zweifelsfrei, ob nicht noch jemand in diese Sache von damals verstrickt ist.«

»Aber wer könnte uns sonst weiterbringen?«, fragte Sabine, ohne eine Antwort zu erhalten.

Mindestens eine Minute lang herrschte Schweigen, bevor Lieselotte Larisch eine Idee kam.

»Theo, gibt es einen früheren Lehrer oder eine Lehrerin, die wir befragen können?«

Theo schaute wie gedankenverloren zur Seite und tat so, als ob er die Frage überhört hätte, womit er schon deshalb keinen

Erfolg haben konnte, weil er innerlich wie äußerlich gleichermaßen zusammengezuckt war.

Großer Gott, das Fräulein Osthoff! Dieser fleischgewordene Albtraum aus Kindheitstagen. Diese Furie am Lehrerpult. Dieser apokalyptische Ohrfeigenverteilautomat. Ja, sie lebte noch, war zwar mittlerweile steinalt, aber erfreute sich noch immer einer recht stabilen Gesundheit. Jedenfalls hatte er bis dato nichts Gegenteiliges gehört.

»*THEO?*« Lieselotte Larischs Stimme klang schrill und durchdringend, beinahe so schlimm wie die Fräulein Osthoffs.

»Äh … wie bitte?«

»Ich fragte, ob uns einer Ihrer Lehrer vielleicht weiterhelfen kann.«

»Och … da wüsste ich jetzt eigentlich … nicht so recht …«

»Nun hören Sie aber mit der Schauspielerei auf. Sie denken doch gerade an jemand ganz Bestimmten.«

Es hatte keinen Zweck. Selbst wenn er nun schweigen würde: Lieselotte Larisch würde recherchieren. Würde in Windeseile herausfinden, von welchen Lehrern seine Klasse unterrichtet worden war, und ehe er sichs versah, würde er sich doch in den Klauen dieses pensionierten Drachen wiederfinden.

»Vielleicht … könnten wir mal Fräulein … äh, Frau Osthoff … obwohl ich kaum glaube, dass uns das irgendwie …«

»Wie ist der Vorname?«, drängte Lieselotte Larisch, die bereits in die Diele der Wohnung von Sabines Eltern gestürmt war, dort mit erstaunlicher Zielsicherheit das Telefonbuch fand und mit selbigem nun zurückkam.

»Ilse«, antwortete Theo. ›Keiner will se‹, hängte er im Geiste an, weil der Name ohne diesen als Kind stets konspirativ benutzten Zusatz nicht in seinem Kopf abzurufen war.

Lieselotte Larisch flippte die dünnen, pergamentartigen Seiten kraftvoll durch, sodass man die Befürchtung haben musste, selbige würden aus der Klebebindung reißen und wie Herbstlaub zu Boden fallen.

»DA IST SIE!«, rief sie plötzlich mit sich überschlagender Stimme, »sie wohnt am Bierbaum.«

Es kam, wie es kommen musste. Ilse Osthoff war weder einkaufen noch zur Fußpflege oder sonstwo unterwegs. Sie war zu Hause und signalisierte Lieselotte Larisch am Telefon, dass sie für ein sofortiges Gespräch zur Verfügung stünde, man höre ja Entsetzliches. Nach wenigen Sätzen verabschiedete sich die Anruferin mit den laut ausgerufenen Worten: »Prima, dann sind wir gleich da.«

*

Lieselotte Larisch drückte so fest auf den Klingelknopf neben dem Schild mit dem Schriftzug »I. Osthoff«, dass sich die Spitze ihres Zeigefingers weiß verfärbte. Damit löste sie ein hässliches Schnarren aus, das Theo bereits an die fürchterliche Stimme der Lehrerin erinnerte – laut und schrill, irgendwie metallisch scheppernd, auf jeden Fall aber herrisch und überaus boshaft.

Als er wenige Sekunden später an der Wohnungstür Ilse Osthoffs Stimme – zum ersten Mal seit Jahrzehnten wieder – im Original hörte, erschien ihm die schnarrende Türklingel im Vergleich dazu wie Elfengesang. Immerhin war er dankbar, sich seelisch und moralisch einige Augenblicke sammeln zu können, bevor er seine Lehrerin würde begrüßen müssen. Lieselotte Larisch nämlich tauschte mit ihrer Berufskollegin zunächst lautstark zahlreiche Nettigkeiten aus, und gegenseitig setzten die beiden älteren Damen sich in verblüffend lückenloser Kompaktheit über die jeweils eigene Biografie in Kenntnis. Während anschließend Sabine immerhin noch ein flüchtiger Handschlag zuteilwurde sowie ein misstrauischer Blick auf ihr verwaschenes T-Shirt, bestand die Begrüßung Theos lediglich aus der harschen Aufforderung, er möge sich vor Eintritt in die Wohnung ordentlich die Füße abtreten.

»Oh, Sie haben es aber hübsch hier«, lobte Lieselotte Larisch, als man das Wohnzimmer erreicht hatte.

Theo fragte sich, ob das obligatorische Kompliment in diesem Fall ernst gemeint oder geheuchelt war, und entschied sich nach kurzer Überlegung für erstere Möglichkeit. Zu sehr ähnelte die gute Stube von Ilse Osthoff der in Lieselotte Larischs Bauernhaus in Rölvede.

Das gastronomische Angebot allerdings stand im krassen Missverhältnis zu deren kulinarischem Selbstverständnis. Den Gästen wurde dünner Kaffee eingeschenkt, und alle drei erhielten jeweils ein halbes Stück trockenen Marmorkuchen, der vermutlich aus einer Fertigbackmischung entstanden war, auf jeden Fall aber seine besten Zeiten lang hinter sich hatte.

»Wie kann ich Ihnen behilflich sein?«, fragte Ilse Osthoff und steckte sich gleich im Anschluss ein mächtiges Stück des trockenen Kuchens in den Mund, das sie mit einem ebenso großen Schluck des durchsichtigen Kaffees herunterspülte.

»Also es geht um die zwei ehemaligen Schüler von Ihnen …«

»Ja, schrecklich, Eva und Heinz. Bei unserem gestrigen Treffen mit dem ehemaligen Kollegium wurde darüber gesprochen. Als Schüler waren beide keine Kinder von Traurigkeit …«

»Wie meinen Sie das?«, fragte Lieselotte Larisch mit halbvollem Mund. Ihre zögerlichen Kaubewegungen ließen keinen Zweifel daran, dass ihr Kaffee und Kuchen deutlich weniger zusagten als Ilse Osthoff selbst.

»Na ja, Sie wissen doch – in jeder Klasse gibt es Schüler, die sich – beinahe schon aus Prinzip – nicht auf den Unterricht konzentrieren, sondern stattdessen schon die nächsten Streiche aushecken. Und die, wo immer irgendetwas ausgefressen wird, garantiert mit dabei sind.«

»Ja, natürlich. Das habe ich während meiner beruflichen Laufbahn auch zur Genüge kennengelernt.« Lieselotte Larisch winkte ab.

»Und genau zu dieser Gruppe von Schülern gehörten – ganz eindeutig – Eva und Heinz«, resümierte Ilse Osthoff.

»Und Theo hier – was war Theo für ein Schüler?«, feixte Sabine.

»Der? Ach Gott! Der war doch selbst zum Streichespielen zu transusig. Und auf den Unterricht hat er sich sowieso nie konzentrieren können. Immer hat er gemütlich aus dem Fenster gestarrt, hat mit treudoofem Gesicht zugeschaut, wie sich die Blätter der Bäume im Wind bewegten …«

Theo senkte beleidigt den Kopf und wusste nicht, über wen er sich mehr ärgern sollte: über sich selbst, der er auch heute, nach bald dreißig Jahren, nicht in der Lage war, dieser gehässigen Frau ordentlich die Meinung zu geigen. Oder wenigstens ein kleines Stück dagegenzuhalten. Oder eben über die Lehrerin selbst, die er in diesem Moment gern mit einer Kettensäge in kleine Stücke zerteilt hätte.

Erst als er zögerlich wieder aufschaute und Sabine ihm mit ihrem entwaffnenden Lächeln zuzwinkerte, ließ seine Wut etwas nach.

»Können Sie sich denn an irgendwelche kleineren – oder auch größere – Streiche erinnern, an denen Eva Pohl und Heinz Plettenkämper beteiligt waren?«, fragte Lieselotte Larisch, die nun sichtbar ungeduldig wurde und Sabines vom Thema wegführenden Einwurf mit säuerlicher Miene quittiert hatte.

»Kleinere Scherze … ach, das waren so viele, daran kann ich mich nun beim besten Willen nicht mehr im Einzelnen erinnern. Und größere Sachen? Hm … ja, da war etwas, auf das ich mir nie einen Reim machen konnte …«

Lieselotte Larisch und Sabine blickten Ilse Osthoff mit großen Augen an, während Theo, der ebenso gespannt war, sich bemühte, aus Protest einen gleichgültigen Gesichtsausdruck aufzusetzen.

»Es war auf Burg Altena. Allerdings weiß ich nicht mehr, wann. Ich war im Laufe der Jahrzehnte mit so vielen Klassen in der Jugendherberge, dass ich irgendwann den Überblick verloren habe.«

»Wir waren nur zweimal auf Burg Altena – einmal 1938 und dann nochmal im Herbst 1944«, sagte Theo wie nebenbei und fast ohne Betonung.

»Dann war es die zweite Fahrt, ihr wart damals schon groß, und die schlechte Zeit machte vieles schwierig. Lebensmittel wurden immer knapper, und meinetwegen hätte man getrost auf eine Klassenfahrt verzichten können. Aber den meisten Kollegen war es ganz ungemein wichtig, einen Beitrag zu leisten, dass die Heimatfront hier in der Region intakt blieb – na ja, und so fuhren wir halt.«

Lieselotte Larisch hielt es vor Spannung kaum noch in ihrem Sessel.

»Ich kann mich nur daran erinnern, dass eine kleine Gruppe von Schülern urplötzlich wie verwandelt war, und ich meine, dass es sich dabei um Eva und Heinz gehandelt hätte – also mindestens um die beiden. Trotz der widrigen Umstände hatte zuvor eine wirklich prächtige Stimmung geherrscht, so wie eigentlich immer bei Klassenfahrten oder Ausflügen zur Burg Altena. Von einem auf den anderen Moment aber waren diese Schüler völlig verschlossen und nur noch mit sich selbst beschäftigt. Im Laufe der Berufsjahre lernt man seine Pappenheimer natürlich kennen« – Lieselotte Larisch nickte zustimmend –, »und mir war klar, dass diese Lauser irgendetwas ausgefressen haben mussten. Aber obwohl ich sie ordentlich in die Mangel genommen habe, war nichts aus ihnen herauszubringen.«

Theo konnte sich lebhaft vorstellen, wie das »in die Mangel nehmen« ausgesehen hatte. Nicht selten hatte auch er sich während der Schulzeit in einer solchen Situation befunden und feststellen müssen, dass Ilse Osthoff nicht nur sehr laut hatte werden können, sondern auch vor körperlicher Gewalt gegen ihre Schüler nicht zurückgeschreckt war.

»Na, wie auch immer – wir fuhren nach Hause, und in der Schule normalisierte sich alles wieder. Deshalb bin ich davon ausgegangen, dass – was immer auf Burg Altena geschehen sein mochte – es ganz so schlimm nicht hatte sein können.«

»Sie sagten gerade, es sei eine kleine Gruppe von Schülern gewesen. Wissen Sie noch konkret, wie viele es waren?«, fragte Lieselotte Larisch.

»Hm … nein, dessen bin ich mir nicht mehr gewahr. Es waren mindestens zwei. Vielleicht aber auch drei. Oder sogar vier.«

Theo sah seine Lehrerin mit einer Mischung aus Gleichgültigkeit und Verachtung an.

Sie, die immer alles wusste. Hahaha! Die immer so stolz war auf ihr Elefantengedächtnis. Sie wurde doch tatsächlich so langsam vergesslich. Gut möglich, dass es in der Zeit, die ihr noch blieb, schlimmer würde. Dass sie, so wie es das Schicksal vieler alter Leute war, nach und nach immer mehr vergessen würde und zum Schluss noch nicht einmal mehr wissen würde, wie sie hieße. Theo ertappte sich dabei, wie ihm dieser Gedanke gefiel, und er fragte sich, ob es legitim war, so über einen Menschen zu denken, der einem als Kind sehr zugesetzt hatte.

Bevor er eine Antwort fand, wurde er von Lieselotte Larisch abgelenkt, die mit ihrer Frage anscheinend Ilse Osthoffs Glaubwürdigkeit prüfen wollte.

»Sie sind sich aber absolut sicher, dass es sich bei den zwei Schülern – Sie meinten ja, dass es *mindestens* zwei gewesen wären – um Eva Pohl und Heinz Plettenkämper gehandelt hat?«

»Eva Pohl? Den Namen habe ich nie gehört.«

»Eva Brocke, verheiratete Pohl«, half Theo der alten Dame auf die Sprünge.

»Ach so, natürlich, *die* Eva.« Ilse Osthoff schloss die Augen. »Lassen Sie mich nochmal überlegen ...«

Man hätte eine Stecknadel in dem altdeutsch eingerichteten Wohnzimmer fallen hören. Sabine und Theo blickten erwartungsvoll und mit großen Augen auf die Gastgeberin, ebenso wie Lieselotte Larisch, die vor lauter Spannung abwechselnd die Lippen zusammenrollte und den Mund spitzte.

»Mhm ... ich glaube ... doch, ja, da bin ich mir wirklich ziemlich sicher. Das waren Eva und Heinz.«

»Sie sagten aber auch, dass es eventuell mehr als zwei Schüler waren. Ist es möglich, dass Rolf Menkhoff ebenfalls dazugehörte?«

Wieder nahm Ilse Osthoff ihre Denkerpose ein, wieder schloss sie die Augen, und wieder konnten ihre Besucher vor Ungeduld kaum an sich halten.

»Tja, möglich ist das schon ... aber das kann ich wirklich nicht mehr mit Gewissheit sagen. Je länger ich jedoch darüber nachdenke, desto mehr meine ich mich zu erinnern, dass es tatsächlich drei waren. Drei Kinder, die auch untereinander immer wieder in Streit gerieten. Es kann eigentlich nur so gewesen sein, dass man sich gegenseitig für irgendetwas die Schuld zuschob. Sie hatten was auf dem Kerbholz, daran habe ich keinen Zweifel.«

*

Zur gleichen Zeit, als sich Lieselotte Larisch, Sabine und Theo von Ilse Osthoff verabschiedeten, verließ Rolf Menkhoff mit seinem Leibwächter das Treppenhaus der Tiefgarage im Sauerland-Center, so wie er es jeden Freitagnachmittag tat. Er hatte einen wöchentlich wiederkehrenden Termin zur Rückenmassage, den er nur bei ganz außergewöhnlichen beruflichen Verpflichtungen abzusagen bereit war.

Um im Zentrum nicht Ewigkeiten mit der Parkplatzsuche verbringen zu müssen, hatte er es sich zur Regel gemacht, sein Fahrzeug in der Tiefgarage des in ganz Lüdenscheid samt Umgebung wohl hässlichsten Gebäudes abzustellen. Auf diese Weise verband er das Nützliche mit dem Angenehmen und konnte sich beim kurzen Fußmarsch zur Massagepraxis gleich noch etwas bewegen, was er viel zu wenig tat.

Als er am Haus an der Sauerfelder Straße, Ecke Kölner Straße entlangging, dessen Fassade gerade saniert wurde, fiel ein Abbruchhammer von der obersten Ebene des Gerüsts auf den Gehweg.

Das dreißig Kilogramm schwere Bauwerkzeug verfehlte Rolf Menkhoffs Kopf nur knapp.

9

»Meine Frau darf davon nichts erfahren. Die wird mir sonst noch verrückt.«

Rolf Menkhoff drückte seine Zigarette in dem schweren Drehaschenbecher aus, beförderte die Kippe mit einem kräftigen Stoß auf den Griff hinunter und warf Jakub Kucharczyk einen ernsten Blick zu.

Aus diesem Grund, dass nämlich Hildegard Menkhoff nichts von dem Vorfall erfahren durfte, hatte man sich im Büro des Unternehmers getroffen. Der etwa zehn mal sechs Meter große Raum machte – genau wie das Haus der Menkhoffs – einen großzügigen und gediegenen Eindruck, ohne dabei auf irgendeine Art und Weise protzig zu wirken.

Sofort steckte sich Rolf Menkhoff eine neue Zigarette an, und auch Jakub Kucharczyk, Sabine und Theo Kettling griffen zu ihren Schachteln. Während der langjährige Mitarbeiter und Leibwächter sich des auf dem Schreibtisch bereitstehenden Feuerzeugs aus Sterlingsilber bediente, benutzten Letztere ihre Streichhölzer.

»Ich nehme an, Sie ziehen weiterhin nicht in Betracht, Hauptkommissar Schönfärber zu informieren?«

Lieselotte Larisch hatte einen missmutigen Gesichtsausdruck aufgesetzt – vielleicht auch nur deshalb, weil Rolf Menkhoff bei seinem mahnenden Hinweis bezüglich der Ehefrau den Sauerländer Dativ benutzt hatte. Eine sprachliche Konstruktion, die sie als noch im Dienst befindliche Deutschlehrerin beinahe in den Wahnsinn getrieben hatte. Wie aber auch sollten die Sauerländer Kinder vom Sauerländer Dativ ablassen, wenn dieser von den erwachsenen Sauerländern so liebevoll gehegt und gepflegt wurde? Ich gehe mir eine rauchen. Ich trinke mir ein Bier. Lieselotte Larisch erschauderte beim bloßen Gedanken an diese sprachlichen Verfehlungen.

»Nein, das ziehe ich nicht in Betracht«, antwortete der Befragte schließlich und korrigierte sich nach einem Blick zu Jakub Kucharczyk, »das ziehen *wir* nicht in Betracht.«

»Nun gut, das ist natürlich ganz allein Ihre Entscheidung.« Offenbar wollte Lieselotte Larisch dieses Mal von vornherein die Generierung jeglichen Konfliktpotenzials ausschließen und auf diese Weise eine neuerliche Eskalation verhindern. »Aber es gibt da einen recht interessanten Ansatz, den wir mittlerweile recherchiert haben.«

Sie öffnete ihre Handtasche und legte die zwei Polaroidfotos auf Rolf Menkhoffs Schreibtisch, so wie sie sie dem Wirt in der Ollen Piepe vier Tage zuvor auf die Theke gelegt hatte.

«Diese Fotos hat Ihre Klassenkameradin …«

»Die hat Marianne gemacht, ich weiß. Sie hat an dem Abend ja fast ununterbrochen fotografiert.«

»Ganz recht. Wir haben uns alle Abzüge angesehen und festgestellt, dass auf den allermeisten nichts Auffälliges zu sehen ist. Diese hier aber haben unser Interesse geweckt.«

Rolf Menkhoff setzte seine Lesebrille auf und betrachtete die Aufnahmen mit einer Mischung aus Neugierde und Skepsis.

»Wir haben dem Wirt der Ollen Piepe die Fotos gezeigt und ihn gefragt, ob er sich an diesen Mann erinnern könne und ob es vielleicht ein Stammgast sei. Er konnte sich tatsächlich der Situation entsinnen. Ein Stammgast, so sagte er uns, sei dies nicht und auch niemand, der von Zeit zu Zeit mal in die Piepe komme. Aber jetzt wird es spannend …«

Es folgte die unvermeidliche Larisch'sche Kunstpause, wie üblich von perfekt gewählter Dauer: lang genug, damit die Spannung bei den Zuhörenden ins schier Unermessliche anstieg, und kurz genug, um es nicht zur Aufforderung kommen zu lassen, doch endlich fortzufahren.

»Der Wirt hatte den Eindruck, dass sich dieser Mann für das Gespräch zwischen Ihnen, Frau Pohl und Herrn Plettenkämper interessiert habe. Immer wieder habe er den Kopf zu Ihnen gedreht, was ja auch auf diesem Foto hier erkennbar ist.« Sie tippte mit ihrem dicken Zeigefinger auf das Lichtbild, das den Fremden in den Spiegelfliesen hinter der Theke zeigte.

»Wir wollten Ihnen die Fotos eigentlich schon am Donnerstag präsentieren, aber … na ja, dazu kam es ja leider nicht mehr.«

Rolf Menkhoff löste für einen Moment den Blick von den Aufnahmen und sah Lieselotte Larisch strafend an.

»Sie waren doch ohnehin nicht ganz bei der Sache, als Heinz Plettenkämper seine Versicherungen angepriesen hat«, fuhr sie fort, »da muss Ihnen der Mann doch ebenfalls aufgefallen sein.«

»Ja, natürlich – der ist mir schon aufgefallen. Und wenn ich jetzt so darüber nachdenke … ja, da hat der Wirt ganz recht: Er schien wirklich neugierig zu sein, was uns und unser Gespräch betraf.«

Er lehnte sich zurück, verschränkte die Arme vor der Brust und schien nachdenklich zu werden.

»Mein Gott, das ist mir an diesem Abend gar nicht so bewusstgeworden. Ich habe mir dieses Klassentreffen in den letzten zehn Tagen immer und immer wieder ins Gedächtnis gerufen. Aber diesen Mann da, den hatte ich ganz vergessen.«

Wieder studierte er das Foto lange und hochkonzentriert und sah dann zu Jakub Kucharczyk hinüber.

»Wenn man bloß wüsste, wie man an diesen Kerl rankommt!«

*

Die Möglichkeit, nun aus eigener Entscheidung zur Polizei zu gehen, wurde beim anschließenden gemeinsamen Frühstück des Ermittlerteams im Bauernhaus einstimmig verworfen, wobei die Gründe dafür unterschiedlich waren: Während Lieselotte Larisch und Sabine die Ansicht vertraten, es gebe ja grundsätzlich viele neugierige Menschen, und es könne durchaus sein, dass der Mann mit dem Gipsarm überhaupt nichts mit dem Fall zu tun habe – zumal es ja höchst töricht gewesen wäre, stundenlang in aller Seelenruhe inmitten potenzieller Zeugen Bier zu trinken –, hatte Theo ganz einfach keine Lust, sich mit der eigenmächtigen Einschaltung von Hauptkommissar Schönfärber und seinen stummen Jungs den Zorn des ehemaligen Mitschülers aufzuladen.

Gerade noch erleichtert darüber, nicht mit dem Auge des Gesetzes in Kontakt treten zu müssen, erteilte Lieselotte Larisch ihm im nächsten Moment eine überaus fordernde Aufgabe, freilich nicht, ohne eine schnelle Erledigung derselben einzufordern.

»Sie gehen bitte ganz zeitnah all Ihre Mitschüler durch, die auf dem Klassentreffen waren, und überlegen sehr gewissenhaft, wie wahrscheinlich es ist, dass dieser oder jener hinter dem Mord steckt.«

Das war mal wieder typisch: Die Ermittlungen stockten und drohten gar ganz zum Erliegen zu kommen. Lieselotte Larisch aber ignorierte dies einfach und verteilte offensichtlich sinnlose Aufträge, um den Eindruck zu erwecken, man komme bestens voran.

»Das kann ich mir schenken, Frau Larisch. Von meinen Klassenkameraden steckt da niemand hinter.«

»Dann teilen Sie Ihre Mitschüler eben ein in die Kategorien ›Ziemlich unwahrscheinlich‹, ›Sehr unwahrscheinlich‹ und ›Extrem unwahrscheinlich‹ – auch wenn wir natürlich alle nur zu gut wissen, dass man ›unwahrscheinlich‹ nicht steigern kann.

*

Nachdem Lieselotte Larisch erst Sabine und dann Theo nach Hause gefahren hatte, strich Letzterer erfolglos an sämtlichen Taschen seiner Hose und seiner alten Wildlederjacke entlang. Wieder mal hatte er seinen Schlüssel in der Wohnung liegen lassen. Seit seinem Dasein als Frührentner passierte ihm dies in einer Regelmäßigkeit, die ihn jedes Mal wieder so wütend machte, dass er einen Schreikrampf hätte kriegen können.

Als er sich ein wenig beruhigt hatte, drückte er den Klingelknopf von Frau Kuhbier, die in der Wohnung unter ihm im zweiten Stock lebte. Er hoffte inständig, dass sie bei einer ihrer vielen Putzstellen war und eine ihrer Töchter öffnen würde. Ansonsten würde er sich jetzt eine Viertelstunde lang den neuesten Klatsch und Tratsch aus der Nachbarschaft anhören müssen – freilich nur im günstigsten Fall, da »Gespräche« mit einer *besonders* redseligen Frau Kuhbier gerne auch doppelt oder dreimal so viel Zeit in Anspruch nahmen.

Der Türöffner ertönte, und sofort empfing Edelgard Kuhbier ihren Nachbarn mit der lauthals durch das Treppenhaus gerufenen Frage, ob er sich mal wieder ausgeschlossen habe.

In den nächsten siebenunddreißig Minuten, die Theo in der Diele seiner Nachbarin zubrachte, erfuhr er unter anderem, dass die Mazzarellos aus dem ersten Stock rechts einen neuen Alfa Romeo ihr Eigen nannten, dass die zwei Häuser weiter wohnenden Schulte-Zwillinge ihre gesamte Klasse an der Albert-Schweitzer-Schule mit Windpocken angesteckt hätten und nicht zuletzt, dass Frau Kuhbiers eigen Fleisch und Blut, in Gestalt nämlich ihrer älteren Tochter Petra, nun auch zunehmend die gleiche Hottentotten-Musik wie er, Theo, höre. Erst gestern sei sie mit einer neuen Langspielplatte nach Hause gekommen, auf der ein brennendes Luftschiff abgebildet sei und deren Musik einen in den Wahnsinn treibe – »Was für ein abscheulicher Krach!«

*

Nach Mittagsschlaf, ausgedehntem Spaziergang und einer Tasse Kaffee bei Sabines Eltern im Kiosk verspürte Theo am frühen Abend erstmals nach dem ausschweifenden Frühstück bei Lieselotte Larisch wieder ein gewisses Hungergefühl. Er bereitete sich ein »Gericht« zu, das an Simplizität kaum zu überbieten war und das er trotzdem, oder vielleicht gerade deshalb, einfach nicht leid wurde und schon tausende Male gegessen hatte: Er kochte Spaghetti und schüttete anschließend Tomatenketchup aus der Flasche darüber. Ein Gedicht.

Abermals reichlich gesättigt, stellte er das schmutzige Geschirr in die Spüle, ging ins Wohnzimmer und legte die Langspielplatte mit dem brennenden Luftschiff auf, von der er ebenfalls ein Exemplar besaß. Schon zum Essen hatte er eine

Flasche Pils getrunken. Begleitet von für ihn selbst befremdlich wirkenden und nur im Entferntesten an Tanz erinnernden Bewegungen, kamen nun, beim Abtauchen in die psychedelische Rockmusik, zwei weitere hinzu.

Nicht übermäßig, aber dafür umso angenehmer alkoholisiert, legte er sich anschließend aufs Bett, zündete sich eine Krone an und tat das, was Lieselotte Larisch ihm am späten Vormittag aufgetragen hatte: Er ging im Geiste alle Teilnehmer des Klassentreffens durch und teilte sie in die verschiedenen Unwahrscheinlichkeitskategorien ein.

Elfriede Nöllenkamp: Die Organisatorin des Klassentreffens war nicht nur ein Muster an Pflichtbewusstsein und Gewissenhaftigkeit, sondern auch an Warmherzigkeit, und war nicht zuletzt ausgesprochen harmoniebedürftig. »Extrem unwahrscheinlich«.

Walter Stutenkötter: Walter interessierte sich viel mehr für schlüpfrige Witze, als sich irgendwelchen Rachegelüsten hinzugeben. »Extrem unwahrscheinlich«. Theo korrigierte sich und stufte ihn, Lieselotte Larisch zuliebe, auf »Sehr unwahrscheinlich« hoch.

Eva Pohl: Er seufzte bedauernd und machte eine neue Kategorie auf: »Nicht möglich«.

Heinz Plettenkämper: »siehe oben«.

Rolf Menkhoff: »siehe oben«.

Marianne Dierbusch: Was zum Teufel sollte diese attraktive Frau dazu bewogen haben, eine andere attraktive Frau umzubringen? Eifersucht? Quatsch! Und was für einen Grund sollte sie gehabt haben, einen großspurigen, als Versicherungsvertreter daherkommenden Taugenichts zu beseitigen, der ihr ja keine nutzlose Police angedreht hatte? Oder vielleicht doch? Aber selbst wenn – dann würde sie nun halt vierteljährlich einen zwar ärgerlichen, aber doch nicht unüberschaubaren Geldbetrag an einen Versicherungskonzern entrichten müssen. Deswegen brachte sie Heinz doch nicht um. Vor allem aber: Marianne hatte den ganzen Abend über wie eine Verrückte fotografiert. Wie sollte sie da Zeit gefunden und die Nerven gehabt haben, eine einschläfernd wirkende Substanz in die Getränke der drei Opfer zu träufeln? Eigentlich »Extrem unwahrscheinlich«, aber Theo wollte mal nicht so sein und ging auch hier auf »Sehr unwahrscheinlich« hoch.

Harry Hölscher: Harry hätte gar nicht die Zeit gehabt, das Ganze vorzubereiten und durchzuziehen. Denn immerhin hätte er sich ja erkundigen müssen, wie man so etwas erledigen könnte, hätte sich die Substanz besorgen müssen und so weiter – alles wertvolle Zeit, in der er sich nicht mit seinen geliebten Aufzügen hätte beschäftigen können. »Extrem unwahrscheinlich«.

Ingeborg Vollmann: Hm ... die olle Emanze hätte doch jeden Mann auf Gottes Erde am liebsten eigenhändig in die Hölle gestoßen. Und ganz besonders so einen Kerl wie Heinz. Einen, der gern auf dicke Hose gemacht hatte. Und Eva? Na klar, Eva war eine Frau gewesen, die so gar nicht in Ingeborgs Weltbild gepasst hatte: ziemlich hübsch und charmant und nicht bereit, endlose Problemdiskussionen zu führen. Andererseits, wenn Theo die Sache objektiv betrachtete – Ingeborg war zwar ganz zweifellos ein griesgrämiger Drache, aber wenn sie alle Leute umgebracht hätte, die sie ablehnte, dann wäre die Stadt verdammt einsam gewesen. Immerhin, hier konnte er mal ein »Ziemlich unwahrscheinlich« vergeben.

Willi Schlottmann: Was für ein absurder Gedanke! Schlotti war für die komödiantischen Einlagen zuständig, nicht für die mörderischen. Und selbst wenn er die beiden tatsächlich hätte umbringen wollen, dann hätte er das mit irgendeiner humorvollen Darbietung verbunden. Vielleicht hätte er sich als Vampir verkleidet und ihnen mit einem Spezialgebiss die Halsschlagader durchtrennt. Oder er hätte sich ein Werwolfkostüm angelegt, hätte aufgejault und seine Opfer bestmöglich zerfleischt. »Extrem unwahrscheinlich«.

Christiane Stuckmann: Über sie hätte Theo am liebsten überhaupt nicht nachgedacht. Großer Gott, wie konnte sich ein Mensch nur so zu seinem Nachteil verändern? Das galt zumindest für ihr Äußeres, und auch wenn ihm kein umfassendes Urteil über ihre inneren Werte zustand, so konnte er doch resümieren, dass Christiane heute ein wirklich einfach strukturierter Mensch zu sein schien. Viel zu einfach strukturiert jedenfalls, um einen Doppelmord zu planen und durchzuführen. Nicht nur deshalb, sondern vor allem, weil er ein mögliches weiteres Treffen mit ihr, als Verdächtige im Beisein von Lieselotte Larisch und Sabine, ausschließen wollte, entschied er auf »Extrem unwahrscheinlich«.

So extrem unwahrscheinlich wie die Möglichkeit, diesen Fall – wenn es denn einer war – jemals lösen zu können.

Theo drückte seine Zigarette in dem übervollen Aschenbecher auf dem Nachtschränkchen aus und drehte sich mit unschön knackender Wirbelsäule um. Augenblicklich verfiel er in einen Dämmerzustand. Wie immer, wenn er zwar todmüde, aber für einen halbwegs gesunden Schlaf zu aufgekratzt war, hörte er Stimmen. Manche klangen irgendwie vertraut, andere wieder überhaupt nicht. Eine Stimme aber konnte er sofort zuordnen, nämlich die von Lieselotte Larisch. Erst noch redete sie ziemlich zusammenhangloses Zeug, doch dann wurde es konkreter, und auch ein Bild kam hinzu: Sie saß neben Sabine an einem Tisch inmitten eines kargen Raumes, wie man ihn aus Verhörszenen in Fernsehkrimis kannte. Beide Frauen blickten ihn ernst an. Sehr ernst sogar.

»*SIE* waren es doch nicht, Theo? Nein? Entschuldigen Sie die Frage, aber sie muss gestellt werden!«

10

Noch fiel kein Tageslicht auf den Waldweg, dessen tiefe Kuhlen in den Fahrspuren den Land Rover und seine Insassen ordentlich durchschütteln ließen.

Rolf Menkhoff hatte sich den strapazierfähigen Geländewagen im Jahr zuvor gekauft, nachdem er es leid gewesen war, sich mit dem großen und heckgetriebenen Mercedes im Morast festzufahren. Die ersten beiden Male hatte er damals das Glück gehabt, dass Forstarbeiter in der Nähe gewesen waren und ihn mit ihrem Unimog aus der misslichen Lage befreit hatten. Beim dritten Mal war das Maß endgültig voll gewesen. Rolf Menkhoff hatte sich zu Fuß bis nach Hückinghausen durchgeschlagen, dort beim ersten Haus geklingelt und den ADAC angerufen – erfolglos freilich, denn die Dame am anderen Ende der Leitung hatte ihm freundlich, aber bestimmt mitgeteilt, der Allgemeine Deutsche Automobil-Club biete zwar Pannenhilfe, sei jedoch kein Bergungsunternehmen. So war ihm nichts anderes übriggeblieben, als seinen ungeliebten Reviernachbarn um Hilfe zu bitten, der ihn mit seinem alten und unansehnlichen, jedoch im Gegensatz zum Luxus-Mercedes höchst geländegängigen Allgaier-Traktor aus dem Schlamm zog. Ganz wie erwartet, hatte er sich während des Manövers eines gewaltigen Bombardements aus Spott und Häme ausgeliefert gesehen und anschließend große Mühe gehabt, »Danke« zu sagen und auf einen kraftvollen Tritt zwischen die Beine seines Waidkameraden zu verzichten.

Als Rolf Menkhoff und Jakub Kucharczyk den Hochsitz

erreicht hatten und die Scheinwerfer des Land Rovers ausgeschaltet waren, fielen einige Tropfen vom Himmel, doch dabei blieb es, und nach höchstens einer Minute war der kleine Schauer schon wieder vorüber. Rolf Menkhoff öffnete die Heckklappe des Geländewagens und nahm sein Gewehr und das Fernglas, während sein Begleiter nach dem mit Proviant gefüllten Rucksack griff.

Als die Leiter erklommen war und die Klappen vor den Kanzelfenstern geöffnet, hatten sich die Augen an die Dunkelheit gewöhnt, und erstaunlich gut war nun alles zu erkennen: die große Weidefläche direkt voraus – mindestens zweihundert mal hundert Meter messend –, erst steil abfallend und dann, nach einer Kuhle, ebenso steil wieder ansteigend. Dahinter die kleine Nebenstraße nach Hückinghausen, auf der zu so früher Stunde fast nie ein Auto entlangfuhr. Links und rechts war die freie Fläche von dicht bewachsenem Wald begrenzt.

Bald würde die Dämmerung anbrechen, und wenn man die Chance haben wollte, ein Tier zu schießen, dann in der nächsten halben Stunde. Doch auch das war alles andere als sicher, schließlich hatte die Blattzeit noch nicht begonnen, und wie viele Stunden hatte Rolf Menkhoff schon auf dem Hochsitz damit zugebracht, die heimische Flora anzustarren?

Er griff in die Innentasche seiner Lodenkotze und holte eine Schachtel Zigaretten hervor. Er öffnete sie, schnippte mit dem Mittelfinger vor den Boden und hielt sie Jakub Kucharczyk entgegen, der von dem Angebot dankend Gebrauch machte – ebenso wie von dem, einen ordentlichen Schluck Cognac aus dem Flachmann zu nehmen. Rauchend, sich hin und wieder einen weiteren Schluck gönnend und ohne ein Wort zu sagen, saßen die beiden da und hörten nach einiger Zeit Motorengeräusch, das langsam näher kam.

Nun befuhr doch ein Auto die Straße oberhalb der Weidefläche. Rolf Menkhoff wollte sich gerade aufregen, war es doch nun noch weniger wahrscheinlich, dass sich Tiere hier blicken ließen. Doch dann erkannte er, dass es *der* Wagen war: ein hellblauer Opel GT mit dem Kennzeichen LÜD-H 6429. Schon mindestens ein halbes Dutzend Mal war das kleine Sportcoupé hier angefahren gekommen, während er, Rolf Menkhoff, auf dem Hochsitz gesessen hatte.

Der junge Mann, dem das Auto anscheinend gehörte, war in der Nacht wohl mal wieder auf Beutezug in einer der Diskotheken im Umkreis gewesen und hatte offenbar Erfolg gehabt. Auf dem Beifahrersitz nämlich – das konnte Rolf Menkhoff mithilfe seines sündhaft teuren Fernglases trotz der dürftigen Lichtverhältnisse sehen – saß eine junge Frau mit blondgelockten Haaren. Schnell öffnete er den Rucksack und gab seinem Begleiter mit den verheißungsvollen Worten »Jetzt gibt's was zu sehen, Jakub« sein altes Ersatzfernglas.

Der Wagen wurde blickgünstig zwischen zwei größeren Büschen am Fahrbahnrand abgestellt, und dann ging alles ungewöhnlich schnell. Keine langen Vorgespräche, kein unnötiges Tête-à-Tête; es ging direkt zur Sache. Und wie: In den folgenden dreizehn Minuten zählten Rolf Menkhoff und Jakub Kucharczyk neun Stellungswechsel und fünf unterschiedliche Posituren, von denen mindestens zwei so akrobatisch anmuteten, dass das Einnehmen selbiger in dem engen Innenraum des Opels an ein Wunder grenzte.

Nach Beendigung des erotischen Intermezzos und der Weiterfahrt des Opels wich vor allem bei Rolf Menkhoff das breite Grinsen schnell einer resignierten Miene. Mittlerweile war die Dämmerung angebrochen, und die Wahrscheinlichkeit, nun noch Jagderfolg zu haben, tendierte gegen null.

Dann aber – entgegen allen Erwartungen – tauchte er plötzlich von rechts aus dem Wald kommend auf: der Bock. Nein, *sein* Bock. Das Objekt der Begierde, das ihm schon manche schlaflose Nacht bereitet hatte. Das imposanteste Rehwild, das ihm in seiner fast zwanzig Jahre andauernden Ausübung der Jagd begegnet war.

Instinktiv griff er nach seiner Waffe und stützte den Ellenbogen vorsichtig, ganz vorsichtig auf das Brett vor dem Fensterchen. Bald hatte das Tier den untersten Punkt der Weide erreicht – und blieb stehen. Seitlich zum Hochsitz, besser ging es gar nicht. Rolf Menkhoff sah durch das Zielfernrohr und ging von unten, neben dem Lauf des Bocks, langsam bis zur Kammer. Er wollte gerade abdrücken, als das Rehwild sich wieder in Bewegung setzte. Es ging vier Schritte … fünf … sechs und blieb dann erneut stehen. Wieder seitlich zum Hochsitz, wieder in beinahe idealer Position.

Genau wie eine halbe Minute zuvor visierte der Schütze sein Ziel an. Er atmete langsam aus, hielt den Atem an. Drückte ab.

Der Rehbock tat noch ein paar Schritte – sodass Jakub Kucharczyk vielleicht gedacht haben mochte, er wäre gar nicht getroffen worden –, wurde langsamer und langsamer und brach schließlich auf dem nassen Gras zusammen.

Wie er es bei der Vorbereitung auf die Jägerprüfung gelernt hatte, ging Rolf Menkhoff nicht sofort zu dem sterbenden Tier, sondern wartete eine kurze Weile, was ihm wohl nie zuvor so schwergefallen war.

Schließlich konnte er einfach keine Geduld mehr aufbringen und stürzte, gefolgt von Jakub Kucharczyk, die Leiter des Hochsitzes hinab. Aufgeregt lief er zu dem reglosen Tier, das noch vor zwei oder drei Minuten so viel Anmut und Lebendigkeit ausgestrahlt hatte. Als er es erreichte, nahm er eine staatsmännisch wirkende Haltung ein und betrachtete es beinahe andachtsvoll.

Schon als er ihn vor sechs Jahren zum ersten Mal als Knopfbock gesehen hatte, war ihm klar gewesen, dass es sich um ein ganz besonderes Exemplar gehandelt hatte. Und dass es sein Lebensbock werden könnte.

Und nun lag er da vor ihm. Die Trophäe – mindestens 370, 380 Gramm schwer und vielleicht sogar die ruhmbehaftete Schallmauer von 400 Gramm durchbrechend – würde ohne jeden Zweifel *die* Attraktion bei der nächsten Versammlung des Hegerings sein.

Rolf Menkhoff schien sich schon auf die neidischen Gesichter der anderen Jäger zu freuen und vor allem auf das seines Reviernachbarn, der ebenfalls scharf auf den Bock gewesen war und es ganz gewiss ungleich lieber gesehen hätte, wenn selbiger vor ein Auto gelaufen wäre, als dass ausgerechnet sein Rivale ihn zur Strecke brachte.

Endlich gelang es Rolf Menkhoff, seinen Blick von dem Tier zu lösen, und er bat Jakub Kucharczyk, zwei Zweige für das Überreichen des Bruches zu besorgen. Allerdings war die Aufgabe leichter vergeben als erledigt, denn schließlich durften für einen waidgerechten Bruch nur die Zweige von Eiche oder Fichte verwendet werden, und weder von dem einen noch von dem anderen Baum schienen Exemplare in unmittelbarer Nähe zu sein.

Er sah seinem treuen Begleiter nach, bis dieser links im Wald verschwand. Dann nahm er wieder seine andächtige Haltung ein und stand völlig reglos vor dem erlegten Rehbock. Außer vereinzeltem Vogelgezwitscher und hin und wieder einem schwach zu hörenden Fahrzeug auf der gut drei Kilometer entfernt liegenden Sauerlandlinie herrschte völlige Stille.

Eine wundersame, friedvolle Stille, die plötzlich durch einen Schuss zerrissen wurde.

Rolf Menkhoff schrie laut auf, konnte sich für ein oder zwei Sekunden noch auf den Beinen halten, brach dann aber zusammen und fiel auf das gerade durch ihn selbst getötete Wildtier. Er drehte den Kopf zur Seite und sah Jakub Kucharczyk aus dem Waldrand springen und auf ihn zustürmen.

»Es geht schon … es ist … es ist nur das Bein.«

Rolf Menkhoffs Worte waren schwer zu verstehen – offenbar plagten ihn starke Schmerzen.

»Der Kerl ist da entlang«, er deutete mit dem Kopf nach rechts, »lauf ihm nach, du erwischst ihn noch.«

Der Leibwächter sprintete los, diesmal in den rechts angrenzenden Wald, war sich dann aber offensichtlich unsicher, welche Richtung er einschlagen sollte. So rannte er hektisch mal hierhin, mal dorthin, blieb zwischendurch für eine oder zwei Sekunden stehen, um den Gesuchten ausmachen zu können, und stürmte gleich darauf wieder los.

Wäre der Fliehende nicht wenige Sekunden zuvor ins Straucheln geraten und gestürzt, hätte ihn Jakub Kucharczyk ganz gewiss nicht mehr gefunden. So aber sah er plötzlich den Gipsarm, und nun wusste er, welchen Weg er zu nehmen hatte.

Durch das weitere Handicap der beim Sturz zugezogenen Verletzung humpelte der andere, weshalb es dem Leibwächter – wenngleich heftig schnaubend – gelang, den Abstand mehr und mehr zu verkürzen.

Spätestens an der nächsten Weidefläche, die hinter dem kurzen Waldstück folgte – so nahm er sich vor –, würde er den Schützen erwischt haben.

Zwar benötigte er etwa dreißig Meter mehr und musste noch ein Stück die Wiese hinabstürzen, doch schließlich gelang es ihm, den Mann durch einen Stoß in den Rücken zu Boden zu werfen.

Nachdem er ihm eine kräftige Rechts-links-Kombination verpasst hatte und sich vermutlich schon sicher war, seinen Gegner überwältigt zu haben, konnte dieser überraschenderweise einen ähnlich wirkungsvollen Gegenangriff einleiten. Jakub Kucharczyk ereilte eine ganze Salve von Schlägen gegen Kopf und Oberkörper, einige davon mit dem Gipsarm ausgeführt, sodass ihm die Luft wegblieb und er Mühe hatte, nicht in eine allzu defensive Position zu geraten.

Doch dann gelang es ihm, einen heftigen Kopfstoß gegen das Gesicht des Mannes anzubringen, der von einem hässlichen Knacken sowie einem gequälten Aufstöhnen begleitet wurde. Stark aus Mund und Nase blutend, war nun wieder Jakub Kucharczyks Gegner kaum noch in der Lage, sich zu verteidigen.

Er drehte ihm den Arm auf den Rücken und zog ihn in dem festen Glauben, als Sieger aus dem Zweikampf gegangen zu sein, langsam nach oben.

Aber er hatte sich erneut getäuscht. Blitzschnell griff der Mann in die Innentasche seiner Jacke, und die Pistole, mit der er zwei Minuten zuvor auf Rolf Menkhoff geschossen hatte, kam zum Vorschein. Jakub Kucharczyk konnte den Hieb gegen seinen Kopf nicht mehr abwehren und sackte benommen zu Boden. Auf allen vieren gegen die drohende Ohnmacht ankämpfend, musste er hilflos mit ansehen, wie sich der Schütze entfernte und im Wald verschwand.

11

Das Zimmer strahlte zwar keinerlei Wohnlichkeit aus, war aber immerhin äußerst großzügig bemessen. Zur Rechten von Rolf Menkhoffs Bett standen Jakub Kucharczyk und Sabine sowie Lieselotte Larisch, die sich auf einem unbequemen, mit grünem Kunstleder bezogenen Stuhl niedergelassen hatte. Theo Kettling hatte auf einem identischen Sitzmöbel vor dem kleinen Tisch Platz genommen, der an der hinteren Ecke des Raumes, neben dem Eingang zum Bad und unterhalb des Fensters, platziert war.

Als Privatpatient hatte Rolf Menkhoff Anspruch auf ein Einzelzimmer, und so genoss er das Privileg, in der Nr. 218 im zweiten Stock des Krankenhauses an der Philippstraße zu residieren.

Mit den Worten »Nun, Herr Menkhoff ...«, hatte Lieselotte Larisch gerade das Gespräch eröffnen wollen, als die Tür aufflog und vier Männer sowie zwei Frauen in weißen Kitteln hereinstürmten. Zeitgleich sprangen Lieselotte Larisch und Theo von ihren Plätzen auf und machten wie die übrigen zwei Besucher einen Schritt auf die Türe zu, als sie vom Anführer der weißen Meute ausgebremst wurden.

»Bleiben Sie ruhig hier drinnen. Wer sich schon nicht an die Besuchszeiten hält, der kann auch der Visite beiwohnen. Und heute kann man ja ohnehin niemandem wirklich böse sein.«

Am Vortag hatte die Fußball-Nationalmannschaft durch einen 2:1-Sieg gegen die Auswahl der Niederlande die Fußball-Weltmeisterschaft im eigenen Land gewonnen, was offenbar auch bei dem Chefarzt für Begeisterung sorgte.

Mit relativ leiser, aber dennoch auf irgendeine Weise durchdringender Stimme stellte er sich als Dr. Seuthe vor, und nun erkannten ihn Lieselotte Larisch und Theo wieder. Sie hatten seine Bekanntschaft vor zwei Jahren gemacht, als sie im Rahmen der Ermittlungsarbeiten im Fall des Mordes an Theos Nachbarn verletzt worden waren. Dr. Seuthe indes schien sich an die beiden nicht mehr zu erinnern und wandte sich stattdessen mit großem Elan seinem Patienten zu.

»Ah, da haben wir ja unseren Unglücksraben. Sind Sie bloß froh, dass es nur das Bein war, mein Bester. Ich hatte mal jemanden auf dem OP-Tisch liegen, der genau wie Sie meinte, auf dem Hochsitz noch schnell mal eben seine Waffe reinigen zu müssen. Der hat sich allerdings ganz woanders hingeschossen … mit Schrot!«

Der Arzt setzte ein süffisantes Grinsen auf.

»Eine hübsche Sauerei war das. Er hat die Sache tatsächlich überlebt, allerdings mussten sich er und seine Frau danach ein neues Hobby suchen.«

Er kicherte in seinen Handrücken und hörte sich dabei an wie eine quietschende Fahrradbremse.

Das anwesende Krankenhauspersonal zeigte sich ebenfalls amüsiert – genauso wie Jakub Kucharczyk, der allerdings sofort wieder ernst wurde, als er Rolf Menkhoffs strafenden Blick bemerkte.

Durch Nicken und einen damit korrespondierenden Blick wies Dr. Seuthe die ältere der beiden Schwestern an, die Wundauflage zu entfernen. Der Befehl war schnell ausgeführt, beinahe wohl etwas zu schnell, wie Rolf Menkhoffs zusammengekniffenem Gesicht zu entnehmen war. Dr. Seuthe näherte sich mit dem Kopf der Wunde und betrachtete das aus den verschiedensten Rottönen bestehende Bild mit der beeindruckenden Naht in der Mitte kritisch über den Rand seiner goldfarbenen Brille hinweg. Dann fing er an, langsam zu nicken, und strahlte dabei eine tiefe Zufriedenheit aus, die umgehend verbal bestätigt wurde.

»Na, das sieht doch bis hierhin schon mal sehr ordentlich aus. Wenn man jetzt noch eine Frikadelle danebenlegt, könnte man beinahe Hunger kriegen.« Wieder ertönte die quietschende Fahrradbremse, bevor Dr. Seuthe abschließend und nun wieder ernst resümierte, die Wundheilung scheine sich sehr zufriedenstellend zu entwickeln, der Patient werde voraussichtlich schon Mitte der Woche das Krankenhaus verlassen können, und schon bald werde ihn nur noch eine mittelprächtige Narbe an sein Missgeschick erinnern.

Mit den besten Wünschen sowie der Empfehlung, es vielleicht doch lieber mal mit Angeln zu versuchen, beendete der Chefarzt die Visite, und die sechs Weißkittel verschwanden genauso schnell, wie sie vor drei Minuten erschienen waren.

»Nun, wenn Sie schon hier im Krankenhaus nicht den wahren Grund für Ihre Schussverletzung nennen möchten, gehe ich wohl recht in der Annahme, dass es für Sie nach wie vor auch nicht zur Debatte steht, Hauptkommissar Schönfärber zu informieren.«

Lieselotte Larischs Worte waren mehr Feststellung als Frage, und in der Tat hatte auch der zweite Angriff auf Rolf Menkhoffs Leben es nicht vermocht, seine Meinung zu ändern.

»Ja, das sehen Sie ganz richtig. Die Polizei kann doch da ebenso wenig machen wie wir. Im Übrigen hat Jakub diesem Mistkerl ganz ordentlich was mitgegeben; ich glaube nicht, dass er sich nochmal traut, uns zu nahe zu kommen.«

»Ihr Wort in Gottes Gehörgang«, murmelte Sabine, die ein knallbuntes geblümtes Minikleid und gelbe Lackstiefel mit Plateausohlen trug.

Wohl nicht zuletzt deshalb fiel es Theo schwer, seinen Blick wenigstens hin und wieder von ihr zu lassen.

»Haben Sie denn sein Gesicht erkennen können?«, wandte sie sich schließlich direkt an den Verletzten – offenbar zum Missfallen von Lieselotte Larisch, der anzusehen war, dass sie die Frage gern selbst gestellt hätte.

»Nein. Als ich angeschossen auf dem Rehbock lag, ist er an mir vorbei in den Wald geflüchtet. Das Einzige, was ich eindeutig ausmachen konnte, war der Gipsarm. Jakub …«, Rolf Menkhoff blickte den Leibwächter an, »… hat während des Kampfes mit ihm zwar sein Gesicht mehr oder weniger deutlich sehen können, aber er kennt ihn nicht, und seine Beschreibung trifft auf tausende Männer zu. Wiederhol doch bitte nochmal, wie er aussah, Jakub.«

»Also … dunkelbraune Haare, braune Augen«, begann Rolf Menkhoffs Angestellter mit stark osteuropäischem Akzent. »Normal groß und … na ja, vielleicht so vierzig Jahre.«

»Unser Alter«, murmelte Theo, verwarf dann aber gleich wieder den sich anschleichenden Gedanken, es könnte jemand aus der Klasse gewesen sein.

»Hatte er außer dem Gipsarm irgendetwas Besonderes an sich?«, hakte Lieselotte Larisch bei Jakub Kucharczyk nach, »vielleicht eine auffällige Narbe oder so etwas in der Art?«

»Nein … Rolf hat mich das auch schon gefragt, da war nix.«

»Aber Sie sind sich sicher, dass es ein Mann war?«

Der Befragte sah Lieselotte Larisch halb erstaunt, halb beleidigt an. »Natürlich bin ich mir sicher. Glauben Sie, ich kann Mann und Frau nicht unterscheiden?«

»Doch, doch, ähem, natürlich, verzeihen Sie bitte. Es ist nur so, dass ich bei den wenigen Hinweisen, die wir bezüglich des Täters haben, absolut sicher sein möchte.«

Man verabschiedete sich von Rolf Menkhoff sowie Jakub Kucharczyk und verließ nur wenige Minuten nach den Damen und Herren der Visite ebenfalls das Krankenzimmer.

*

Nach einem neuerlichen mittäglichen Essgelage im Bauernhaus – die Gastgeberin hatte Sabine und Theo Gablonzer-Kuttelflecken-Ragout kredenzt – ließ sich Lieselotte Larisch die Liste aushändigen, in der die Teilnehmer des Klassentreffens hinsichtlich ihrer Wahrscheinlichkeit, als Mörder in Betracht zu kommen, klassifiziert waren. Nur wenige Sekunden lang studierte sie das Dokument, um dann – für dessen Urheber wenig überraschend – zu resümieren, man müsse wohl doch nach anderen Wegen suchen, um hinter das Geheimnis der Morde zu kommen.

Gewahr werden! Theo schwante Übles, und in der Tat wiederholte sich nun das, was er schon so häufig hatte erleben müssen: Um – wohl vor allem sich selbst – vorzutäuschen, die Untersuchungen gingen zügig voran und man wäre auf bestem Weg, den Fall lösen zu können, startete Lieselotte Larisch wieder eine völlig unlogische Aktion, die ganz einfach nur als blinder Aktionismus bewertet werden musste:

»Der Vollständigkeit halber werden wir nun auch noch die Stelle inspizieren, an der Herr Menkhoff seinen Unfall hatte; er hat uns ja ziemlich genau beschrieben, wo sie sich befindet. Am besten machen wir uns direkt auf den Weg!«

»Ich kann mir ehrlich gesagt nicht vorstellen, was uns nun

dies noch bringen soll; und außerdem können wir das ja auch noch morgen oder übermorgen erledigen«, bemühte sich Theo nach Kräften, das Unvermeidliche vielleicht doch zu verhindern. »Ich denke, Sabine und ich werden uns jetzt verabschieden und …«

»Ach, ach, ach! Wir können es uns momentan beim besten Willen nicht leisten, Zeit zu verlieren. Schließlich trachtet jemand Herrn Menkhoff nach dem Leben, und wer weiß, wann dieser Jemand wieder zuzuschlagen gedenkt.«

Verzweifelt nach Unterstützung suchend, sah Theo mit großen Augen und Hundeblick Sabine an, die aber anscheinend keine Lust auf endlose Diskussionen mit Lieselotte Larisch hatte, stattdessen ein mildes Lächeln aufsetzte und ebenfalls zum Aufbruch blies.

»Na komm, Theo, los geht's! Wäre doch gelacht, wenn wir den Attentäter nicht schnappen würden …«

*

Dreiundvierzig Minuten später, neunzig Kilometer weiter und – zumindest im Fall von Theo – des letzten Restes verbliebener Nerven beraubt, hatte man die Stelle, an der Rolf Menkhoff mit seinem Mercedes havariert war, entdeckt.

Fast wäre Lieselotte Larisch daran vorbeigefahren, doch als Sabine urplötzlich »HIER!« schrie, legte sie beinahe eine Vollbremsung hin und stellte den Wagen so schief wie möglich an einer Einbuchtung ab, die kurz vor der Talbrücke Haiger lag und mit einer kleinen Straße verbunden war, die ins Tal führte. Das Ganze wirkte wie eine zusätzliche Ausfahrt, die allerdings nur von Rettungsdiensten und natürlich von der Polizei genutzt werden durfte. Gut möglich auch, dass genau an der Stelle, an der nun der DAF stand, hin und wieder eine Radarfalle installiert wurde.

Wie schon bei der Inspizierung des Unfallortes von Eva Pohl, war auch hier die Autobahn recht gut einzusehen, sodass man aufgrund der zum Teil mit beachtlicher Geschwindigkeit heranbrausenden Fahrzeuge zwar durchaus Vorsicht walten lassen musste, sich aber ein Bild von den Gegebenheiten machen konnte, ohne Kopf und Kragen zu riskieren.

Die Unfallstelle befand sich höchstens hundert Schritte von der Einbuchtung entfernt. Trotzdem wurde Lieselotte Larisch auf dem Weg dorthin beängstigend kurzatmig, was wohl zu etwa gleichen Teilen ihrer spärlichen Kondition sowie ihrer aus lauter Ungeduld bestehenden Aufregung geschuldet war.

Die mattsilberne Leitplanke war auf einer Länge von rund zehn Metern eingedrückt, und nachdem sich die Ermittler aus Sicherheitsgründen hinter selbiger postiert hatten, blickten sie auf die Bremsspur. Sie begann am Ende ebenjener Beschädigung und setzte sich bis auf den linken Fahrstreifen fort. Auch wenn mittlerweile die Gummispuren nur noch schwach zu erkennen waren, so konnte man doch klar ausmachen, dass sie von einem schweren Fahrzeug mit breiten Reifen verursacht worden waren.

Das Bild schien die Aussage von Rolf Menkhoff zweifelsfrei zu bestätigen: Er hatte in recht hohem Tempo die Autobahn befahren und war plötzlich eingeschlafen. Sein Fahrzeug war in die Leitplanke eingeschlagen, wodurch er aufgewacht war und den Mercedes mit einer Vollbremsung zum Stehen gebracht hatte.

»Also das hätten wir uns doch wirklich sparen können.« Theos Unmut hatte sich nach wie vor nicht gelegt, war während der abermals halsbrecherischen Fahrt zum Unfallort im

Gegenteil sogar noch stärker geworden. »Wir sind doch jetzt keinen Deut weiter, als wir es vorher waren.«

»Das sehen Sie völlig falsch, Theo«, verteidigte Lieselotte Larisch wie erwartet die von ihr initiierte Maßnahme. »Jetzt haben wir wenigstens völlige Klarheit, dass sich der Unfall so abgespielt hat wie von Herrn Menkhoff beschrieben.«

Dann machte sie eine ihrer Kunstpausen, bevor sie weitersprach.

»Und wer weiß, wofür unser heutiger Ausflug vielleicht noch gut sein wird …«

12

»Es war ein so reizender Moment, als wir uns vor zwei Wochen in der Raststätte wiedergefunden haben; ich denke, wir sollten uns auch heute eine kleine Pause mit Kaffee und Kuchen gönnen«, sagte Lieselotte Larisch, als der DAF gerade das blaue Schild mit der weißen Aufschrift »Rasthof Südwestfalen 5 km« passierte.

An der Anlage angekommen, parkte sie das Fahrzeug galant schief zwischen einem Fiat 124 Coupé und einem Citroën SM ein.

»Boah, ein SM, ich glaub es ja nicht«, schwärmte Theo Kettling und setzte seine Begleiterinnen anschließend über allerhand Wissenswertes bezüglich des französischen Luxuswagens in Kenntnis. »Wusstet ihr … äh, Sie, dass der einen Maserati-Motor hat? Und dass es das schnellste frontgetriebene Auto der Welt ist? Und dass Michelin extra für dieses Fahrzeug Felgen aus Kunststoff entwickelt hat?«

Falls Theo ernsthaft gehofft hatte, mit seinem Wissen glänzen zu können, so wurde er umgehend eines Besseren belehrt.

»Ach, Gottchen, Sie und Ihre Autos …«, sagte Lieselotte Larisch mehr nebenbei, ohne den Angesprochenen dabei anzusehen.

Angefressen stapfte Theo hinter den Frauen her, als man den Fußweg zum Restaurant des Rasthofs emporstieg und anschließend die Treppe in den ersten Stock, wo, im Gegensatz zum Erdgeschoss, die Gäste bedient wurden und kein Selbstbedienungsbetrieb herrschte.

Zwölf Tische standen in dem großzügig bemessenen Raum, jeder mit sechs Stühlen aus weißem und orangefarbenem Kunststoff. Da nur ein einziger Tisch besetzt war, hatten die drei – Cleo musste mal wieder im Auto bleiben – beinahe die freie Auswahl, – und fanden nach kurzer Diskussion ihren Favoriten.

Obwohl sie die neuen Gäste ganz ohne jeden Zweifel bemerkt hatte, unterhielt sich die Bedienung mindestens drei Minuten lang weiterhin angeregt mit einem jungen Mann, der offenbar dem Küchenpersonal angehörte, bevor sie sich träge auf den Tisch mit der Nummer neun zubewegte.

»Tach, wat woll'n se?«

Lieselotte Larischs Gesicht war deutlich zu entnehmen, was sie von der unnötigen Wartezeit, der schmutzigen Servierschürze sowie der insgesamt eher ungepflegten Erscheinung der jungen Bedienung hielt.

»Ich nehme ein Stück Schwarzwälder Kirschtorte«, sagte sie und legte die Speisekarte zur Seite.

»Und ich ein Sahnebaiser«, sagte Sabine.

»Und ich ein Stück Bienenstich«, sagte Theo.

»Schwarzwälder Kirsch hamwa nich mehr, Sahnebaiser is auch aus. Ihren Bienenstich könnse aber noch kriegn.«

Theo wollte Lieselotte Larisch und Sabine gerade süffisant anlächeln, als der junge Mann sich halb rufend, halb brüllend aus der Küche meldete.

»Bienenstich gibt's auch nich mehr! Da hat vorhin die dicke Trulla am Vierer das letzte von gegessen.«

»Was hätten Sie denn überhaupt noch da?«, fragte Lieselotte Larisch pikiert.

»Ich glaub, nur noch Sandkuchen und Streuselkuchen.«

Erneut meldete sich der Mann: »Streuselkuchen is aus.«

Alle drei orderten schließlich – wenig überraschend – ein Stück Sandkuchen sowie ein Kännchen Kaffee.

Die anschließende Wartezeit bis zum Eintreffen der Bestellung nutzten Sabine und Theo, um schnell noch eine Zigarette zu rauchen, was ebenfalls wenig dafür geeignet war, Lieselotte Larischs Laune zu heben.

Nachdem schließlich Kaffee und Sandkuchen von der Bedienung wortlos auf den Tisch geknallt worden waren, entstand nicht etwa – wie von Lieselotte Larisch geplant – ein netter Nachmittagsplausch. Stattdessen war jeder wortlos mit dem Verzehr der trockenen Speise sowie dem Genuss des lauwarmen Kaffees beschäftigt.

Sabine und Theo grinsten sich an, weil sie nur zu genau wussten, was im Kopf von Lieselotte Larisch vorging, die lustlos und traurig das kümmerliche Bild auf dem Tisch anstarrte. Mit an Sicherheit grenzender Wahrscheinlichkeit träumte sie davon, im Wohnzimmer des Bauernhauses zu sitzen, frisch aufgebrühten, heißen Kaffee zu trinken und zwei – oder besser gleich drei oder vier – Stücke selbstgemachter Schwarzwälder Kirschtorte zu essen.

Erstaunlicherweise gelang es schließlich aber doch allen dreien, auch hier Teller und Tassen zu leeren, und Lieselotte Larisch kündigte großmütig an, sie werde die Rechnung übernehmen. Als die Bedienung nach mehrfacher Aufforderung durch Rufen und Winken endlich an den Tisch kam, hatte sie offenbar allergrößte Mühe, die Summe aus den Einzelpreisen zu bilden.

»Meine Liebe, auch wenn ich pensionierte Deutschlehrerin bin und Mathematik nie unterrichtet habe, so kann ich doch mit Gewissheit sagen, dass Sie sich schon wieder zu ihren Ungunsten verrechnet haben. Das Ganze macht zusammen sieben dreißig. Im Übrigen ein mehr als happiger Preis; dafür zaubere ich Ihnen eine ganze Kaffeetafel mit den feinsten Leckereien auf den Tisch.«

Die Bedienung quittierte die Kritik mit gequält wirkendem Verziehen des Mundes und nahm das freilich recht bescheiden ausgefallene Trinkgeld mit kaum wahrnehmbarem Dank entgegen.

Die Verabschiedung fiel ebenfalls recht spärlich aus, was allerdings auch nicht von Belang war, da man eine Minute später doch noch einmal ins Gespräch kam.

Gerade nämlich als Lieselotte Larisch, Sabine und Theo an der Kasse vorbei in Richtung Treppenhaus gingen, dozierte Erstere: »So, meine Lieben – als Erkenntnis unserer heutigen Untersuchung halten wir nochmals fest, dass Herr Menkhoff seinen schweren Mercedes tatsächlich auf die von ihm geschilderte Art und Weise kaputtgefahren hat.«

»Dat scheint ja hier'n richtiger Volkssport zu sein«, murmelte plötzlich und völlig unerwartet die Bedienung, während sie gelangweilt an ihrer Zigarette zog.

»Wie bitte?«, fragte Lieselotte Larisch, die verdutzt stehengeblieben war.

»Na, dicke Benzen zu Klump fahren. Letztens kam nachts so 'n Typ mit 'nem irre geschrotteten Mercedes an. War ja 'n Wunder, dass die Karre überhaupt noch fuhr. Der Typ is ausgestiegen, hat sich die heilige Scheiße angesehen, dann hat er eine geraucht und dann issa wieder eingestiegen und weitergefahrn.«

Die drei Detektive blickten sich sekundenlang fragend an, bevor Lieselotte Larisch nachhakte: »Sie wissen vermutlich nicht mehr, an welchem Tag das exakt war?«

»Da könnense aber ma einen drauf lassen, dass ich das weiß.

An diesem Tag hat nämmich mein Freund mit mir Schluss gemacht, und ich hab den ganzen Abend rumgeheult wegen diesem Affenarsch. Oh menno, wie bekloppt man doch sein kann.«

»Wären Sie dann wohl so freundlich, uns das genaue Datum zu nennen?«

»Na klaro, das sach ich Ihnen jetz aber ma sowas von genau. Das war am letzten Freitach vor zwei Wochen.«

»Welche Farbe hatte das Fahrzeug?«, wollte Theo mit professioneller Miene wissen.

»Das kann ich nu wieder nich so genau sagen. Im Dunkeln, unter den Lampen und dann noch durch die Fensterscheiben – da kann man keine Farben nich richtich sehn. Aber es war was Helles, gelb oder sowas in der Art.«

Theo nickte, während Lieselotte Larischs Interesse naturgemäß eher dem Fahrer als dessen Vehikel galt.

»Aber den Mann haben Sie doch sicher mehr oder weniger deutlich gesehen?«

»Was heißt deutlich? Ich stand ja nich neben ihm.«

»Dann beschreiben Sie ihn bitte, so gut Sie es können.«

»Na, so mittelalt eben. So wie Sie ungefähr.« Sie deutete auf Theo. »Nich groß, aber auch nich klein, auch so mittel halt. Dunkle Haare und Brille … glaube ich jedenfalls. Ja, doch, ’ne Brille hat er gehabt.«

Wenn auch die Detailliertheit der Beschreibung zu wünschen übrig ließ, so bestand, in Verbindung mit der genauen zeitlichen Angabe, doch kaum ein Zweifel daran, dass es sich bei dem Mann um Rolf Menkhoff gehandelt hatte.

»Na sehen Sie, Theo; da haben wir noch eine weitere Bestätigung, dass bezüglich des Unfalls Ihres Klassenkameraden alles mit rechten Dingen zugegangen ist«, begann Lieselotte Larisch zu resümieren.

Theo, der daran nie den geringsten Zweifel gehabt hatte, seufzte genervt auf.

»Herr Menkhoff ist am Steuer eingeschlafen und in die Leitplanke geknallt. Dabei hatte er, im Gegensatz zu Frau Pohl und Herrn Plettenkämper, quasi einen Schutzengel auf vier Rädern – in Form seines schweren Mercedes. Das Auto war sogar noch fahrbereit, aber natürlich konnte und wollte er damit nicht die weite Strecke bis zu seinem Geschäftstermin in Stuttgart zurücklegen. Er fuhr wieder nach Hause und hat hier an der Raststätte eine kurze Pause eingelegt.«

Lieselotte Larischs Gesicht strahlte – wenngleich vermutlich nur gespielt – Zufriedenheit aus.

»Das war aber nich hier«, widersprach die Bedienung.

»Ähm, wie meinen Sie?«

Lieselotte Larischs Lächeln war verschwunden.

»Das war drüben. Ich hatte an diesem Abend drüben Dienst – auf der anderen Seite.«

Wie die meisten Rasthöfe hatte auch Südwestfalen jeweils eine Anlage mit Tankstelle und Restaurant pro Fahrtrichtung.

»Aber nein, da verwechseln Sie etwas. Unser Bekannter hatte seinen Unfall etwa fünfundzwanzig Kilometer von hier entfernt auf der anderen Fahrspur – in Richtung Süden. Sie können ihn also nicht am Restaurant dort drüben gesehen haben, zumindest nicht mit beschädigtem Auto.«

»Jetzt hörn'se ma: Ich weiß, dass ich nich so dolle gut rechnen kann und vielleicht auch sonst nicht die allerhellste Kerze aufe Torte bin. Aber das war nich hier, sondern auf der anderen Seite – Rasthof Südwestfalen-West. In Richtung Frankfurt.«

*

»Das kann nicht sein«, sagten Theo und Sabine beinahe synchron, als sie in den DAF gestiegen waren, ihre Plätze eingenommen und Cleo begrüßt hatten.

»Nein, das kann es wirklich nicht.«

Lieselotte Larisch hatte nicht sofort geantwortet, sondern einige Sekunden lang angestrengt nachgedacht. Sie drehte den Zündschlüssel herum und setzte das Fahrzeug in Bewegung.

Offenbar aber stand ihr der Sinn in diesem Moment nicht nach rasantem Fahren. Gemäßigt, beinahe schon vorsichtig lenkte sie ihren Kleinwagen vom Beschleunigungsstreifen auf die Autobahn und fuhr auch dort kaum schneller als siebzig oder achtzig Stundenkilometer, sodass das rote Coupé sogar von Lastwagen überholt wurde.

»Es ist ganz einfach unmöglich, dass die Bedienung ihn dort drüben gesehen hat«, brachte Sabine das Gespräch wieder in Gang. »Die Unfallstelle, die wir vorhin besichtigt haben, liegt genau dort, wo Herr Menkhoff es gesagt hat. Da hätte er ja zurückfahren und dann ein paar Ausfahrten später nochmal die Richtung wechseln müssen. Und dann später nochmal, bevor er endlich nach Hause fuhr. Das wäre doch totaler Quatsch gewesen.«

»Die muss sich ganz einfach vertan haben«, sagte Theo.

»Ganz genau, oder sie wollte sich nur wichtigtun«, sagte Sabine.

Nur Lieselotte Larisch saß in sich versunken auf dem Fahrersitz und sagte nichts.

13

Er hatte wieder von den Maden geträumt, wie so oft nach dem 9. Juni 1972. Der alte Rott, sein stets griesgrämiger Etagennachbar, hatte zuvor wochenlang tot in seinen vier Wänden gelegen – oder streng genommen gesessen – und hatte sich zunächst olfaktorisch bemerkbar gemacht. Theo Kettling aber hatte in enger Absprache mit Frau Kuhbier beschlossen, mit der Alarmierung der Polizei noch etwas zu warten, weil es ja vielleicht irgendeine andere Erklärung für den scheußlichen Gestank hätte geben können.

Doch irgendwann hatte man nicht länger warten können, weil unter der Wohnungstür des Getöteten hindurch Leichenmaden ins Treppenhaus gekrochen waren. Theo hatte sie damals als Erster entdeckt, und der Schock darüber war offenbar so nachhaltig gewesen, dass die kleinen possierlichen Tierchen ihm fortan immer mal wieder nächtlichen Besuch abstatteten.

Obwohl Theo nur ganz kurz eingeschlafen sein konnte, schien es ihm, als habe der Ekeltraum stundenlang gedauert, und er hatte so echt gewirkt, dass er nun die Decke anhob und prüfte, ob sich nicht tatsächlich irgendwelche kleinen Krabbeltiere darunter tummelten.

Nachdem er – gottlob – Gewissheit hatte, dass dem nicht so war, meldete sich der Rücken wieder. Die Schmerzen waren so stark, dass er unmöglich noch länger liegen konnte. So verließ er, obwohl es erst 3 Uhr 47 war, wie ihm die Klappzahlen seines neuen und todschicken Radioweckers verrieten, das Bett und zog sich an.

Seit Beginn seines Wirbelsäulenleidens absolvierte er jeden Tag, meist eine halbe Stunde später als heute, einen mehr oder weniger ausgedehnten Frühmorgenmarsch durch die Stadt. Die zunächst rein rückentherapeutische Maßnahme – nach Beendigung der Aktivität waren die Schmerzen stets deutlich weniger intensiv – hatte sich nach und nach auch zu einer Wohltat für seine labile Psyche entwickelt. Die Bewegung an der frischen Luft – ganz gleich, ob bei angenehmer Witterung oder bei Lüdenscheider Sauwetter – tat seinem Kopf gut, und er liebte es zu beobachten, wie das Leben in der Stadt, in seiner Stadt, langsam erwachte. Außerdem konnte er sich, im Gegensatz zu den meisten Menschen, denen er begegnete, auf eine oder zwei weitere Stunden Schlaf freuen – mit erträglichen Rückenschmerzen und ohne berufliche Verpflichtungen.

Er zog seine völlig ausgelatschten, aber ungemein bequemen Sportschuhe und seine Wildlederjacke an, schnappte sich zur Vorsicht noch den Taschenschirm – der Wetterbericht hatte eine hohe Schauerwahrscheinlichkeit verkündet – und verließ das Haus.

Beim Marsch durch die Elsa-Brändström-Straße hörte er vertraute Roll- und Quietschgeräusche, die er sofort und richtigerweise der Zeitungsfrau zuordnete. Mit Hilfe ihres alten Einkaufswägelchens sorgte sie dafür, dass den Lesern der *Lüdenscheider Nachrichten* die Lektüre pünktlich zum Frühstück vorlag. Schnell hatte er die freundliche Dame mittleren Alters eingeholt, und wie üblich lächelte man sich gegenseitig zu und wünschte sich einen guten Morgen.

Als er das Ende der Straße fast erreicht hatte, hörte er Schritte hinter sich. Konnte das die Zeitungsfrau sein? Eigentlich hätte ihr Rückstand schon größer sein müssen, stand doch hier Reihenmietshaus an Reihenmietshaus – mit insgesamt zig Briefkästen, die es zu befüllen galt.

Er drehte sich um und sah einen Mann, der vierzig oder fünfzig Meter hinter ihm ging. Er trug eine Schirmmütze und eine blaue Jacke, die – merkwürdig – am linken Ärmel weiß war.

Während Theo weiterging und sich dabei bemühte, weder schneller noch langsamer zu werden, drehte er sich ein weiteres Mal vorsichtig um, und nun erkannte er, dass nicht der Jackenärmel weiß war, sondern dass unterhalb des Saumes eine Gipsschiene hervorlugte.

Mein Gott, da war er – ganz dicht hinter ihm: der berechnende Mörder, ach was, der brutale, eiskalte Killer. Der, der Eva und Heinz auf dem Gewissen hatte. Und der, der schon dreimal versucht hatte, auch Rolf zu töten. Sollte er es auch auf ihn abgesehen haben?

Theo bog nach links ab, um auf schnellstem Weg zurück zum Haus kommen zu können. Flehentlich hoffte er, dass der Mann mit dem Gipsarm in die andere Richtung abbiegen und so schnell verschwinden würde, wie er erschienen war.

Doch diesen Gefallen tat er ihm nicht. Genau wie Theo ging er die Brüderstraße bergaufwärts und hielt dabei den Abstand etwa gleich. Egal, wie sehr Theo das Tempo forcierte, die Lücke wurde nicht größer.

Irgendwann rannte er nur noch, was nicht nur aufgrund seines Rückenleidens enorm anstrengend war, sondern auch wegen seiner deutlich verbesserungswürdigen Kondition. Immerhin, der Fremde hatte anscheinend nicht vor, ihn einzuholen und direkt an Ort und Stelle töten. Hätte er das gewollt, es wäre – eben aufgrund von Theos schlechtem Zustand – sicher kein Problem gewesen.

Trotzdem schlug der Verfolgte, als er endlich an der Werdohler Straße 195a angekommen war, sofort die Tür hinter sich zu. Nach dreißig oder vierzig Sekunden, in denen er im Treppenhaus so ruhig wie möglich durchgeatmet hatte, war er wieder halbwegs bei Kräften, stolperte die 54 Stufen hinauf und versuchte, die Wohnungstür aufzuschließen. Mindestens fünfmal drehte er den Schlüssel von einem Anschlag bis zum anderen, bevor es ihm endlich gelang, sich Einlass zu verschaffen.

Völlig ratlos stand er anschließend im Korridor, so wie vor zwei Jahren, als er den Maden begegnet war.

Was sollte er nun tun? Welche Möglichkeit hatte er, dem Gipsarm-Killer zu entfliehen?

Vor allem aber: Hatte er *überhaupt* eine Möglichkeit?

Auf Zehenspitzen, so als wäre der Fremde bereits im Haus, schlich er ins Wohnzimmer, näherte sich noch vorsichtiger dem Fenster und blickte – so vorsichtig wie nur denkbar – durch den Schlitz zwischen Gardine und Scheibe.

Da stand er, auf der gegenüberliegenden Seite der Straße. Mittelgroß, dunkelbraune Haare, um die vierzig – die Augenfarbe konnte Theo aus dieser Entfernung beim besten Willen nicht erkennen. Dazu war er so durchschnittlich gekleidet, wie es überhaupt nur ging: blaue Sommerjacke, Jeans und braune Lederschuhe.

Und er sah zu ihm hoch. Ach was, er sah ihn an! Blitzschnell sprang Theo zurück in die Diele. Von dort konnte er zwar den Killer nicht sehen, aber umgekehrt konnte auch er nicht von der Straße aus beobachtet werden.

Oder doch? Und was wäre, wenn ein Komplize von dem Kerl bereits im Haus wäre … oder vielleicht schon in der Wohnung?

Hektisch durchsuchte er sämtliche Räume: das Schlafzimmer, wobei natürlich auch ein Blick unter das Bett geworfen wurde, das Arbeitszimmer – hier wurde kurz das große Sideboard geöffnet, da man ja nie wissen konnte –, die Küche, das Badezimmer und die Vorratskammer; im Wohnzimmer war er ja bereits gewesen.

Nochmal schlich er sich ans Fenster und lugte hinaus. Der Killer stand noch immer da und schaute noch immer hoch. Vermutlich hatte er seine Position seit Theos letzter Kontrolle um keinen Zentimeter verändert. Wie angewurzelt stand er da.

Wieder flüchtete Theo in die Diele. Wieder grübelte er erfolglos darüber, was zu tun wäre.

Vielleicht sollte er sich irgendwie ablenken, um klarer denken zu können. Aber wie?

Er ging in die Küche, nahm sich das angebrochene Röhrchen Spalt-Tabletten aus dem Schrank und ließ zwei auf seine Handfläche gleiten, die er anschließend mit einem ordentlichen Schluck Florida Boy aus dem Kühlschrank herunterspülte.

Selbst jetzt in dieser Situation – mit einem Killer vor dem Haus, der ihm nach dem Leben trachtete, konnte er das Denken an den Schmerz in seinem Rücken nicht ausschalten, zumindest nicht komplett – was für eine Schande!

Eine Kleinigkeit essen – vielleicht könnte das jetzt nicht schaden. Zum einen würde es seinen Magen etwas weniger empfindlich machen für die Nebenwirkungen der Tabletten, zum anderen wäre möglicherweise sein Kopf nach einer kleinen Stärkung etwas aufgeräumter.

Er stellte Kaffeepott und Teller mit dem Hahn-und-Henne-Dekor auf den Tisch, kochte Kaffee und toastete zwei Scheiben Brot. Nach anderthalb Bissen mit Butter und Erdbeermarmelade aber war er schon wieder satt und nicht mehr in der Lage, auch nur einen einzigen weiteren hinunterzubringen.

Schnell schlich er zurück ins Wohnzimmer, schielte seitlich aus dem Fenster und musste feststellen, dass der Gipsarmkiller noch immer auf seinem Beobachtungsposten stand und auf das Haus, auf Theos Wohnung, starrte. Immerhin hatte er nun aber doch seine Position ein klein wenig verändert, stand etwa zwanzig Meter weiter in Richtung der Grünanlage »An der Albert-Schweitzer-Schule«.

Wie oft schon hatte Theo den Albtraum seiner Kindheit verflucht, der ihn auch heute als Erwachsener noch hin und wieder heimsuchte. Dieser vermaledeite Traum, der im Prinzip nur aus einer Verfolgungssituation bestand. Irgendjemand, noch nie hatte er erkennen können, wer, war hinter ihm her. Der kleine Theo rannte und rannte, der andere dummerweise aber auch.

Bis dann die Kante kam, die Kante mit dem dahinterliegenden tiefen Abgrund – verdammt tief sogar.

Das Üble an diesem immer wiederkehrenden Traum war, dass Theo sich überwinden musste zu springen. Das Schöne war, dass er sich ziemlich sicher sein konnte, danach aufzuwachen. Bislang jedenfalls hatte es immer geklappt.

Gern wäre er auch jetzt, in exakt diesem Moment, gesprungen. In seinem entrückend unmodernen Wohnzimmer mit den Fünfziger-Jahre-Möbeln und mit dem geisteskranken Mörder auf der anderen Seite der Straße. Er würde springen und im nächsten Moment in seinem Bett erwachen.

Doch hier und jetzt ging das nicht. Es war unmöglich, den Gipsarmkiller durch einen beherzten Sprung in die Tiefe loszuwerden.

Und es machte auch keinen Sinn, die Augen zuzukneifen – so wie bei unerträglich spannenden Szenen im Fernsehen.

Nein, Theo musste sich etwas anderes einfallen lassen. Doch

er konnte überlegen, solange er wollte – IHM FIEL NICHTS EIN!

Außer natürlich bei Lieselotte Larisch anzurufen. Aber wollte er das? Was hätte er sich davon versprechen sollen? Dass sie den Täter vielleicht im Schlepptau mit ins Haus brächte, damit selbiger zwei von drei Hobbyermittlern auf einen Streich eliminieren konnte? Nein, das war die letzte aller Möglichkeiten.

Theo hörte die Dielen des alten Hauses knarren – ein untrügliches Zeichen, dass irgendwer irgendwo auf und ab ging. Vielleicht nebenan, in der »Mordwohnung«, in der der alte Rott vor sich hin gemodert hatte und für die man vor einigen Wochen endlich neue Mieter gefunden hatte.

Vielleicht kamen die Schritte aber auch aus dem Hausflur, in dem sich langsam, aber mit todbringender Sicherheit der Gipsarmkiller näherte.

Theo schlich zur Wohnungstür mit ihrem kleinen Fensterchen, zog das Raffgardinchen einige Millimeter zur Seite und spähte hinaus ins Treppenhaus.

Zu sehen war nichts. Vermutlich hatte es sich doch um die Schritte der Nachbarn gehandelt.

Lesen! Vielleicht war das eine Idee; angeblich sollte es ja ablenken. Er nahm sich die neue Ausgabe seiner Autozeitschrift und setzte sich im Wohnzimmer in die äußerste Ecke des Sofas, möglichst weit vom Fenster entfernt. Wahllos schlug er eine Seite auf und begann. Er las Wort für Wort und Zeile für Zeile, doch es kamen keine Inhalte in seinem Kopf an.

Stattdessen sah er in erschreckend realistisch wirkenden Kopfkinobildern, wie der Gipsarmkiller ins Haus eindrang, durch das Treppenhaus stapfte, ohne große Mühe die Wohnungstür öffnete und schließlich ihn, Theo, mit einem bunten Strauß an möglichen Variationen ins Jenseits beförderte.

Der Szene mit dem vergleichsweise profanen Erschießen folgte die mit dem Erstechen, und nach Erschlagen und Ertränken in der Badewanne kam der kopfcineastische Höhepunkt: das Zerstückeln mit der Axt.

Wenn der gesamte Film abgespielt war, begann er wieder von vorn.

Doch dann tauchte – nur kurz zwischendurch und völlig unvermittelt – ein anderes Bild zwischen all dem Gemetzel auf. Nämlich das der schweren Holzkiste in seinem Keller, der Kiste mit dem alten Wehrmachtskarabiner.

Schon vor zwei Jahren, als der alte Rott ermordet worden war und Theo – so wie jetzt auch – um sein eigenes Leben gefürchtet hatte, hatte er mit dem Gedanken gespielt, die Waffe zu Selbstverteidigungszwecken hoch in die Wohnung zu holen. Doch er war sich sicher gewesen, dass ihn bereits das fachgerechte Laden des Gewehrs überfordern würde; schließlich war er in der Vergangenheit gleich reihenweise an noch viel einfacheren technischen Aufgaben gescheitert.

Nun aber musste er es ganz einfach versuchen. Nichts weniger als sein Leben konnte davon abhängen.

Ganz vorsichtig öffnete er die Wohnungstür und stieg in Socken und auf Zehenspitzen in den Keller hinab.

Die Kiste war so schwer und wegen des fehlenden Griffes so unhandlich, dass Theo sie auf dem beschwerlichen Weg nach oben immer wieder abstellen und seine Wirbelsäule strecken musste. Doch schließlich hatte er seine Wohnung erreicht, ohne dass ihm jemand begegnet wäre – weder irgendwelche Nachbarn noch der Killer.

Er hievte das hölzerne Behältnis auf den Tisch, öffnete die rostigen und quietschenden Scharniere und betrachtete die alte Waffe, die es nun scharfzumachen galt.

Theo fragte sich, woher seine plötzliche Zuversicht kam, doch er war sich sicher, dass er erfolgreich sein würde, und in der Tat stellte er sich – natürlich in Bezug zu seinen handwerklichen Fähigkeiten und deshalb auf niedrigstem Niveau – gar nicht mal so ungeschickt an.

Nachdem er es einige Male in die verschiedensten Richtungen gedreht hatte, steckte er das Magazin in den dafür vorgesehenen Schaft, öffnete mit dem Hebel den Verschluss und drückte nacheinander fünf Patronen hinein. Dass beim ersten, freilich erfolglosen Versuch die Spitze in Richtung des Schaftes gezeigt hatte, schrieb er mal seiner Aufregung zu; immerhin hantierte er nicht jeden Tag mit einer Feuerwaffe. Mit einer verblüffend routiniert wirkenden Bewegung, die zudem eine fremdartige Entschlossenheit auszudrücken schien, schob er schließlich den Hebel nach vorne und dann nach rechts.

Er hatte es geschafft. Er hatte die Waffe scharfgemacht, bereit dafür gemacht, dem Gipsarmkiller im Fall der Fälle ein hübsches Loch in seinen gottverdammten Schädel zu blasen. Er sollte nur kommen! Onkel Josef wäre stolz auf ihn gewesen.

Theo fühlte sich wie Clint Eastwood als Dirty Harry oder wie Charles Bronson als »Mundharmonika« in »Spiel mir das Lied vom Tod«. Kurz, wie ein Wächter des Guten, der bereit war, dem Bösen Einhalt zu gebieten. Und der jetzt auch imstande dazu war.

Er nahm das Gewehr, zielte mal hierhin, mal dorthin und besonders gern in Richtung des Fensters, in Richtung des Gipsarmkillers, zumindest so ungefähr jedenfalls. Dann versuchte er, die Waffe mit nur einer Hand zu halten – so wie Dirty Harry und Mundharmonika es vermutlich tun würden. Das war allerdings schwierig, fast unmöglich – zu schwer war das gute alte Stück. Doch er wusste sich – schon wieder – zu helfen. Er klemmte den Schaft ein wenig zwischen Flanke und Ellenbogen ein, und jetzt ging es. Immer wieder hob er die Waffe auf diese Weise an, und er stellte sich vor, wie er jeden Bösewicht unter der Sonne liquidieren könnte – den Finger locker am Abzug.

Eine Idee zu locker allerdings, wie sich im nächsten Moment herausstellen sollte.

Das Projektil durchschlug den Bildschirm des alten Graetz-Schwarzweiß-Fernsehers, trat an der Rückwand wieder aus und blieb dann etwa einen halben Meter oberhalb der Fußleiste in der Wand stecken.

Der unerhört laute Knall war direkt in Theos Schrei gemündet, der ebenfalls nicht von schlechten Eltern gewesen war und den er halb vor Schreck, halb aus Angst ausgestoßen hatte. Der gewaltige Rückschlag hatte ihm den Karabiner aus der Hand gerissen, der daraufhin quer durch das Wohnzimmer geflogen war und zu allem Überfluss noch eine Glasscheibe des Vitrinenschränkchens zerschlagen hatte.

Nachdem er zwei-, dreimal tief durchgeatmet und geprüft hatte, ob das Handgelenk vielleicht gebrochen war – war es zum Glück nicht –, beförderte er zumindest die größten Scherben in den Müll, den Karabiner samt Munition in die Kiste und die Kiste wiederum in die Vorratskammer. Schließlich warf er noch eine alte Decke über den zertrümmerten Fernseher, so wie Filmhelden das Gesicht des treuen Verbündeten mit ihrer Jacke abdecken, nachdem dieser im Gefecht tödlich getroffen wurde.

Und dann tat er endlich das, was er sofort hätte tun sollen, nachdem er den Verfolger entdeckt hatte: Er rief Lieselotte Larisch an.

*

»Sabine und ich haben den Kerl unten stehen sehen; er wirkt sehr unauffällig«, resümierte Lieselotte Larisch. »Wir müssen nun planvoll vorgehen. So bald bekommen wir den Täter … oder zumindest unseren Hauptverdächtigen nicht wieder auf dem Silbertablett präsentiert.«

Sie rutschte nervös auf Theos altem Sessel herum, während er selbst und Sabine sich das Sofa teilten. Kaum mehr als zwanzig Minuten nach dem Anruf war die Schulrektorin a. D. eingetroffen, und das, obwohl sie noch Sabine informiert und am Kiosk abgeholt hatte.

In der Zwischenzeit hatte Martha Funk aus dem zweiten Stock rechts bei Theo angerufen, und seine junge Nachbarin von nebenan war an der Tür erschienen. Beide hatten angegeben, einen lauten Knall, möglicherweise ja einen Schuss gehört zu haben, und hatten sich erkundigt, ob alles in Ordnung sei. Theo hatte jeweils erwidert, bei ihm sei nichts gewesen, aber vielleicht sei ja bei den Mazzarellos der Espressokocher explodiert oder sie seien doch in dunkle Mafiageschichten verwickelt, und hatte das Gespräch damit abgewürgt.

»Wir müssen runtergehen, ihn überwältigen und dingfest machen«, begann Lieselotte Larisch, ihre Planungen bekanntzugeben.

Theo sah die Einsatzleiterin fragend an. Ganz abgesehen davon, dass er nicht den Hauch einer Ahnung hatte, wie das zu bewerkstelligen wäre, fragte er sich auch, wie man denn im ziemlich unwahrscheinlichen Fall des Erfolgs weitermachen wollte.

»Und dann? Ich meine, was machen wir dann mit ihm? Wir können ihn ja schlecht foltern, bis er uns die Wahrheit sagt.«

»Warum nicht?«, überlegte Sabine.

Theo ignorierte ihren Einwurf. »Und dem Auge des Gesetzes können wir ihn auch nicht übergeben, ohne selbst in Erklärungsnot zu geraten.«

Lieselotte Larisch antwortete nicht direkt – ein klares Zeichen, dass ihre Projektierung Lücken aufwies. Ihre Reaktion schließlich fiel knapp, aber gewohnt selbstbewusst aus.

»Das sehen wir, wenn es so weit ist.«

»Also, Frau Larisch, wie gehen wir vor?«, drängte Sabine, die in dem Ganzen offenbar ein spannendes Abenteuer sah.

Theo dachte an den Film »Die Brücke«. Dachte an die bemitleidenswerten Jugendlichen, die ebenfalls etwas als spannendes Abenteuer betrachteten, das eigentlich todernst war – eine Fehleinschätzung, die fast alle mit dem Leben bezahlten. War es denn hier so viel anders? Der Kerl da draußen war hochgefährlich, hatte allem Anschein nach zwei Menschen auf dem Gewissen und trachtete einem dritten – *mindestens* einem dritten – nach dem Leben. Und wenn nun irgendetwas schiefgehen sollte, dann würde vielleicht dieses bezaubernde Wesen, das da mit der hautengen Jeans, ihrem Lieblings-T-Shirt mit Jimi-Hendrix-Konterfei und den blau-weißen Segeltuchturnschuhen saß, in wenigen Minuten blutüberströmt auf der Straße liegen. Und er, Theo, würde noch eine weitere Decke zweckentfremden müssen, um damit ein Opfer abzudecken – dieses Mal eines aus Fleisch und Blut. Das Opfer eines wahnsinnigen Mörders, vor allem aber einer völlig hanebüchenen Operation, deren geplanten Ablauf Lieselotte Larisch nun im Detail vorstellte.

»Jeder von uns stattet sich mit einem schweren Gegenstand aus, der notfalls als Schlagwaffe verwendet werden kann. Dann gehen wir gemeinsam nach unten und trennen uns an der Haustür. Ich biege nach rechts ab und gehe die Straße ein Stück in Richtung Stadtmitte entlang. Sabine geht ein Stück nach links in Richtung Worthplatz. Und Sie, Theo, Sie halten sich am Haus auf. Tun Sie einfach so, als wollten Sie kurz etwas frische Luft schnappen. Und dann wird es ernst …«, Lieselotte Larisch hob die Stimme ein wenig an. »Nachdem ich ein unauffälliges Handzeichen gegeben habe, bewegen wir uns alle drei langsam auf den Mann mit dem Gipsarm zu. Irgendwann wird er merken, dass er eingekesselt ist, und er wird versuchen zu entkommen. Dann müssen wir schnell und hellwach sein. Wir müssen ihn zu packen bekommen und ihn – wenn es denn gar nicht anders geht – mit einem gezielten Schlag niederstrecken.«

Nur allzu gern hätte Theo achtzig bis hundert Einwände zu bedenken gegeben, doch er bekam keine Gelegenheit dazu, weil Lieselotte Larisch ihn in Feldherrenmanier aufforderte, sämtliche Türen und Schubladen in Wohnzimmer, Küche und Arbeitszimmer zu öffnen, in denen etwas Schweres und für den soeben zitierten »gezielten Schlag« Geeignetes zu finden war.

Nach längerem Suchen und Abwägen, ob das jeweilige Objekt seinen neuen Zweck auch wirklich zu erfüllen imstande sein mochte, entschied sich Lieselotte Larisch für die alte und nie zuvor genutzte Kuchenplatte aus Steinzeug, Sabine für den schweren Aschenbecher aus Bleikristall, und Theo nahm das Bügeleisen.

Man steckte alles in Plastiktüten und stieg, Tüten tragend und schweigend, das Treppenhaus hinab. Vor der Haustür nickten sich alle drei noch einmal zu und wünschten sich murmelnd viel Glück. Theo, dem das Herz bis zum Hals schlug, musste unwillkürlich an die Mitglieder einer Rockband kurz vor dem großen Auftritt denken.

Dann ging es los: Lieselotte Larisch öffnete die Tür und setzte sich schlendernd nach rechts in Bewegung. Ebenso schlendernd ging Sabine nach links. Theo tat wie ihm befohlen und blieb am Haus stehen. Aus dem Augenwinkel sah er zum Gipsarmkiller hinüber, der nach wie vor an der anderen Straßenseite stand, nun ungefähr auf gleicher Höhe mit Lieselotte Larisch, und keine Regung zeigte.

Sabine blieb stehen. Lieselotte Larisch ging noch ein ganzes Stück weiter, um ebenfalls einen geeignet großen Abstand zum Verdächtigen aufzubauen. Dann stellte auch sie die Vorwärtsbewegung ein und drehte sich langsam um.

Kaum merklich hob sie die linke Hand und ging im nächsten Moment in umgekehrter Richtung los. Sabine startete ebenfalls, und gemeinsam näherten sich die beiden immer mehr dem Gipsarmkiller.

Theo stand wie versteinert da und dachte längst nicht mehr daran, möglichst unauffällig zu wirken. Stattdessen überlegte er zeitrafferartig, was wohl in wenigen Augenblicken passieren mochte.

Der Gipsarmkiller würde nach hinten fliehen können, zwischen zwei Häusern hindurch in die dahinterliegenden Gärten. Doch dort konnte er schnell in der Falle sitzen, gab es doch überall Zäune, Schuppen und Erdwälle, die im Weg standen. Rüber zur anderen Straßenseite würde er auch kaum können, denn da lauerten Lieselotte Larisch und Sabine – und natürlich er, Theo, selbst. Nein, wenn er eine Chance haben wollte, dann musste er auf seiner Seite bleiben und möglichst in Richtung Stadtmitte flüchten – in die Richtung, um deren Absicherung sich die kurzatmige Lieselotte Larisch kümmerte.

Doch es kam ganz anders: Als die beiden Frauen fast auf Höhe des Fremden waren und gerade eine Lücke im fließenden Verkehr ausmachen wollten, um die Seite zu wechseln, lief der Mann mit dem Gipsarm urplötzlich los – zwischen bremsenden und hupenden Autos hindurch und schräg an Lieselotte Larisch vorbei, die noch erfolglos versuchte, dem Fliehenden ein Bein zu stellen. Verfolgt von allen drei Ermittlern rannte er – angesichts des eingegipsten Arms verblüffend schnell – den Gehweg entlang.

Plötzlich zwängte er sich zwischen einem an der Straße geparkten VW Käfer und einem hellblauen Citroën DS hindurch, schloss blitzschnell die Tür des Citroëns auf und schwang sich hinein. Als Sabine, die mit Abstand schnellste Verfolgerin, das Fahrzeug erreicht hatte, setzte es sich bereits in Bewegung. Mit quietschenden Reifen donnerte es den Bordstein herunter und raste davon. Theo sah, dass der Wagen ein ausländisches Nummernschild hatte, aus welchem Land, konnte er aber so schnell nicht erkennen.

Lieselotte Larisch, die wie ein Hund hechelte, schleppte sich zum nur wenige Schritte von ihr entfernt stehenden DAF und nahm die Verfolgung auf.

»Ach, du heiliger Bimbam! Was machen wir denn jetzt?«

»Ich … könnte mein Bonanzarad holen«, sagte Theo – einfach nur, um Sabines Frage mit irgendetwas begegnen zu können; ihm war schlicht nichts Besseres eingefallen.

Offenbar aber hielt sie die Idee für gar nicht so lächerlich wie er.

»Na, dann los – worauf warten wir noch?«

Theo hetzte zurück zum Haus, dort in den Keller und hievte das Rad schnaufend und stöhnend nach oben – allerdings nicht, ohne peinlichst genau darauf zu achten, nirgendwo mit dem guten Stück anzustoßen.

»Lass uns zum Worthplatz fahren, vielleicht kommen sie da nochmal vorbei!«

Schon hatte Sabine sich ganz nach hinten auf den Bananensattel gesetzt und wartete darauf, dass auch Theo endlich Platz nahm und sein skurriles Fortbewegungsmittel in Bewegung setzte. So schnell und so wenig umständlich wie möglich quälte er sich auf das Rad und bewegte es, aufgrund des ungewohnten Soziusbetriebs mal nach links, mal nach rechts schlenkernd und oft kurz vor dem Umfallen, über den Gehweg. Immer wieder mussten Fußgänger zur Seite springen, um eine Kollision zu vermeiden, aber schließlich erreichte man doch den Worthplatz, ohne dass es zu ernsteren Zwischenfällen gekommen war.

»Ich weiß nicht, Sabine. Ich kann mir nicht vorstellen, dass wir von denen hier nochmal was sehen.«

»Abwarten, Theo. Abwarten ...«

Sabine hatte es kaum ausgesprochen, da näherte sich Motorengeräusch von Autos, die – für eine Fahrt im Stadtgebiet – offenbar viel zu schnell unterwegs waren. Im nächsten Moment kam der Citroën um die Kurve ganz am Ende der Lennestraße und gleich darauf der DAF. Die Ampel zeigte Grün, und der Citroën-Fahrer reihte sich in eine der beiden Linksabbiegespuren ein.

Doch er hatte sich für die falsche entschieden. Lieselotte Larisch in der linken kam besser voran und fuhr so eng neben dem Citroën, dass dessen Fahrer nicht wie geplant in Richtung Autobahnauffahrt abbiegen konnte und stattdessen – gefolgt vom DAF – wieder in die Werdohler Straße einfuhr.

Theo wunderte sich nicht nur darüber, dass Lieselotte Larisch das Manöver geglückt war, sondern noch viel mehr, dass sie währenddessen sogar Gelegenheit gefunden hatte, hektisch gestikulierende Bewegungen durchzuführen; offenbar in Richtung Sabine, denn die hatte – noch immer hinter Theo sitzend – ebenso hektisch zurückgestikuliert, um im nächsten Moment die Herausgabe des Bonanzarads einzufordern.

»Los, Theo, gib mir dein Rad ... schnell, steig ab!«

Er rollte sich ungeschickt von seinem Gefährt herunter, mit dem Sabine sofort in Richtung Kiosk verschwand. Theo sah ihr nach und war sich sicher, dass sein Fahrrad nie zuvor so dynamisch und in so hoher Geschwindigkeit bewegt worden war.

Aber was hatte sie vor? Und was hatte Lieselotte Larisch vor? Zumindest verstand er, warum sie den Fremden nicht nach links hatte abbiegen lassen. Sie wollte verhindern, dass er die Autobahn erreichte. Dort nämlich hätte er mit seiner großen Limousine der Fahrerin des DAFs wohl keine Chance gelassen.

Doch nicht allein aus diesem Grund hatte der Gipsarmkiller ein Interesse daran, die Fernstraße zu erreichen. Theo nämlich hatte bei der Vorbeifahrt des Citroëns noch etwas bemerkt: Der Wagen hatte ein französisches Kennzeichen, und es sprach vieles dafür, dass der Fahrer sich in Lüdenscheid nicht auskannte. Allem Anschein nach war er nur mit der näheren Umgebung um Theos Zuhause vertraut. Und aus diesem Grund wollte er das Risiko nicht eingehen, bei der Verfolgungsjagd durch eine fremde Stadt in einer Sackgasse zu landen und dort festzusitzen. Nein, er wollte unbedingt zur Autobahn, und er kannte dorthin nur diesen einen Weg.

Warum aber war ein Franzose hinter ihm her? Es wurde immer mysteriöser – und beängstigender.

Plötzlich kam ein weiteres, ihm bekanntes Fahrzeug aus entgegengesetzter Richtung angebraust. Sabine hatte sich ganz offensichtlich des Theomobils bemächtigt, um ihren Sternen-Mini zu holen, mit dem sie sich nun der Kreuzung näherte. Das Rotsignal der Ampel ignorierend, fuhr sie in bestem Lieselotte-Larisch-Stil geradeaus zwischen den querenden Autos hindurch und hinterließ bremsende, hupende und fluchende Fahrer.

Keine fünfzig Meter weiter stoppte sie abrupt, legte den Rückwärtsgang ein und setzte den Mini ein Stück zurück in die Zufahrt zur Firma Tropen Schröder.

Theo konnte erkennen, wie sie hochkonzentriert in Richtung Kreuzung, in seine Richtung blickte, und nun wurde ihm klar, was sie und Lieselotte Larisch vorhatten, worauf sie sich innerhalb von Sekunden und unter Zuhilfenahme wilder Zeichensprache verständigt hatten: Dieses Mal würde der rote DAF den Citroën nicht daran hindern, nach links in Richtung Autobahn zu fahren. Doch kurz nachdem der Fahrer abgebogen sein würde, würden ihn Lieselotte Larisch und Sabine gemeinsam ausbremsen und manövrierunfähig machen.

Aber konnte das gelingen? Würden die beiden das so exakt hinbekommen, dass nicht ein Schlupfloch bliebe, durch das der Gipsarmkiller würde entwischen können?

Vor allem jedoch: Wie sollte es dann weitergehen? Hatten die beiden vor, den Kerl aus dem Auto zu zerren und ihn anschließend mit Kuchenplatte und Aschenbecher aus Bleikristall zusammenzuschlagen?

Sehr viel wahrscheinlicher war es doch, dass der Killer plötzlich eine Pistole zücken würde und …

Theo musste sein Katastrophenszenario abbrechen, weil lautes Motorengeräusch den Showdown ankündigte.

Mit großen Augen blickte er auf die Ampel – sie war rot. Wie vor wenigen Minuten kam zuerst der Citroën. Der Gipsarmkiller reihte sich in die linke der beiden Abbiegespuren ein und kam hinter vier wartenden Autos zum Stehen. Lieselotte Larisch wählte die andere Spur, kam ebenfalls zum Stillstand und befand sich mit dem DAF für einige Sekunden direkt neben dem Citroën.

Vielleicht überlegte sie, ob sie die Gunst des Moments nutzen und versuchen sollte, den Mann mit Theos Hilfe hier und jetzt zu überwältigen. Doch sie entschied sich dagegen, und so blickten sich beide Fahrzeugführer in die Augen – beinahe wie zwei Revolverhelden beim Duell.

Dann schaltete die Ampel auf Grün, und die Autos in der Schlange setzten sich in Bewegung. Fast synchron fuhren auch der DAF und der Citroën an, und beide schlichen inmitten der anderen Fahrzeuge über die Kreuzung – langsam und ohne jedes unerwartete Manöver.

In dem Moment aber, als sich die blaue Limousine fast in Höhe der Fabrikausfahrt befand, zog Sabine pfeilschnell mit ihrem Mini heraus und setzte sich vor das Fahrzeug. Dessen Fahrer riss das Steuer nach rechts, dort jedoch hatte Lieselotte Larisch ihren DAF durch eine Vollbremsung zum Stehen gebracht. Als auch der Citroën stand, sprangen beide Damen so schnell wie möglich aus ihren Autos.

Oh mein Gott, er sitzt tatsächlich in der Falle, dachte Theo. Und er hätte recht gehabt, wenn entweder der DAF oder der Mini etwas länger gewesen wäre. So aber setzte der Fahrer mit dem Gipsarm einen Meter zurück und fand doch noch eine Lücke, die gerade groß genug war, um hindurchfahren zu können.

Sofort stürmten Sabine und Lieselotte Larisch wieder in ihre Autos, um erneut die Verfolgung aufzunehmen.

Doch sie kamen nur wenige Meter weit, weil nun sie selbst von einem heraneilenden Fahrzeug blockiert wurden.

Es war ein dunkelgrüner Mercedes 220, der an den Seiten mit dem Schriftzug »POLIZEI« versehen war.

*

»Sie bleiben also dabei, dass Sie sich bei Ihrer netten Stadtrundfahrt an die zulässige Höchstgeschwindigkeit gehalten haben?«

»Abgesehen davon, dass ich keine Stadtrundfahrt unternommen habe – ja, ich habe wie üblich peinlich genau auf das Tempo meines Fahrzeugs geachtet und die erlaubten fünfzig Stundenkilometer nicht überschritten.«

Lieselotte Larisch saß neben Sabine vor einem Schreibtisch im Erdgeschoss der Lüdenscheider Polizeiwache und befand sich in einer Situation, die für sie als ehemalige Lehrerin wohl höchst fremdartig war. Zumindest äußerlich aber gab sie sich gewohnt souverän und ließ sich von dem gegenübersitzenden Beamten nicht aus der Ruhe bringen.

»Sagen Sie … kennen wir uns nicht von irgendwoher?«, fragte dieser, nachdem er in einer Mischung aus Ungeduld und Verärgerung zuvor einige Sekunden lang mit den Fingerspitzen auf die Tischplatte getrommelt hatte.

»Ich wüsste nicht, woher?«

Das war gelogen. Lieselotte Larisch wusste nur allzu gut, wen sie da vor sich hatte. Mit dem auffallend dünnen Mann in den Dreißigern war sie vor mehr als zwei Jahren in Streit geraten. Damals hatte sie genau hier in diesem Raum eine Beobachtung mitgeteilt, die – wie sich erst später herausgestellt hatte – in Zusammenhang mit dem Mord an Theos Nachbarn stand. Das ungehobelte Verhalten des Polizisten mit dem rotblonden Haar und der langen, schmalen Nase hatte in der Folge dazu geführt, dass sie keinerlei Neigung verspürte, Freunde und Helfer mit ins Boot zu holen und an ihren Ermittlungen teilhaben zu lassen.

»Na, wie auch immer. Trotzdem finde ich es doch etwas merkwürdig, dass gleich mehrere Anwohner gesehen haben, wie sich zwei Autos ein wildes Rennen durch die Stadt liefern –

nämlich Ihr DAF und ein blauer Citroën mit französischem Kennzeichen.«

»Oh ja, der Wagen ist mir auch aufgefallen – der fuhr viel zu schnell.«

»Ach, und Sie vielleicht nicht?« Der Polizist hatte – wie bereits einige Male zuvor – die Stimme deutlich angehoben.

Offenbar um nicht die Spur eines Einlenkens zu signalisieren, wurde auch Lieselotte Larisch etwas lauter.

»Nö.«

»Wie konnten Sie dann an dem Fahrzeug dranbleiben?«

»Nun ja, Sie wissen doch, wie das ist. Da wird man von irgendwelchen Dränglern überholt, und schwups – an der nächsten Ampel hat man wieder zu ihnen aufgeschlossen.« Sie blickte über den Rand ihrer Brille und fügte – gleichsam belehrend wie scheinbar vertrauensvoll – hinzu: »Wissen Sie, die ganze Eile im Straßenverkehr bringt doch überhaupt nichts ein. In meinem Alter hat man sich die Hörner längst abgestoßen.«

Dem dünnen Polizisten war anzumerken, wie dicht er davorstand, aus der Haut zu fahren. Doch es gelang ihm, einigermaßen sachlich zu bleiben.

»Und dann die Situation oben am Worthplatz …«

»Das war meine Schuld«, schaltete sich Sabine ein. »Ich kam die Einfahrt von Tropen Schröder raus und habe nicht auf den fließenden Verkehr geachtet. Das tut mir wirklich leid.«

Sie hatte einen Dackelblick aufgesetzt und sah den Polizisten mit ihren leuchtend grünen Augen an. Für einen Moment schien das optische und akustische Scharwenzeln Wirkung zu zeigen, denn die Gesichtszüge des uniformierten Ordnungshüters entspannten sich ein wenig.

Schon im nächsten Moment aber sorgte Lieselotte Larisch

dafür, dass die schlechte Stimmung nicht unnötig gefährdet wurde.

»Warum haben Sie eigentlich nicht auch den Fahrer des Citroën festgesetzt? Er war doch ebenfalls an dem angeblichen Rennen beteiligt.«

»Das überlassen Sie mal schön uns! Es war ja schon schwer genug, Sie beide ... Ach, zum Teufel, ich muss mich doch vor Ihnen nicht rechtfertigen.«

Er zog das Blatt aus der Schreibmaschine, steckte es mit einer Büroklammer an die zuvor beschriebenen und feuerte den Stapel in ein Ablagefach, das offenbar für internen Schriftverkehr bestimmt war.

»Ihre Aussage haben wir aufgenommen, sodass Sie sich auf baldige Behördenpost freuen dürfen. Wenn Sie Glück haben, vom Regierungspräsidium; wenn nicht, was deutlich wahrscheinlicher ist, von der Staatsanwaltschaft. Und jetzt raus mit Ihnen beiden!«

Theo hatte vor der Wache gewartet und abwechselnd geraucht, die ankommenden und abfahrenden Streifenwagen begutachtet sowie auf das eigentlich schöne, aber in einem fürchterlichen Grünton gestrichene Gründerzeithaus gestarrt, in dem die Wache untergebracht war. Zu groß war sein Respekt vor der Polizei, als dass er sich mit in die Höhle des Löwen getraut hätte.

»Wie ist es gelaufen?«, fragte er Sabine und Lieselotte Larisch, als sie aus dem Gebäude kamen und dabei wirkten wie zwei Grundschülerinnen, die sich vor dem Rektor zu rechtfertigen hatten.

»Ach, ich glaube nicht, dass dabei etwas herauskommt. Man hat doch quasi nichts gegen uns in der Hand.«

Theo meinte leichte Zweifel aus Lieselotte Larischs optimistischer Einschätzung herauszuhören. Genau wie Sabine schien sie froh zu sein, die Vernehmung hinter sich gebracht zu haben, und wie als Beweis dafür lehnten sich beide gegen den Mini und atmeten tief durch. Nachdem die Verfolgungsjagd durch den Polizeiwagen beendet worden war, hatten sie mit ihren Fahrzeugen hinter selbigem bis zur Wache fahren müssen.

Allen drei Hobbyermittlern war anzusehen, wie befreiend es war, jetzt einfach nur zu schweigen. Doch die Ruhe währte nicht lange. Nachdem der gelbe VW Nasenbär gewohnt rasant auf den Parkplatz gefahren war, schnappte sich Hauptkommissar Schönfärber zwischen dem DAF, dem Mini Cooper und all den Streifenwagen die letzte freie Lücke.

Dem obligatorischen Synchron-Aussteigen folgte der gleichermaßen strenge wie genervte Schönfärber-Blick. Der klein gewachsene Mann und seine zwei Adjutanten trugen jeweils einen mächtigen Stapel Dokumente unter dem Arm; offenbar hatten sie diverse Vorgänge in der Dienststelle zu besprechen.

»Sie schon wieder, ich fasse es einfach nicht. Was zum Teufel haben Sie ausgerechnet hier verloren? Und erzählen Sie mir bloß nicht, dass das wieder ein Zufall ist!«

»Aber selbstredend ist es das. Wir sind Zeugen eines rücksichtslosen Verhaltens im Straßenverkehr geworden und haben eine Aussage gemacht. Keine große Sache, Herr Hauptkommissar.«

Der Kriminalpolizist öffnete den Mund, um Lieselotte Larisch etwas zu entgegnen, überlegte es sich aber offenbar anders. Er seufzte und verschwand mit seinen Leuten ins Haus.

Es konnte kaum ein Zweifel daran bestehen, dass Lieselotte Larisch schon sehr bald den Vorschlag machen würde, sich gemeinsam auf den Weg nach Rölvede zu machen, wo sie im Bauernhaus ein opulentes Frühstück zubereiten würde.

Überraschenderweise aber gelang es ihr, die Vorfreude auf kulinarische Genüsse noch ein wenig hintanzustellen und stattdessen eine gemeinsame Reflexion des Erlebten einzufordern.

»Noch sind bei uns die Erinnerungen an den Mann mit dem Gipsarm frisch. Lasst uns nochmal die Fotos …«

Sie kramte aus ihrer Handtasche die beiden Polaroids hervor und legte sie auf die Motorhaube des Mini. Lieselotte Larisch, Sabine und Theo betrachteten sie einige Sekunden lang und sahen sich dann enttäuscht an. Man konnte das Gesicht des Mannes einfach nicht erkennen und deshalb auch nicht mit letzter Gewissheit sagen, ob es sich um die gleiche Person handelte, die Theo beobachtet hatte und mit dem Citroën geflüchtet war.

»Aber warum Frankreich?«, fragte Lieselotte Larisch mehr sich selbst als die anderen. »Ich gehe mal davon aus, dass in diesem in Frankreich zugelassenen Wagen ein Franzose saß. Was kann das zu bedeuten haben?«

Das hatte sich Theo in der letzten Stunde auch unzählige Male gefragt, ohne allerdings eine zufriedenstellende Antwort zu finden.

»Überlegen Sie, Theo. Ihre Schulklasse, der Aufenthalt auf Burg Altena und das Stichwort Frankreich … Franzose … Französin. Sehen Sie da eine wie auch immer geartete Verbindung? Fällt Ihnen dazu irgendetwas ein?«

Doch ihm fiel nichts ein. Er hatte nicht den Hauch einer Idee.

»Vielleicht war damals gemeinsam mit euch ja eine französische Schulklasse in der Jugendherberge«, sagte Sabine und zündete sich eine Marlboro an. »Und zwischen denen und euren Leuten ist dann was passiert.«

»Ich bitte Sie, mein Kind … eine französische Schulklasse – wir sprechen vom Herbst 1944.«

»Ach ja, klar. Das kann ja gar nicht gehen. Also dann weiß ich's auch nicht.«

Theo steckte sich ebenfalls eine Zigarette an, und dann standen alle drei schweigend und mit ratlosen Gesichtern da.

Nach einigen Sekunden aber veränderte sich Lieselotte Larischs Miene. Sie kniff die Augen zusammen, spitzte den Mund und holte die Polaroidfotos des fremden Manns an der Theke, die sie bereits wieder weggesteckt hatte, noch einmal hervor.

Sie betrachtete das eine, dann das andere – mit abgenommener Brille und hochkonzentriertem Blick. Wieder verglich sie die Bilder, sah sich erst das in ihrer linken Hand an, dann das in ihrer rechten. Und noch einmal: erst links, dann rechts.

»Was ist, Frau Larisch, haben Sie etwas entdeckt?«

»Äh, nein, nein, meine Liebe. Ich dachte nur … Aber da ist wirklich nichts Auffälliges zu sehen.«

»Meint ihr, der Kerl kommt nochmal wieder und bringt mich um? Und euch vielleicht auch?«

Theo war selbst erschrocken über seine Frage, die ihm im nächsten Moment uferlos peinlich war. Wie hatte er sich nur eine solche Blöße geben und sich als Angsthase outen können?

»Ach Quatsch, Theo – den haben wir erst mal ordentlich verschreckt; so schnell lässt der sich bestimmt nicht wieder blicken«, antwortete Sabine und zwinkerte ihm zu.

Er hatte die Antwort bekommen, die ihm jetzt ungemein guttat, und gratis dazu ein Lächeln, das ihm nicht nur jetzt, sondern immer guttat.

Nun bereute er es nicht mehr, die Frage gestellt zu haben, zumal Sabines Optimismus von Lieselotte Larisch weitgehend geteilt wurde.

»Ich glaube ebenfalls nicht, dass wir Sorge um unsere Gesundheit haben müssen. Zumindest zum jetzigen Zeitpunkt noch nicht.«

Sorgfältig legte sie die Fotos zurück in ihre Handtasche.

»Aber ich glaube etwas anderes. Dass nämlich jemand Spielchen mit uns treibt. Jemand, den wir vielleicht noch gar nicht auf unserer Rechnung haben.«

14

Als Theo Kettling noch berufstätig gewesen war, hatte es für ihn nichts Schöneres gegeben als die Vorfreude auf das nahende Wochenende. Es war sein fester Wunsch gewesen, sich dieses stets wiederkehrende Hochgefühl als Frührentner zu bewahren, und so hatte er sich vorgenommen, jeden Freitag zu seinem ganz persönlichen Feiertag zu machen. Wider Erwarten war ihm dies tatsächlich gelungen, und wenn Sabine am Freitagvormittag im Kiosk war, ging er dorthin und trank gemeinsam mit ihr eine Tasse Kaffee, je nach Laune und Zustand seines Magens gerne auch mal zwei oder drei.

An diesem Freitag, dem 12. Juli 1974, machte er sich mit seinem Theomobil auf den achthundert Meter langen Weg und freute sich darüber, dass es trotz stark bewölkten Himmels und nicht gerade hochsommerlichen Temperaturen um die sechzehn Grad wenigstens trocken war.

Vor allem aber war er erleichtert, dass man den Gipsarmkiller – vielleicht endgültig – in die Flucht geschlagen hatte. In den letzten zwei Tagen jedenfalls hatte er sich nicht mehr blicken lassen. Zwar hatte Theo am Vorabend einen Mann mit eingegipstem Arm im Bösen Wolf an der Kasse stehen sehen und hatte sich zuerst ganz furchtbar erschrocken. Im nächsten Moment aber hatte er unendlich erleichtert festgestellt, dass es sich um einen älteren Herren von mindestens siebzig Jahren gehandelt hatte, der mit Sicherheit nicht mit dem Kerl aus Frankreich identisch gewesen war.

Er nahm die Hand vom Lenker und sah auf seine Armbanduhr, die kurz vor neun anzeigte. Irgendwann zwischen neun und elf war das Zeitfenster ideal, um Sabines weitgehend ungeteilte Aufmerksamkeit im Kiosk zu erhalten. Dann nämlich kamen kaum noch Schulkinder herein, und die Berufstätigen saßen spätestens jetzt an ihrem Schreibtisch oder arbeiteten in der Fabrik.

Als er am Kluser Platz mit seiner belebten und unübersichtlichen Verkehrssituation eine Lücke zum nächsten entgegenkommenden Fahrzeug ausgemacht hatte und eben in die Worthstraße einbog, sah er im Augenwinkel gerade noch ein rotes Fahrzeug auf sich zuschießen. Der Wagen bremste im allerletzten Moment, und auch Theo versuchte, das Bonanzarad so schnell wie möglich zum Stehen zu bringen. Er zog mit aller Kraft an der Vorderradbremse und wunderte sich für den Bruchteil einer Sekunde, wie erstaunlich gut diese unter Aufbietung der gesamten Handkraft funktionierte.

Im nächsten Moment flog er im hohen Bogen über den Lenker und fiel direkt vor dem roten Wagen auf die Straße.

Trotz der durch den harten Aufprall verursachten Schmerzen registrierte er sofort, dass sein Ellbogen aufgeschlagen war, die Jeans ein Loch am Knie aufwies und – am schlimmsten überhaupt – der Bremsgriff und der rechte hintere Blinker des Theomobils abgebrochen waren.

Nachdem er alles aufgehoben und seinen Kopf nach links gedreht hatte, konnte er auf dem Kühlergrill, der nur wenige Zentimeter entfernt war, in silbernen Kunststoffbuchstaben auf schwarzem Hintergrund den Schriftzug »DAF« erkennen.

»Großer Gott, Theo! Sie dürfen bei aller Begeisterung für Ihr neues Fortbewegungsmittel wirklich nicht vergessen, auf die anderen Verkehrsteilnehmer zu achten«, rief Lieselotte Larisch und kam herüber.

Am liebsten hätte er ihr an Ort und Stelle den Hals umgedreht, doch im Moment fehlte ihm ganz einfach die Kraft dafür. Lieselotte Larisch zog ihn mit ihrer beeindruckenden Körperstärke nach oben und bugsierte ihn – halb stützend, halb schiebend – auf die andere Straßenseite zum Kiosk, aus dem just in diesem Moment Sabine stürmte.

»Oh Scheiße, Theo … was machst du denn für Sachen?«

Nachdem er ihr glaubhaft versichern konnte, es sei ihm »fast gar nichts passiert«, hob sie das Fahrrad auf, schob es vor den Kiosk und machte sich drinnen sofort daran, ein geeignet großes Pflaster für seinen Ellbogen zu suchen.

Als alle Notfallmaßnahmen abgeschlossen waren – weil Theo sein eigenes Blut nicht sehen konnte, war er froh gewesen, dass Sabine sich um die Wunde gekümmert hatte –, betrat auch Lieselotte Larisch den Kiosk. Nach längerem Suchen hatte sie einen Parkplatz zum schiefen Abstellen des DAFs gefunden.

Ohne dem durch sie verursachten körperlichen, seelischen und materiellen Schaden bei Theo noch in irgendeiner Art und Weise Beachtung zu schenken, ließ sie mit ihrer durchdringenden Stimme den kleinen Verkaufsraum erzittern.

»Sabine, haben Sie die Möglichkeit, sich hier eine Stunde zu entfernen? Es gibt womöglich eine wichtige neue Spur, der wir nachgehen müssen.«

»Ähm … na ja, ich könnte meine Mutter fragen, die hat vielleicht …«

»Dann tun Sie das doch bitte, meine Liebe. Theos Lehrerin hat sich bei mir gemeldet. Sie sprach von einer recht interessanten Sache, die ihr noch eingefallen sei.«

»Oh, Wahnsinn, klasse … ich spring gleich mal rüber; meine Mutter kann bestimmt hier weitermachen«, rief Sabine begeistert. »Haltet ihr hier die Stellung.«

Das war kein besonders schwieriges Unterfangen. Zum einen, weil sich nur ein einziger Kunde im Kiosk befand – ein untersetzter Mann in mittleren Jahren, der sich die neueste Ausgabe der *praline* aus dem Zeitschriftenregal genommen hatte und mit breitem Grinsen darin blätterte –, und zum anderen, weil Sabine nach höchstens drei Minuten mit ihrer Mutter im Schlepptau zurückkam. Sofort stellte sich die Chefin hinter die Kasse und gab grünes Licht für die Exkursion zu Ilse Osthoff.

»Ich glaube, wir lassen Theo damit lieber in Ruhe; in diesem Zustand wird er sicher keine große Lust haben mitzukommen«, sagte Sabine, und Theo, der einen tiefen Zug aus seiner Krone nahm, freute sich bereits darauf, seinem schmerzenden Ellbogen zu Hause die nötige Pflege angedeihen lassen zu können.

Die Vorfreude allerdings sollte unerfüllt bleiben.

»Ach was, natürlich kommt er mit. Frau Osthoff wird sich doch ganz gewiss nicht an einer zerrissenen Hose stören.«

*

»Schämst du dich eigentlich nicht, so herumzulaufen, Theo? Deine Hose ist am Knie eingerissen. Und was in aller Welt hast du mit deinem Ellbogen gemacht?«

Theo wünschte sich eine Schusswaffe herbei, vielleicht auch eine Machete, einen schweren Vorschlaghammer, zumindest aber ein Stück reißfeste Wäscheleine, das er Ilse Osthoff um den Hals werfen und zuziehen könnte …

»Unser lieber Theo war mal wieder ein wenig unaufmerksam und ist mit dem Rad gestürzt.«

… und warum eigentlich nicht mit ebenjener reißfesten Wäscheleine gleich auch noch Lieselotte Larisch beseitigen?

Wie beim Besuch vor zwei Wochen wurden die Gäste ins Wohnzimmer geführt, und obwohl es gerade erst Vormittag war, entschwand Theos Lehrerin – den einmütig vorgetragenen Protest stoisch ignorierend – auch dieses Mal in die Küche, um Kaffee und Kuchen zu holen.

Wenn die Besucher gehofft hatten, die wässerige Konsistenz des Kaffees beim letzten Mal wäre eine Folge missglückter Dosierung des Pulvers gewesen und auch der Kuchen würde heute gewiss etwas frischer sein, so wurden sie bitter enttäuscht. Noch klarer waren die Tassenböden zu betrachten, und den Napfkuchen als furztrocken zu bezeichnen wäre eine maßlose Untertreibung gewesen.

»Das ist mal wieder typisch. Er kriegt es nicht hin, den Führerschein zu machen, und zum Fahrradfahren ist er auch zu tollpatschig.«

Es folgte noch eine ganze Reihe von verletzenden Zurechtweisungen durch seine Lehrerin, die Theo – wie früher in der Schule – innerlich kochend, äußerlich jedoch unbewegt über sich ergehen ließ, bevor Ilse Osthoff sich endlich bequemte, zur Sache zu kommen.

»Wie ich am Telefon schon sagte, liebe Kollegin – mir ist da noch etwas eingefallen, das für Ihre Ermittlungen vielleicht von Interesse ist.«

Lieselotte Larisch hatte die Kuchengabel aus der Hand gelegt und rutschte gespannt auf dem unbequemen Sessel herum.

»Früher waren Klassenfahrten ja noch etwas Besonderes. Da juckelte man nicht einfach mal eben hierhin, mal eben dorthin, wie es heute der Fall ist. Und eben weil sie etwas Besonderes waren, habe ich bei den meisten Klassenfahrten Tagebuch geführt. Gestern Abend nun habe ich mir die Mühe gemacht und die Kartons auf dem Dachboden durchsucht. Tja, was soll ich Ihnen sagen – ich habe tatsächlich ein Tagebuch von der betreffenden Klassenfahrt im Herbst 1944 zur Burg Altena gefunden.«

»Und darin haben Sie etwas entdeckt, das uns weiterhelfen könnte?«

Lieselotte Larischs ungeduldiges Herumrutschen auf dem Stuhl weitete sich zu einem regelrechten Zappeln aus.

»Das kann ich Ihnen natürlich nicht versprechen, aber bei Ihrem letzten Besuch haben Sie sich ja unter anderem nach Rolf Menkhoff erkundigt. Ich habe damals eine Notiz zu einem Vorfall in das Büchlein eingetragen, in der Rolf im Mittelpunkt steht.«

Ilse Osthoff legte eine Pause ein – ganz ähnlich, wie es Lieselotte Larisch so gern praktizierte, wenn es spannend wurde. Allerdings war deren nochmals gesteigerte Sitzflächen-Rutschfrequenz ein untrügliches Zeichen dafür, dass sie als Zuhörerin derartige Unterbrechungen des Redeflusses weit weniger schätzte denn als Vortragende.

Endlich bequemte sich die Gastgeberin, mit ihren Ausführungen fortzufahren.

»Am dritten Morgen unseres Aufenthalts auf Burg Altena vermisste Rolf seine geliebte Taschenuhr, die er von seinem Onkel geerbt hatte – ein schönes Stück aus Silber und mit geprägtem Deckel. Er hat mir gegenüber angegeben, dass er sie vor dem Schlafengehen auf das Schemelchen neben dem Bett gelegt hatte, und als er am Morgen erwachte, sei sie verschwunden gewesen.«

Lieselotte Larisch blickte Ilse Osthoff erwartungsvoll an. Deren Vortrag aber war bereits beendet, wie sie durch Schulterzucken und eine entsprechende Handbewegung klarmachte.

Nach kurzer Ratlosigkeit bemühte sich Lieselotte Larisch

durch gezieltes Nachfragen, verwertbare Erkenntnisse aus dem Vorfall von vor bald 30 Jahren zu ziehen.

»Sie erzählten bei unserem letzten Treffen ja, dass dieses Grüppchen mit Heinz Plettenkämper und Eva Pohl erst nach einiger Zeit innerlich so zerstritten und nach außen hin so verschlossen war. Ist es möglich, dass dieser Zeitpunkt mit dem Verschwinden der Uhr zusammengefallen ist?«

»Hm …«

Ilse Osthoff legte die Handflächen auf die Tischplatte und dachte nach.

»Das könnte schon sein. Aber mit Gewissheit kann ich es nicht sagen. Ich muss gestehen, dass ich zu dem merkwürdigen Verhalten ebenjenen Grüppchens erst am letzten Tag unseres Aufenthalts einen Eintrag in das Tagebuch gemacht habe … und der fiel leider auch noch sehr knapp aus.«

»Nun, wie auch immer, es spricht zweifellos vieles dafür, dass die beiden, oder wie viele es auch immer waren, die Uhr von Rolf Menkhoff entwendet haben.«

Lieselotte Larisch erinnerte Theo wieder mal an Erik Ode, wie er in seiner Rolle als Kommissar Keller mit großer Souveränität seine Hypothesen vorstellt.

»Wir dürfen nicht vergessen, dass es eine sehr schwere Zeit war damals. Der Krieg war doch fast schon verloren, und für die Bevölkerung war es alles andere als selbstverständlich, jeden Abend satt ins Bett gehen zu können. So eine Uhr hätte man zum Beispiel gegen Lebensmittel eintauschen können. Doch dann gab es wohl Streit unter den Dieben, vielleicht weil jemand von ihnen nicht teilen wollte.«

Damit verschwand die Souveränität aus Lieselotte Larischs Gesicht und wich einer leichten, aber deutlich wahrnehmbaren Enttäuschung.

»Allerdings fürchte ich, das wird uns nicht recht weiterhelfen. Selbst wenn es so war – Herr Menkhoff wird sich wohl kaum nach drei Jahrzehnten wegen des Verlustes seiner Uhr aus Kindheitstagen an den Dieben gerächt haben. Außerdem passt das alles sowieso nicht zusammen, weil er ja beinahe selbst zum Opfer geworden wäre.«

»Und wenn die Uhr tatsächlich damals verschwunden war, dann ist sie längst wieder aufgetaucht.«

Die drei Damen sahen Theo, der völlig unerwartet das Wort ergriffen hatte, überrascht an.

»Ist euch … ist Ihnen das noch nicht aufgefallen? Er trägt keine Armbanduhr, sondern so eine altmodische Taschenuhr. Genau die Uhr, von der Frau Osthoff in ihrem Tagebuch schreibt. Eine silberne Taschenuhr mit geprägtem Deckel – das Erbstück seines Onkels.«

15

Der etwa fünf mal drei Meter große Raum wirkte wie die Miniatur einer Werkstatt für Kraftfahrzeuge, und im Prinzip war er das auch. An allen vier Wänden hingen Werkzeuge, jedes einzelne davon offensichtlich an seinem exakt festgelegten Platz. Dazu kam rund ein Dutzend Regale mit Schachteln und Kartons in unterschiedlichsten Größen, die Schrauben, Muttern, Dichtungen und sonstige Einzelteile enthielten. An den wenigen ungenutzten Stellen prangten alte Emailleschilder, wie sie früher auf Reparaturwerkstätten und deren Angebote hingewiesen hatten.

Sabine hatte bei der Heimfahrt vom Besuch bei Ilse Osthoff am Mittag vorgeschlagen, sich abends an die Reparatur von Theo Kettlings Bonanzarad zu machen. Sie sei, so hatte sie beteuert, handwerklich eigentlich ganz geschickt, und im Werkkeller ihres Vaters – der ein großer Freund historischer Motorräder war und selbst drei Vorkriegsmodelle der Marke Zündapp besaß, an denen es ständig irgendwas zu machen gab – stünden garantiert sämtliche Werkzeuge bereit, die sie benötigen würde.

Sie trug ein ausgeblichenes und viel zu großes T-Shirt mit dem Zündapp-Emblem, offenbar ein Kleidungsstück ihres Vaters, das sie sich vor dem Bauch zusammengeknotet hatte. Genau wie Theo rauchte sie eine Zigarette und nahm von Zeit zu Zeit einen ordentlichen Schluck aus einer eiskalten Flasche Andreas Pils.

Lieselotte Larisch trank nichts, rauchte natürlich auch nicht, und auch die aus dem Kassettenrekorder krächzende Musik dürfte für wenig Begeisterung bei ihr gesorgt haben – unter Jimmy Pages hartem Gitarrenriff beteuerte Robert Plant, halb schreiend, halb singend, dass er eine ganze Menge Liebe wolle. Oder meinte er die Frau, die er im Begriff war zu beglücken? Theo wusste es nicht, und eigentlich beschäftigten ihn auch ganz andere Dinge – bei ihm kündigte sich eine anständige Grippe an. Ständig musste er niesen, seine Nase lief, es fing an, beim Schlucken zu schmerzen, und selbst das Bier wollte nicht recht schmecken.

Wie in derlei Situationen üblich, verfiel er in Selbstmitleid und stellte sich wieder und wieder die Frage, warum er mit seinem ständig schmerzenden Rücken nicht wenigstens von solchen Heimsuchungen verschont bliebe.

Erstaunlicherweise gelang es ihm schließlich dennoch, eine Diskussion anzustoßen.

»Die Sache mit der verschwundenen Uhr habe ich damals auf Burg Altena gar nicht mitbekommen«, sagte er, in der hinteren rechten Ecke des Raumes stehend. Handwerklich völlig ungeschickt, konnte er ohnehin nichts zur Reparatur seines Theomobils beitragen, und dort stand er Sabine wenigstens nicht im Weg.

»Nun, wenn Sie sagen, dass Herr Menkhoff noch in der Schulzeit die Taschenuhr wieder bei sich trug, dann dürfte es mit an Sicherheit grenzender Wahrscheinlichkeit so gewesen sein, dass unsere jungen Diebe nach der Klassenfahrt von ihrem Gewissen geplagt wurden und ihre Beute dem Besitzer reumütig zurückgegeben haben.«

Lieselotte Larisch übergab Sabine die Pattex-Tube, die diese zum Kleben des Plastikblinkers benötigte.

»Aber dann wüsste ich beim besten Willen nicht, was das

mit unserem Fall zu tun haben könnte. Dann handelt es sich um eine Sache, die schon damals nicht allzu aufregend war und die heute, nach dreißig Jahren, völlig belanglos ist.«

»Denk ich auch«, schmatzte Sabine, die sich nach dem Genuss der Zigarette und des Bieres einen Kaugummi in den Mund geschoben hatte. Sie durchwühlte die Schubladen unterhalb der Werkzeugbank und förderte schließlich einen Handbremsgriff zu Tage, der zwar optisch nicht perfekt zum Theomobil passte – das Material glänzte nicht so schön und war eher dunkel und matt –, doch seine Funktion würde er gewiss erfüllen. »War ja ganz nett, dass Frau Osthoff an uns gedacht hat, aber gebracht hat's uns nulli.«

Mit Hilfe eines Schraubenziehers und eines Zehner-Schlüssels demontierte sie die Reste des alten Griffes, befestigte danach den neuen und verband ihn mit dem Bremszug.

Während sie die Funktion der reparierten Bremse prüfte, wirkte Lieselotte Larisch nachdenklich und in sich versunken.

»Leben eigentlich die Eltern von Herrn Menkhoff noch?«, fragte sie schließlich und starrte auf den Schraubenschlüssel, den Sabine ihr in die Hand gedrückt hatte. Sie hatte noch festgestellt, dass zu allem Überfluss auch der Kettenschutz verbogen war, und war bereits mit dem Richten desselbigen an der Werkbank beschäftigt.

»Nein, sein Vater ist im Krieg gefallen, und seine Mutter …« Theo schob seine Unterlippe unter die Nase und überlegte, »… ich meine, die ist auch im Krieg ums Leben gekommen – bei einem Bombenangriff.«

Lieselotte Larisch hatte den Schraubenschlüssel mittlerweile umgedreht. Ihr Blick hing nun an dem Ende mit der Lochöffnung fest, doch nach wie vor sah sie durch das Werkzeug aus Chrom-Vanadium-Stahl hindurch.

»Merkwürdig … meines Wissens ist Lüdenscheid weitestgehend von Bombardierungen verschont geblieben.«

Endlich legte sie den Schlüssel zur Seite und strahlte ganz plötzlich wieder Betriebsamkeit aus.

»Fällt Ihnen jemand ein, der uns sagen kann, was damals genau mit Herrn Menkhoffs Mutter passiert ist?«

Theo, der mit den Gedanken ganz woanders gewesen war, musste einige Sekunden schinden, um sich sammeln zu können.

»Tja …«

»Möglicherweise weiß das ja einer Ihrer Klassenkameraden.«

»Hm … Elfriede vielleicht.« Theo hatte seine Gedanken wieder einsortiert.

»Dann sollten wir sie umgehend kontaktieren.«

›Na toll, die nächste sinnlose Alibi-Aktion!‹, dachte Theo – offenbar ebenso wie Sabine.

»Aber was hat das denn nun wieder mit unserem Fall zu tun, ich wüsste nicht …«

»Alles kann wichtig sein, mein Kind. Wir sind es nicht nur dem um Leben und Gesundheit bangenden Herrn Menkhoff, sondern auch Frau Pohl und Herrn Plettenkämper schuldig, jede sich bietende Spur zu verfolgen, auch wenn sie noch so wenig relevant erscheinen mag.«

»Na, von mir aus – ich bin fertig mit Theos Feuerstuhl.«

Zur Sicherheit prüfte Sabine mit einem fachmännisch wirkenden Griff, ob der inzwischen wieder angeschraubte Kettenschutz festsaß und säuberte ihn der Ordnung halber noch mit einem Lappen und etwas Tri.

Die berühmt-berüchtigte klare Flüssigkeit wurde in den zahlreichen metallverarbeitenden Betrieben der Region zum

Entfetten ölverschmierter Teile genutzt, und in beinahe jedem Bastelkeller standen eine oder mehrere Flaschen davon. Dass es sich dabei meist um handelsübliche Limonadenflaschen handelte, davon konnten die Ärzte in den Notaufnahmen der Krankenhäuser ein Lied singen. Es war schon nicht empfehlenswert, häufigen Hautkontakt mit Tri zu haben – es zu verschlucken aber war eine noch sehr viel schlechtere Idee.

Sabine beförderte schließlich mit erstaunlicher Geschwindigkeit jedes der zuvor genutzten Werkzeuge zurück an seinen Platz.

»Wir können hochgehen und das Telefon von meinen Eltern benutzen, die sind eh gerade beim Trainingsabend.«

Nachdem die drei vorbei am Partykeller ins Erdgeschoss gestiegen waren und dann weitere drei Treppen erklommen und Sabine die Wohnungstür aufgeschlossen hatte, standen sie in der großzügigen Diele der Kioskbesitzer.

Unzählige Pokale und Medaillen zierten die Wände, dazu im In- und Ausland errungene Urkunden unterschiedlichster Größe. Ein eigener Bereich war dem offenbar größten Ereignis der Eheleute in ihrer Eigenschaft als Mitglieder eines der beiden Lüdenscheider Schützenvereine gewidmet: An der hinteren Wand hingen rund um die Tür zahlreiche Fotos des Königspaares Harald II. und Roswitha I. sowie natürlich – ganz oben in der Mitte – der Vogel des Königsschießens.

Das Telefon in modischem Orange stand auf einem kleinen Tischchen unterhalb des Wandregals mit den besonders großen Pokalen.

Theo, bei dem Schniefen und Husten immer heftiger wurden und der nach dem Treppenaufstieg beinahe ebenso kurzatmig war wie Lieselotte Larisch, hatte Elfriede Nöllenkamps Nummer nicht im Kopf und ermittelte sie planlos und umständlich aus dem dicken Telefonbuch. Nachdem er eher widerwillig fünfmal an der Wählscheibe gedreht und einige Sekunden gewartet hatte, war seine Gesprächspartnerin in der Leitung.

»Ah … Elfriede, ich bin's, Theo. Wir … äh … ich hätte da mal eine Frage. Also nichts Wichtiges, eher nur so nebenher …«

Er brachte sein Anliegen vor, und gleich darauf wusste Elfriede Nöllenkamp offenbar einiges zu erzählen. Theo jedenfalls sagte in den folgenden drei oder vier Minuten nichts und signalisierte lediglich durch ein regelmäßig eingestreutes »Mhm«, dass er noch am Apparat war und zuhörte. Schließlich tauschte er noch einige Nettigkeiten mit seiner Klassenkameradin aus und verabschiedete sich von ihr.

Er hatte den Hörer noch nicht auf die Gabel gelegt, da drängte Lieselotte Larisch schon voller bulldozerhafter Ungeduld auf Berichterstattung.

»Und – was hat sie erzählt? Nun lassen Sie uns doch nicht dumm sterben!«

»Es stimmt, was ich gesagt habe«, begann Theo, wobei sein Tonfall so wirkte wie der eines beleidigten und sich rechtfertigenden Kindes. »Rolfs Mutter ist wirklich bei einem Bombenangriff gestorben. Sie saß in der Schnurre, als es passierte.«

»In der *Schnurre*? Was um alles in der Welt ist das denn?«, fragte Lieselotte Larisch.

»In der Kleinbahn. Sie hatte Brot für ihre Lebensmittelmarken gekauft und war auf dem Heimweg, als der Zug von amerikanischen Flugzeugen angegriffen wurde. Ein einziges Gemetzel muss das gewesen sein. Es gab zig Tote. Und Rolf und seine Schwester wurden dann von den Großeltern aufgenommen.«

»Von wo kam der Zug?«

»Aus Altena. Dort gab es das Brot. Solche Nachrichten haben sich ja in der schlechten Zeit wie ein Lauffeuer herumgesprochen.«

»Aus Altena …«, wiederholte Lieselotte Larisch so langsam, dass es beinahe wie ein Buchstabieren wirkte.

»Und wann genau war das, wusste deine Klassenkameradin das auch?«, wollte diesmal Sabine wissen.

»Da war sie sich nicht ganz sicher. Aber es muss kurz vor Kriegsende passiert sein.«

»Kurz vor Kriegsende … also nicht lange nach der Klassenfahrt«, sagte Lieselotte Larisch – wieder ganz langsam, wieder fast buchstabierend.

Dann schüttelte sie sich und verkündete anschließend Unerwartetes.

»Nun, Theo, ich denke, wir kommen im Moment nicht so recht weiter. Ich für meinen Teil bin morgen ohnehin verhindert, weil ich dienstlich für das Rote Kreuz unterwegs bin. Vielleicht setze ich mich dann übermorgen mal ein Stündchen mit Sabine zusammen, und wir überlegen gemeinsam, wie wir weitermachen können. Währenddessen legen Sie sich hübsch ins Bett und werden schnell wieder gesund.«

Lieselotte Larisch und Sabine tauschten einen langen und tiefen Blick aus, doch davon bekam Theo nichts mit. Er putzte sich mit seinem schon vollgeschnupften Taschentuch die allmählich wund werdende Nase und starrte voller Selbstmitleid Löcher in die Luft.

Und verstand nichts.

16

Lieselotte Larisch und Sabine wirkten fast etwas schüchtern. Vor allem aber schienen beide erleichtert. Zum ersten Mal seit Beginn der Ermittlungen konnten sie völlig frei und vorbehaltlos miteinander reden. Konnten in alle Richtungen denken, ohne Rücksicht auf Theo Kettling nehmen zu müssen. Der nämlich lag mit Triefnase, Fieber sowie hämmernden Kopf- und Gliederschmerzen zu Hause im Bett. Durch keine Diskussion, die beide Damen in der Küche von Lieselotte Larischs Bauernhaus führten, durch keinen geäußerten Verdacht lief man Gefahr, Theos Weltbild ins Wanken zu bringen.

Zunächst aber herrschte nur Schweigen. Lieselotte Larisch blickte aus dem kleinen Fenster und beobachtete die Vögel, die den alten Kirschbaum im Garten bevölkerten und sich an dessen schon überreifen Früchten bedienten.

Nach einigen Minuten traute sich Sabine endlich, das zu fragen, was ihr so sehr auf den Nägeln brannte.

»Sie haben *ihn* in Verdacht, oder? Sie glauben, dass es Herr Menkhoff war.«

Lieselotte Larisch ließ sich mit ihrer Antwort viel Zeit, doch es war keine ihrer typischen Kunstpausen.

»Ja, mein Kind, das glaube ich.«

»Oh nein, Frau Larisch, Sie glauben das nicht nur, Sie wissen es, hab ich recht?«

»Nun, das mit dem Wissen ist so eine Sache. Allerletzte Gewissheit hat man erst, wenn es eindeutige Beweise gibt. Oder ein Geständnis.«

»Verraten Sie mir, was damals passiert ist bei der Klassenfahrt?«, fragte Sabine, wohl wissend, dass Lieselotte Larisch eine ausgefeilte Theorie würde vorweisen können.

»Nun, gehen wir die Situation doch einmal von Beginn an durch: Theos Klasse unternimmt einen mehrtägigen Ausflug zur Burg Altena, wo man in der dortigen Jugendherberge Lager bezieht. Herr Menkhoff, oder damals einfach Rolf, hat wie immer seine geliebte Taschenuhr dabei. Eine eigene Uhr zu haben, noch dazu eine so hübsche, das war damals für ein Kind alles andere als selbstverständlich. Und so etwas schürt manchmal auch Neid. Natürlich ist es auch möglich, dass Rolf die Uhr einfach nur verloren hat und dass sie dann wiedergefunden und abgegeben wurde, zum Beispiel vom Kind einer anderen Schulklasse, die nach den Lüdenscheidern zu Gast in der Jugendherberge war. Nach allem aber, was wir wissen, halte ich es für äußerst wahrscheinlich, dass jemand die Uhr entwendet hat, dann jedoch ein schlechtes Gewissen bekam und sie irgendwo so platziert hat, dass sie früher oder später gefunden werden sollte. Genau so kam es dann auch: Die Uhr ist wieder aufgetaucht, und ich bin mir fast sicher, dass sie von Rolfs Mutter abgeholt wurde, als sie ohnehin in Altena war, um dort Brot zu ergattern.«

Sabine, die gespannt zugehört hatte, überlegte einige Sekunden, bevor sie zu Lieselotte Larischs Monolog Stellung bezog.

»Aber Herr Menkhoff ist ein intelligenter und sehr rational denkender Mensch. Ihm muss doch klar sein, dass derjenige, der die Uhr erst geklaut und dann versteckt hat, ganz bestimmt nicht wollte, dass deshalb die Mutter bei dem Bombenangriff getötet wird. Und dass dies alles nur ein furchtbarer Zufall war.«

»Auf den ersten Blick ist Ihre Einschätzung völlig richtig,

Sabine. Herr Menkhoff wirkt auch auf mich – wie sagten Sie doch so schön – intelligent und rational denkend. Doch rationales Denken wird oft abgeschaltet, wenn große Emotionen im Spiel sind.«

Sie legte ihre Hand auf die von Sabine, vermutlich, um ganz sicherzugehen, ihre ungeteilte Aufmerksamkeit zu haben.

»Versuchen Sie mal, sich in die Situation hineinzuversetzen: Noch ist Krieg, aber er wird nicht mehr lange dauern, das weiß mittlerweile jeder. Die Mutter sagt den Kindern, dass ihr Vater bald endlich wieder nach Hause kommt. Dass er sie ganz fest in seine Arme nehmen wird und dass sie dann keine Angst mehr um ihn haben müssen. Doch dann fällt der Vater doch noch – in den allerletzten Kriegstagen. Da ist doch für Rolf und seine Geschwister eine Welt zusammengebrochen. Und dann geschieht das Unfassbare.«

Lieselotte Larisch umfasste Sabines Hand fester.

»Auch die Mutter kommt ums Leben. Bei einem Bombenangriff. Etwas, womit niemand auch nur im Entferntesten gerechnet hatte, weil Lüdenscheid und die Umgebung ja kaum bombardiert wurden. Die Kinder verloren nun jeden Halt, wuchsen bei den Großeltern auf und müssen sich völlig entwurzelt gefühlt haben. Und auch wenn Frau Menkhoff damals die Kleinbahn vor allem deshalb bestiegen hat, um in Altena Brot zu besorgen – sie hat eben auch die Uhr zurückgeholt, und Rolf Menkhoff gab sich die Schuld am Tod seiner Mutter. Vor allem aber gab er dem die Schuld, der die Uhr entwendet hat. Er entwickelte einen tiefen Hass auf diesen Mitschüler – unbekannterweise, denn er wusste nicht, wer es gewesen war.«

Sabine signalisierte durch leichtes Zusammenkneifen der Augen Zweifel an der Theorie.

»Und dann soll er das bei dem Klassentreffen zufällig herausgefunden haben – kann ich mir nicht vorstellen. Und außerdem: Es haben ja zwei von Theos Klassenkameraden die Rückfahrt nicht überlebt, aber es kann ja nur einer Herrn Menkhoff die Uhr weggenommen haben.«

»Nicht unbedingt.« Wenig überraschend ließ Lieselotte Larisch den Einwand nicht gelten. »Es ist durchaus denkbar, dass sich da ein Duo gebildet hat. Das ist häufig so, wenn Kinder etwas ausfressen. Und in der Tat – wer es war, das hat Herr Menkhoff anscheinend erst beim Klassentreffen erfahren. Erinnern Sie sich daran, was uns der Wirt in der Ollen Piepe gesagt hat? Die drei wurden zwischendurch sehr ernst, und Frau Pohl fing sogar beinahe an zu weinen. Ich glaube, Herr Plettenkämper und Frau Pohl wollten sich nach all der Zeit dafür entschuldigen, was damals passiert war. Gut möglich, dass Herr Plettenkämper in dem Gespräch vor allem eine Gelegenheit sah, Herrn Menkhoff eine Versicherung anzudrehen. Frau Pohl aber war es wohl wirklich sehr wichtig, ihr Bedauern über diesen Vorfall von damals zum Ausdruck zu bringen. Dass ihre Missetat in Verbindung mit dem Tod von Rolf Menkhoffs Mutter steht, davon wussten beide ganz bestimmt nichts. Sie waren damals vermutlich erleichtert gewesen, als Rolf die Uhr wieder bei sich trug. Und es hat ihnen als Heranwachsende sicher sehr leidgetan, als ihr Klassenkamerad seine Mutter verlor. Einen Zusammenhang haben beide da ganz bestimmt nicht hergestellt.«

Sie atmete einmal tief durch.

»Das ist jedenfalls meine Theorie, und es würde mich sehr wundern, wenn es sich nicht so oder ganz ähnlich zugetragen hätte.«

»Aber wie hat Herr Menkhoff denn auf dem Klassentreffen so schnell reagieren können?«, schien Sabine nach wir vor skeptisch zu sein. »Ich meine, wo hat er so schnell dieses komplizierte Beruhigungsmittel hergenommen?«

»Tja, das wäre exakt die Frage, an der auch ich festhänge.«

Ganz gewiss ohne große Freude musste Lieselotte Larisch eingestehen, dass ihr Modell noch unvollständig war.

»Ich bin mir zwar sicher, dass Rolf Menkhoff der Mörder von Eva Pohl und Heinz Plettenkämper ist. Ich weiß aber beim besten Willen nicht, wie ich es beweisen soll.«

»Und was ist mit dem Unfall, den Herr Menkhoff hatte? Er konnte ja von Glück sagen, dass er nicht selbst verletzt wurde – oder sogar Schlimmeres. Glauben Sie wirklich, er hat den Crash absichtlich herbeigeführt?«

Lieselotte Larisch muss sich vorgekommen sein wie in einem Verhör. Doch sie schien sich hier und jetzt nicht unwohl zu fühlen in dieser Situation und beantwortete die Nachfragen von Sabine geduldig.

»In der Tat, meine Liebe, das glaube ich. Herr Menkhoff war sich ganz sicher bewusst, wie stabil sein dicker Mercedes ist. Und gar so heftig war die Kollision mit der Leitplanke ja offenbar nicht – immerhin war das Auto danach noch fahrbereit. Konnte es ein besseres Alibi geben, als selbst Opfer zu sein? Und er hätte wohl einfaches Spiel gehabt, wenn nicht unser lieber Theo zu seinen ehemaligen Klassenkameraden zählen würde. So aber wusste er, dass Theo und ich vor zwei Jahren einen Mordfall aufgeklärt haben. Und es war ihm ganz sicher auch klar, dass wir Nachforschungen anstellen würden, wenn zwei ehemalige Mitschüler nach dem Besuch des Klassentreffens ums Leben kommen. Deshalb ist er absichtlich in die Leitplanke gefahren. Und weil wir nicht lockerließen, legte er nach: Mit den Drohbriefen und mit den *Attentaten* auf ihn.«

»Sie glauben wirklich, dass Herr Menkhoff sich freiwillig hat anschießen lassen? Dabei hätte er ja leicht sterben können.«

»Ich bin davon überzeugt, dass es Profis gibt, die so etwas zentimetergenau bewerkstelligen können. Herr Menkhoff hat Geld – das öffnet viele Türen.«

»Dann war das wahrscheinlich der gleiche Kerl, der sich vor Theos Haus herumgetrieben hat und mit dem wir uns die Verfolgungsjagd geliefert haben«, kombinierte Sabine und schien selbst überrascht darüber, wie die Dinge in Wirklichkeit lagen.

»Zumindest dürften es die gleichen Hintermänner gewesen sein. Leute, die solche *Dienstleistungen* anbieten. Mit deren Hilfe man Menschen einschüchtern kann – und in die Irre führen. Mit deren Hilfe man ein völliges Zerrbild der Wirklichkeit erstellen kann.«

In gleichermaßen verärgertem wie bedauerndem Tonfall fügte sie hinzu: »Und wir waren dumm genug, darauf hereinzufallen.«

»Wahrscheinlich hat dann der Franzose mit dem Gipsarm gar nichts mit dem Gipsarmgast in der Ollen Piepe zu tun …«

»Nein, sonst wäre dem Wirt doch ganz bestimmt ein französischer Akzent bei ihm aufgefallen. Und ich bin mir sicher, dass es sich bei Gipsarm Nummer zwei um eine Attrappe gehandelt hat, mit der man sich sehr gut bewegen und Auto fahren kann.«

Beide Frauen überlegten angestrengt, bevor Sabine das Gespräch wieder eröffnete.

»Wenn Sie recht haben, dann müssen wir den Mörder ja nun nicht mehr suchen.«

»Nein, das müssen wir nicht. Wir müssen Herrn Menkhoff nur noch nachweisen, dass er der Täter ist. Ich fürchte allerdings, dieses ›nur noch‹ wird schwieriger werden, als uns lieb ist. Momentan habe ich jedenfalls keine Idee, wie wir seine Schuld beweisen können.«

»Wie wäre es, wenn wir jetzt doch noch alle anderen Teilnehmer des Klassentreffens befragen? Vielleicht hat von denen jemand was Verdächtiges bei Herrn Menkhoff beobachtet.«

»Darüber habe ich auch schon nachgedacht.«

Sabine schien ob des scheinbaren Anklangs ihres Vorschlages durch Lieselotte Larisch geschmeichelt, wurde aber umgehend wieder desillusioniert.

»Ich denke allerdings nicht, dass dies der richtige Weg ist. Erstens scheint es mir eher unwahrscheinlich, dass wir dabei etwas herausbekommen. Und zweitens: Wenn wir so gezielt danach fragen, was Herr Menkhoff getan oder gelassen hat, dann würden die Befragten eventuell Verdacht schöpfen und möglicherweise direkt bei ihm nachhaken, was es denn mit unseren Fragen auf sich haben mag. Und das wäre vermutlich nicht gut für uns.«

Sie warf Sabine einen ernsten Blick zu.

»Nein, wir müssen woanders ansetzen …«

Lieselotte Larisch sah wieder gedankenverloren aus dem Fenster.

»Die Unfälle … vielleicht liegt der Schlüssel ja doch bei den Unfällen.«

Sabine konnte diesem Gedanken offenbar nicht allzu viel abgewinnen: »Aber wir haben uns doch alle Unfallstellen angesehen; Sie und Theo die von Herrn Plettenkämper und wir alle die von Frau Pohl und Herrn Menkhoff. Und wir haben nichts Verdächtiges entdeckt.

»Ich bin mir da nicht sicher. Es ist gut möglich, dass wir sehr wohl etwas entdeckt haben. Dass wir etwas gesehen haben, dessen Bedeutung wir nicht erkannten.«

Lieselotte Larisch nahm, soweit dies auf den schmal gebauten Küchenstühlen möglich war, eine bequeme Haltung ein.

»Lassen wir das Opfer Heinz Plettenkämper mal außer Acht. Der war in entgegengesetzter Richtung von Frau Pohl und Herrn Menkhoff unterwegs und starb mehr als zweihundert Kilometer von Lüdenscheid entfernt. Aber Frau Pohl und Herr Menkhoff befuhren die Autobahn in gleicher Richtung und etwa zur gleichen Zeit. Eva Pohl ist kurz vor der Ausfahrt Freudenberg verunglückt, Rolf Menkhoff hatte seinen Unfall etwa fünfundzwanzig Kilometer weiter. Dennoch behauptet die Bedienung in der Raststätte, die zwischen den beiden Unfallorten liegt, dass sein Fahrzeug bereits dort die Beschädigung aufgewiesen habe.«

»Worauf wollen Sie denn hinaus, Frau Larisch? Glauben Sie, Herr Menkhoff hat Frau Pohl mit seinem Auto vor den Brückenkopf gestoßen? Um sicherzugehen, dass sie nicht doch merkt, wie müde sie wird, einen Parkplatz anfährt und sich schlafen legt?«

»Ist dieser Gedanke so abwegig?«

Sabine sah Lieselotte Larisch erschrocken an. Sie hatte diese Hypothese offenbar einfach so herausgeplaudert, ohne auch nur im Entferntesten an deren Wahrheit zu glauben.

»Äh … nein, eigentlich nicht …«, antwortete sie schließlich und ergänzte nach einigen Sekunden und mit Erleichterung in der Stimme: »Aber das kann absolut nicht sein. Wir haben die Unfallstelle, die Herr Menkhoff uns genannt hat, doch besichtigt. Und es war deutlich zu erkennen, dass da ein Auto ordentlich in die Leitplanken gedonnert sein muss.«

Lieselotte Larisch verharrte grübelnd und in entspannter Position auf dem Küchenstuhl.

»Oder glauben Sie, Herr Menkhoff hatte den Unfall gar

nicht dort, und er hat uns stattdessen eine falsche Stelle genannt?«

»Das kann ich mir eigentlich nicht vorstellen.« Allmählich nahm Lieselotte Larisch wieder Haltung an. »Dafür hätte er sich auf die Suche nach einer Unfallstelle machen müssen, die erstens auf dem richtigen Autobahnabschnitt lag, zweitens noch nicht zu alt war, sodass man die Spuren noch deutlich sehen konnte, und drittens hätte es ein … wie soll ich sagen … ein *passender* Unfall sein müssen. Wäre dort ein Kleinwagen wie mein DAF oder Ihr Mini Cooper in die Leitplanken gefahren, dann wären die Reifenspuren vom Bremsen viel zu schmal gewesen. Das hätten auch wir als Laien erkannt.«

Sie stützte die Ellbogen auf der Tischplatte ab und wirkte wie eine Hochschuldozentin, die gerade im Begriff war, eine besonders interessante Theorie vorzustellen.

»Nein, ich glaube, Herr Menkhoff ist dort tatsächlich verunfallt. Trotzdem stimmt an dieser Sache irgendetwas nicht. Denken Sie an die Bedienung in der Raststätte, als sie berichtet hat, sie habe in jener Nacht den Mann mit dem kaputten Wagen gesehen, den Mann, dessen Beschreibung mehr oder weniger auf Herrn Menkhoff zutrifft. Sie war sich so sicher …«

Wieder ergriff sie Sabines Hand.

»Irgendwo hier muss der Schlüssel liegen, mein Kind. Die Unfallstelle von Eva Pohl, fünfundzwanzig Kilometer weiter als die von Rolf Menkhoff. Und dazwischen eine Autobahnraststätte mit einer Bedienung, die etwas gesehen hat, was es zu diesem Zeitpunkt noch gar nicht gab.«

»Vielleicht hat sie ja solche … wie heißt das nochmal … präkognitiven Fähigkeiten und kann zukünftige Ereignisse voraussehen. Ich habe letztens einen Artikel darüber gelesen. Kann doch sein, dass es so etwas wirklich gibt.«

Sabines Tonfall ließ darauf schließen, dass sie das gerade Gesagte selbst nicht so recht glaubte, und auch Lieselotte Larisch konnte dem Gedanken wenig Begeisterung entgegenbringen.

»Aber ich bitte Sie. Es ist grundsätzlich ja durchaus richtig, jede denkbare Theorie im Zusammenhang mit unserem so verzwickten Fall kritisch zu prüfen. Ich bezweifle aber doch sehr stark, dass uns parapsychologische Ansätze weiterhelfen. Nein, wir müssen die Antwort anderswo finden. Ich bin davon überzeugt, dass wir irgendetwas übersehen oder einfach nicht beachtet haben.«

Lieselotte Larisch grübelte. »Damals, als wir den Unfallort von Frau Pohl besichtigt haben …«

Sie richtete den Blick zur Zimmerdecke, verdrehte dann die Augen und spitzte die Lippen. Sabine wusste, dass sie sich gedanklich zurückversetzte in die Situation vor fast drei Wochen; an die bedrückende Inaugenscheinnahme der Brücke, vor deren massivem Kopf Eva Pohl den Tod gefunden hatte.

Plötzlich änderte sich Lieselotte Larischs Gesichtsausdruck auf eine ganz charakteristische Art und Weise. Stocksteif saß Sabine auf ihrem Stuhl und schien für einen Moment sogar das Atmen eingestellt zu haben. Offenbar spürte sie, dass die Chefermittlerin gerade etwas in ihrer Erinnerung entdeckt hatte, das möglicherweise von großer Wichtigkeit war.

»Wissen Sie noch, wie Sie an diesem Tag voller Freude waren über die bestandene schwere Klausur?« Lieselotte Larisch sprach langsam und ganz leise. »Und wie es Ihnen im Überschwang der Gefühle gar nicht möglich war, sich auf die Inspizierung der Unfallspuren zu konzentrieren?«

»Ja, klar weiß ich das noch. Ich war einfach nur wahnsinnig happy und so herrlich erleichtert.«

»Und erinnern Sie sich auch noch daran, was Sie mir und

Theo zugerufen haben, als Sie in einiger Entfernung die Vegetation neben dem Standstreifen bewunderten?«

»Äh … nee, da weiß ich jetzt nicht, was Sie …«

»Sie haben gerufen ›Hier liegt Gold‹. Theo und ich, wir haben das überhaupt nicht ernst genommen. Wir haben gedacht, Ihre Phantasie wäre im Zustand größter Freude mit Ihnen durchgegangen. Aber Sie haben Ihren Ausruf sogar noch bekräftigt und haben so etwas hinzugefügt wie ›Hier liegt tatsächlich Gold‹.«

Es dauerte einige Sekunden, bis es auch Sabine selbst gelang, sich die Situation wieder ins Gedächtnis zu rufen.

»Ja … das stimmt«, sagte sie zögerlich, »da lagen so … so komische Goldsplitter rum.«

»K o m i s c h e G o l d s p l i t t e r …« Lieselotte Larisch buchstabierte ihre Worte.

Dann sprang sie so urplötzlich und hektisch auf, dass Sabine zusammenzuckte und Cleo, die in der Diele geschlafen hatte, mit lautem Bellen hochfuhr. Als die Hausherrin nach einem beeindruckenden Sprint das mit einem Brokatmantel umhüllte Telefon erreicht hatte, riss sie mit ihren dicken Fingern noch heftiger als gewöhnlich an der Wählscheibe.

»Ah, Theo, da sind Sie ja. Keine Sorge, Sie können sich gleich wieder in Ihr Krankenbett legen. Ich habe nur eine ganz kurze Frage. Sagen Sie, welche Farbe hat Herr Menkhoffs Auto, der schicke, große Mercedes? Wie bitte? Großer Gott, sind Sie erkältet, man kann Sie ja kaum verstehen.«

Doch dann verstand Lieselotte Larisch ganz offenbar, und Sabine, die sich mittlerweile an den Türrahmen gelehnt hatte, sah, wie ihr Gesicht versteinerte.

»Goldmetallic … ah ja … wie bitte? Äh, nein, das war nur so eine Frage. Sabine und ich sind gerade dabei, noch einmal alle

Fakten zusammenzutragen, und da schweift man ja immer mal wieder vom Thema ab. Sie kurieren sich jetzt erst einmal ganz in Ruhe aus. Wenn Sie wieder auf dem Damm sind, sehen wir weiter. Gute Nacht, Theo.«

Lieselotte Larisch hatte den Hörer noch nicht auf die Gabel gelegt, da meldete sich Sabine schon protestierend aus dem Durchgang zwischen Küche und Diele.

»Ich weiß, was Sie denken, aber das ist einfach nicht möglich. Der Unfall muss später …«

»Nein, mein Kind, wir lagen völlig falsch, weil wir uns von Herrn Menkhoff an der Nase haben herumführen lassen. Heilige Maria und a Stückla Josef, wie konnte ich nur so blind sein?«

Lieselotte Larisch nahm Sabine an den Arm und führte sie, gefolgt von der neugierig gewordenen Cleo, eilig zum Sofa im Wohnzimmer. Offenbar war es ihr wichtig, dass sie bei der nun folgenden Weitergabe der Erkenntnisse ebenso bequem saß wie sie selbst als Vortragende.

»Jetzt verraten Sie mir doch endlich, was damals passiert ist!« Sabine schien es vor Spannung kaum noch auszuhalten.

»Es gab *zwei* Unfälle, mein Kind. Herr Menkhoff hat Frau Pohl tatsächlich vor den Brückenkopf gedrängt.«

»Aber was Sie da sagen, kann einfach nicht stimmen. Dann hätten die Lacksplitter doch direkt an der Unfallstelle auf der Fahrbahn liegen müssen.«

»Und genau das musste Herr Menkhoff verhindern. Vermutlich war es ihm zu unsicher, sich allein auf die Wirkung des Beruhigungsmittels zu verlassen, so wie er es bei Herrn Plettenkämper tun musste. Nein, im Fall von Frau Pohl wollte er durch ein gezieltes Fahrmanöver sichergehen, dass sie auf jeden Fall in ihrem Auto stirbt. Dafür aber musste er jede Berührung mit ihrem Fahrzeug ebenso verhindern wie die mit Leitplanken, Brückenköpfen und allem anderen, was sich in unmittelbarer Nähe befand. Er hat einen günstigen Moment abgewartet. Kein weiteres Fahrzeug war irgendwo in Sichtweite, und es gab dort diesen tödlichen Prellbock aus Beton. Er muss sich sozusagen an Frau Pohl herangeschlichen und sie mit einem gezielten Lenkmanöver so erschreckt haben, dass sie in ihrem vermutlich bereits recht umnachteten Zustand den Wagen vor den Brückenkopf gefahren hat.«

Lieselotte Larisch hatte auf dem Sofa zwischenzeitlich wie eine Autofahrerin Platz genommen und riss derart heftig an ihrem imaginären Steuer, dass Sabine in die äußerste Ecke des Sitzmöbels rutschte.

»Doch solch ein wildes Manöver birgt auch die Gefahr, die Kontrolle über das eigene Fahrzeug zu verlieren. Und genau das ist passiert. Herr Menkhoff geriet mit seinem Mercedes ins Schleudern, schoss abwechselnd nach links und rechts – so wie es im Siebten Sinn immer wieder gezeigt wird. Erst gelang es ihm noch, auf der Fahrbahn zu bleiben. Aber am Ende krachte er doch in die Leitplanke. Nach fünfzig oder sechzig Metern, vielleicht auch nach hundert. Aber weit genug jedenfalls, dass die Polizei bei der Aufnahme des Unfalls die beschädigte Leitplanke und die umherliegenden Lacksplitter nicht gesehen beziehungsweise keinen Zusammenhang hergestellt hat.«

»Und dann ist er einfach weitergefahren ...«, resümierte Sabine mit Abscheu in der Stimme.

»... und hat kurze Zeit später mit dem demolierten Mercedes einen Halt am Rasthof eingelegt. Vielleicht um nachzuschauen, ob er mit dem verunfallten Wagen überhaupt noch eine weitere Strecke fahren konnte, vielleicht aber auch, um sich erst einmal zu sammeln und zu überlegen, was er nun tun sollte.

Denn dass er sein eigenes Auto beschädigte, das war natürlich nicht vorgesehen.«

»Und da kam er auf die Idee, absichtlich einen weiteren Unfall zu bauen.«

»Ganz recht. An einer Stelle, die unverdächtig ist und die er uns ohne Bedenken nennen konnte, weil sie weit genug vom ersten Unfallort entfernt liegt.«

Sabine ließ sich langsam in die Lehne des Sofas sinken und seufzte tief. »Ich habe absolut keine Idee, wie wir Herrn Menkhoff das alles beweisen wollen.«

»Die habe ich auch noch nicht.« Lieselotte Larisch tat es ihrem Gast gleich und fläzte sich ebenfalls in die bequemen Polster.

»Wissen Sie, was ich glaube? Unsere einzige Chance ist es, ihm eine Falle zu stellen. Vor zwei Jahren haben Sie mit einer raffinierten Finte schon einmal einen Mörder überführt.«

»Da könnten Sie durchaus recht haben, mein Kind«, die Adressatin des versteckten Lobs war sichtbar und hörbar geschmeichelt, »vielleicht müssen wir uns wirklich etwas einfallen lassen, womit wir Herrn Menkhoff aufs Glatteis führen können.«

Dann wurde Lieselotte Larischs Gesicht plötzlich ernst. So ernst, wie Sabine es nie zuvor bei ihr gesehen hatte.

»Vor allem aber müssen wir drei uns von nun an in Acht nehmen. Und wir müssen jeden Schritt, den wir tun wollen, ganz genau überlegen.«

17

39,4. Bei der letzten Messung um 17 Uhr hatte das Fieberthermometer noch 38,7 Grad angezeigt. Ein Anstieg von sechs Zehntel Grad in den letzten zwei Stunden – oder waren es sogar acht Zehntel Grad, Theo Kettling konnte nicht mehr rechnen. Es spielte aber auch keine Rolle. So oder so war das zutiefst beunruhigend.

Was ihm allerdings noch mehr zugesetzt hatte, war das Telefonat mit Lieselotte Larisch. Sie saß mit Sabine im Bauernhaus in Rölvede, und gemeinsam schienen die beiden irgendwelche Überlegungen anzustellen, die noch wirrer waren als seine vom Fieber ständig ausfransenden Gedanken.

Wie anders war die Frage nach der Farbe von Rolfs Auto zu erklären? Was zum Teufel versprach sie sich von dieser Information? Lieselotte Larisch war ja immer schnell dabei, wenn es galt, irgendwelche unausgegorenen Theorien zu entwickeln. Doch hier ging es um seine Freunde, und er konnte unmöglich zulassen, dass die beiden Frauen am Ende noch irgendwelche Dummheiten ohne ihn machten.

Nass geschwitzt, aber vor Kälte am ganzen Körper zitternd, schleppte er sich zum Telefon in der Diele und wählte Lieselotte Larischs Nummer – besetzt.

Er legte sich wieder hin und nahm sich vor, mindestens eine Viertelstunde bis zum nächsten Versuch zu warten. Die pensionierte Rektorin führte gerne Dauergespräche, und es machte keinen Sinn, es wieder und wieder zu probieren.

Sechseinhalb Minuten hielt er aus, bevor er sich ein zweites

Mal aus dem Bett quälte. Dieses Mal verwählte er sich beim ersten Versuch. Am anderen Ende der Leitung war anscheinend ein Mitglied der belgischen Streitkräfte in Lüdenscheid; der Mann wiederholte ständig irgendein eigentlich unaussprechliches Wort. Da Theo der flämischen Sprache nicht mächtig war, legte er schließlich nach einem kurzen »Sorry« den Hörer auf.

Beim nächsten Mal wählte er die Nummer so langsam und gewissenhaft, wie es sein gesundheitlicher Zustand und seine Nervosität zuließen. Inständig hoffte er, das Freizeichen würde ertönen, doch es war immer noch besetzt.

Einen letzten Versuch gab er sich noch. Er zählte bis sechzig – viel zu schnell, als dass dabei auch nur annähernd eine Minute vergangen wäre – und wählte erneut. Besetzt!

Nein, es half nichts. Er musste nach Rölvede, und er sah, wenn auch mit Schrecken, nur eine realistische Möglichkeit, dort hinzukommen. Um sich ein Taxi zu nehmen, war er zu geizig. Mit dem Bus würde er – wenn überhaupt noch einer führe – im besten Fall bis zur Diskothek Old Forester am Hülscheiderbaum kommen. Von dort aus waren es aber mindestens noch sechs Kilometer bis zum Bauernhaus.

*

Sabine begann schon mal damit, den Tisch zu decken. Lieselotte Larisch gab ihr immer wieder durch Handzeichen zu verstehen, wo sie Geschirr, Besteck und die verschiedenen Lebensmittel finden würde. Sie selbst kam nicht vom Telefon weg, da sie von ihrer besten Freundin Milli angerufen worden war, die wie üblich kein Ende fand.

Als es Lieselotte Larisch endlich gelungen war, das Gespräch abzuwürgen, war fast alles vorbereitet, sodass sie nur noch

Butter, Salz und Pfeffer sowie die Flasche Rum für den Tee bereitstellen musste.

»Oh Mann, ich weiß gar nicht, wie wir das Theo verklickern wollen«, klagte Sabine mit halbvollem Mund.

»Das wird ganz gewiss nicht einfach werden, da haben Sie recht«, pflichtete Lieselotte Larisch bei. »Vor allem müssen wir ihm klarmachen, dass er keinen Unfug anstellen darf. Theo ist eine so treue Seele – der bringt es glatt fertig und erzählt Herrn Menkhoff von unserem Verdacht. Aber im Moment müssen wir uns darüber noch nicht den Kopf zerbrechen. Unser lieber Freund liegt ganz sicher im Bett und kuriert seine Grippe aus.«

»Na, hoffentlich haben Sie recht.«

Sabine schob sich lustlos und mit beunruhigter Miene eine kleine Gewürzgurke in den Mund, die sie zuvor aus dem Mixed-Pickles-Glas gefischt hatte.

»Irgendwie mache ich mir gerade echt Sorgen um Theo.«

*

Er fühlte sich bereits völlig entkräftet, als er sich angezogen, zwei weitere Spalt-Tabletten eingeworfen und das Bonanzarad aus dem Keller geholt hatte. Immerhin war es gerade trocken, nachdem es im Tagesverlauf immer mal wieder geregnet hatte.

Schon nach wenigen Metern fühlte sich Theo wieder wie der Affe auf dem Schleifstein. Jetzt aber wie ein kranker und ausgezehrter Affe, der kaum in der Lage war, den Lenker festzuhalten und die Pedale durchzutreten. Zwar war er es mittlerweile gewohnt, dass immer mal wieder Autofahrer ihrer Belustigung durch Hupen Ausdruck verliehen; nun aber musste er ein ganz besonders skurriles Bild abgegeben haben, nahm er doch zuweilen ein regelrechtes Hupkonzert wahr.

Nachdem er sich bis zu Lüdenscheids »Einkaufsmeile«, der Wilhelmstraße, durchgekämpft hatte, konnte er kurz durchatmen. Etwa zweihundertfünfzig Meter ging es bergab, und es tat derart gut, einzig nur auf dem unbequemen Sattel sitzen zu müssen, dass ihm auch die vielen hämischen Kommentare vor allem der jüngeren Menschen in der neu ausgewiesenen Fußgängerzone egal waren. Verstanden hatte er in seinem Zustand ohnehin nichts.

Kurz nach Passieren des Juweliergeschäfts musste er wieder strampeln. Mit dem eisernen Willen eines Marathonläufers und nun auch noch mit immer stärker werdenden Rückenschmerzen kämpfte er sich über den neu errichteten Sternplatz. Noch vor Monaten hatte hier der Straßenverkehr wie an keinem anderen Ort der Stadt pulsiert; nun konnten die Fußgänger völlig ruhig und gefahrlos die sie umgebenden Bausünden – allen voran das Breddermann-Hochhaus und das Rathaus – auf sich wirken lassen.

Als er schließlich das Stadtgebiet hinter sich und die langgezogene Steigung hoch zum Hülscheiderbaum geschafft hatte und auf das Old Forester zufuhr, drehte sich in seinem Kopf alles, und er bekam nur noch schemenhaft mit, wie die vor der Diskothek stehenden frühen Gäste sich bei seinem Anblick kaum vor Lachen halten konnten. Zitternd und keuchend bog er in die Landstraße nach Wiblingwerde ein, gleichzeitig der Zubringer zur Sauerlandlinie.

Sobald die Disco-Witzbolde ihn nicht mehr sehen konnten, hielt er am Straßenrand an und beugte sich – hechelnd wie ein Hund – über den Lenker. Ein paar vereinzelte Tropfen fielen vom Himmel, zum Glück aber blieb es vorerst dabei, und es entwickelte sich kein handfester Schauer daraus.

Nach einigen Minuten hatte sich seine Atmung ein wenig

normalisiert, und auch der Schwindel war weniger geworden. Wie um dies gebührend zu feiern, zündete er sich eine Krone an, die ihm verblüffenderweise sogar schmeckte. Den Rauch durch seine verschleimten Bronchien tief inhalierend, sah er an sich herunter.

Und in diesem Moment wusste er, warum vor wenigen Minuten die jungen Männer in ihren modisch-bunten Hemden und die Frauen in ihren kurzen Miniröcken so gelacht hatten. Und die Jugendlichen in der Wilhelmstraße. Und warum noch viel mehr Autofahrer als sonst amüsiert gehupt hatten: Er hatte beim Umziehen das Wechseln des Beinkleides vergessen und war in seiner Schlafanzughose aus hellblauem Frotteestoff unterwegs.

Für einige Momente fragte er sich mit wachsendem Entsetzen, ob vielleicht jemand Bekanntes ihn in diesem Aufzug gesehen hatte. Beim Blick auf seine Gruen Kurvex, die bereits zwanzig nach acht anzeigte, gelang es ihm jedoch, diesen Gedanken zumindest vorübergehend zu verwerfen, und er rief sich stattdessen in Erinnerung, dass mindestens noch die Hälfte des Weges nach Rölvede vor ihm lag.

Theo setzte sich wieder in Bewegung und hatte auf den ersten paar hundert Metern das Gefühl, er habe durch die kurze Rast tatsächlich ein klein wenig Energie zurückerhalten. Spätestens nach Passieren der Brücke über die zu dieser Zeit nur noch schwach befahrene Sauerlandlinie aber ging die wilde Plackerei wieder los. Der an sich lächerlich kurze Anstieg bis zum Abzweig auf die schmale Nebenstraße in Richtung Rölvede von vielleicht gerade mal vierhundert Metern erwies sich als große Hürde, und als er sie mit Mühe und Not überwunden hatte, rang er wieder beängstigend nach Luft und meinte, jeden einzelnen Knochen zu spüren. Doch er blieb hart, versuchte nach Kräften, sein Schmerzempfinden auszublenden und strampelte, so gut es ging, weiter.

Gerade als Theo in den Wald einfuhr und sein Blick, mehr zufällig, den Rückspiegel streifte, fiel ihm auf, dass ein Auto hinter ihm war. Er selbst fuhr so langsam, dass die Nadel des Tachos kaum ausschlug. Doch das Fahrzeug überholte nicht.

Ein mulmiges Gefühl stieg in ihm auf, das sogar stärker war als seine Erschöpfung.

Er bremste ab, kam zum Stillstand und sah in den Rückspiegel. Auch das Auto blieb stehen. Er fuhr wieder los und registrierte, begleitet von sich ausbreitender Panik, dass auch das Auto wieder Fahrt aufnahm.

Sosehr er sich eine andere Schlussfolgerung gewünscht hätte – es bestand kein Zweifel daran, dass er verfolgt wurde. Er drehte den Kopf nach hinten, um vielleicht auf diese Weise etwas erkennen zu können, doch da es bereits dunkel wurde, sah er nur in zwei gleißend helle Scheinwerfer; vermutlich hatten der oder die Fahrer das Fernlicht angeschaltet, um ihn besser beobachten zu können.

Theo kam plötzlich ein Gedanke, der einerseits höchst unangenehm war, der andererseits aber auch etwas sehr Beruhigendes hatte: Vielleicht wurde er von einem Streifenwagen verfolgt. Jede Menge Menschen hatten ihn dabei beobachtet, wie er als erwachsener Mann mit einer Pyjamahose bekleidet auf einem Bonanzarad durch die Gegend fuhr. Gut möglich, dass jemand die Ordnungshüter angerufen und das Umherirren einer geistig verwirrten Person gemeldet hatte.

Ja, genau so musste es sein – ein Polizeiauto war hinter ihm, und es würde ganz gewiss nicht mehr lange dauern, bis man an ihn heranfahren, ihn stellen und überprüfen würde, was es mit seinem merkwürdigen Verhalten auf sich haben möge.

Sollte er nochmal stehen bleiben, um klarzumachen, dass er nichts zu verbergen hatte? Er hatte seinen Personalausweis in der Jacke, würde sich ordnungsgemäß ausweisen und die Beamten hoffentlich davon überzeugen können, dass mit ihm alles in Ordnung wäre.

Er beschloss, der Eingebung nicht Folge zu leisten und stattdessen mit nochmals vermindertem Tempo weiterzufahren.

Dann endlich heulte der Motor des Fahrzeugs auf, und es bewegte sich tatsächlich auf ihn zu – mit unerwartet hoher Geschwindigkeit, wie Theo beim Blick in den Spiegel aus den rasend schnell größer werdenden Scheinwerfern schloss. Er drehte den Kopf nach rechts und wartete darauf, dass neben ihm ein dunkelgrünes Polizeifahrzeug mit nicht eingeschaltetem Blaulicht auf dem Dach auftauchen würde.

Doch das Fahrzeug, das er für den Bruchteil einer Sekunde wahrnahm, hatte kein Blaulicht. Und es war auch nicht grün, sondern hatte einen hellen, metallisch glänzenden Lack.

Noch bevor ihm klarwerden konnte, was dies bedeutete, wurde er von dem schweren Wagen mit heftiger Wucht in die Seite getroffen. Metall brach, Glas und Kunststoff splitterten und Theo flog im hohen Bogen die steile Böschung hinunter in den Wald. Irgendein entfernt liegender Teil seines Bewusstseins registrierte, dass er im Fliegen gleich reihenweise die Äste der dicht stehenden Bäume abbrach.

Dann stoppte ihn der massive Stamm einer Buche. Der Schmerz, der durch seinen Körper fuhr, war atemberaubend – in des Wortes wahrer Bedeutung, denn Theo blieb für Sekunden die Luft weg.

Er sah hoch zur Straße. Sah trotz der Dunkelheit zwar, dass es sich bei dem Wagen um einen Mercedes S handelte, war aber nicht mehr in der Lage, eins und eins zusammenzuzählen.

Der Fahrer, der, so war er sich sicher, das Lenkrad unbeabsichtigt verrissen haben musste, stieg aus, trat langsam an den Fahrbahnrand und schaute die Böschung hinab. Anscheinend suchte er den Verletzten in dem dichten Gewirr aus Baumstämmen, Ästen und Sträuchern.

»Hier … ich bin hier unten!«

Theo hatte versucht zu rufen, doch er bekam nur eine leise Mischung aus herausgepressten Wörtern, Stöhnen und Röcheln zustande. Immerhin aber schien der Mann ihn gehört zu haben. Er stieg herab und kam so direkt, wie es das unwegsame Gelände erlaubte, auf ihn zu. Langsam. Derart langsam, dass Theo sich wunderte. Immerhin war er ohne jeden Zweifel schwer verletzt und bedurfte dringend der Hilfe.

Allerdings humpelte der andere. Vermutlich hatte er sich, so vermutete Theo, bei dem Zusammenprall verletzt, und wahrscheinlich war sein lädiertes Bein der Grund dafür, dass er sich so viel Zeit ließ.

Erst als er bei Theo war und sich zu ihm hinunterbeugte, erkannte er ihn. Der Schrecken, der ihm durch die schmerzenden Glieder fuhr, war mit nichts zu vergleichen, was er zuvor je erlebt hatte.

Er sah das Gesicht von Rolf Menkhoff und erkannte es gleichzeitig nicht wieder. Auf grauenhafte Art und Weise sah es ganz anders aus als sonst. Es erschien ihm wie eine böse Fratze, voller Wahnsinn und abgrundtiefem Hass.

»Rolf … ich …«

Was immer er auch hatte sagen wollen, sein Gegenüber ließ ihm nicht die Gelegenheit, den Satz zu vollenden.

»Du bist einfach zu neugierig geworden, du verdammter, dreckiger Schnüffler«, zischte Rolf Menkhoff, legte die Hände um Theos Hals und drückte zu.

Die panische Todesangst, die von jeder Faser im Körper des Verletzten Besitz ergriffen hatte, war mit einem Schlag da, und sie war absolut unkontrollierbar. Reflexartig versuchte Theo, seine Arme hochzureißen und sich aus der Umklammerung zu befreien. Doch er hatte keinerlei Kraft mehr, und überdies schien sein linker Arm, das wurde erst jetzt klar, als er ihn bewegen wollte, gebrochen zu sein.

Dann spürte er nur noch den Schmerz an seiner Kehle. Er meinte, würgen zu müssen, doch er konnte nicht. Vor allem aber konnte er nicht mehr atmen. Je krampfhafter er versuchte, Luft in seine Lungen zu bringen, desto panischer wurde er. Ihm wurde schwindelig, von Sekunde zu Sekunde mehr.

Ab einem bestimmten Punkt jedoch, als Panik und Schwindel zwar nach wie vor da waren, ihn aber auf merkwürdige Weise loszulassen schienen, stellte er seine ohnehin völlig sinnlosen körperlichen Abwehrversuche ein. Gleichzeitig registrierte er, wie sein Widerstand gegen die Erkenntnis, gleich sterben zu müssen, geringer wurde.

Und dann kam es, das Licht. Er hatte des Öfteren davon gehört und gelesen. Menschen, die dem Tod ganz nahe waren, ihm dann aber in letzter Sekunde doch noch von der Schippe gesprungen waren, wussten fast einhellig davon zu berichten. Aus dem Jenseits war ein Licht zu ihnen gekommen, und die allermeisten waren sich sicher, dass es sich dabei um nichts anderes als um die Liebe Gottes höchstpersönlich gehandelt hatte.

Das Licht, das Theo erblickt hatte, kam näher und näher. Nicht auf geradem Wege, sondern immer wieder ein wenig nach links oder rechts abgleitend.

Er versuchte, sich ausschließlich auf dieses Phänomen zu konzentrieren und meinte zu erkennen, dass da zwei Lichter waren. Ganz dicht nebeneinander und offenbar untrennbar miteinander verbunden, denn beide vollzogen exakt die gleichen Bewegungen.

Waren das vielleicht seine Eltern? Wollten sie ihn abholen und mitnehmen auf die andere Seite?

Als er schon jeden Moment damit rechnete, von ihnen umarmt zu werden, stoppten sie und blieben stehen – schräg oberhalb von ihm, auf Höhe der Straße.

Dann folgten Geräusche, unangenehm laut, mehr ein Poltern, und plötzlich sprang etwas aus den Lichtern hervor. Eine furchteinflößende Kreatur auf vier Beinen, eine Art Monster. Mit einem großen und starken Körper unter dunklem Fell. Wie von Sinnen schoss dieses … dieses Ding auf ihn zu, setzte zu einem Sprung an und …

Zuerst dachte Theo, es wäre sein eigener Schrei gewesen. Doch das konnte nicht sein. Er hätte kein einziges, noch so leise gesprochenes Wort herausgebracht, erforderte doch das Atmen seine gesamte Willenskraft.

Ja … tatsächlich, er bekam wieder Luft. Nicht viel zwar und unter Begleitung fürchterlicher Ächz- und Würgelaute, aber es waren keine Arme mehr um seinen Hals gelegt.

Stattdessen lag Rolf Menkhoff, wie er im Augenwinkel verschwommen wahrnahm, etwa einen Meter von ihm entfernt. Auf ihm stand das offenbar fürchterlich wütende Monster und traktierte mit seinen spitzen Zähnen immer wieder den Oberarm des Mannes.

»Aus, Cleo, aus! Er hat genug.«

Nie zuvor war Theo derart glücklich gewesen, Lieselotte Larischs strenge Stimme zu hören, und nie zuvor ließ er sich im nächsten Augenblick bereitwilliger von einem gerechtigkeitsliebenden Monster in Hundegestalt das Gesicht ablecken.

»Sabine, schnell, bringen Sie mir das Abschleppseil aus dem Kofferraum; ich werde diesen … dieses *gottlose Scheusal* an einen Baum fesseln. Und dann fahren Sie zurück zum Bauernhaus, rufen einen Krankenwagen und alarmieren die Polizei.«

18

Theo Kettling gelang es nicht, seine Gefühle Rolf Menkhoff gegenüber einzuordnen. Der Mann, der da einen Baumstamm weiter auf dem feuchten Waldboden hockte, hatte versucht, ihm das Leben zu nehmen. Und doch spürte er keinen Hass auf ihn. Nein, Hass war da keiner. Eher schon so etwas wie Mitleid.

Theo hätte in diesem Moment alles für eine Maschine gegeben, die Rolf Menkhoff auf Knopfdruck wieder normal gemacht hätte. Die ihn wieder in seinen freundlichen und stets korrekten Klassenkameraden zurückverwandelt hätte.

Ein paar Male bemühte er sich sogar, so etwas wie ein Lächeln in Richtung seines Angreifers zu senden, doch dessen Gesichtszüge hellten sich nicht etwa auf, sondern wurden im Gegenteil noch aggressiver und gespenstischer, sodass Theo Angst bekam, sein alter Schulfreund könnte plötzlich aufspringen, Lieselotte Larisch überwältigen und vollenden, was er hatte abbrechen müssen.

Die Befürchtung war indes völlig grundlos. Lieselotte Larisch hatte ihn nicht nur mit ihrem Abschleppseil sehr sorgfältig am Baum fixiert, sondern hielt – für alle Fälle – auch den Hammer ihres DAF-Bordwerkzeugs drohend in der Hand. Vor allem aber hatte ihm Cleo eine beeindruckende Fleischwunde am Oberarm zugefügt, die ihm wirkungsvolle Angriffe unmöglich machte, und nach wie vor ließ die Hündin ihn nicht aus den Augen, knurrte grimmig und fletschte die Zähne.

Nachdem sie Theos Verletzungen begutachtet und entschieden hatte, dass vor dem Eintreffen der Rettungskräfte Erste-Hilfe-Maßnahmen weder nötig noch sinnvoll waren, wandte sich Lieselotte Larisch nun Rolf Menkhoff zu.

»Mit dieser Uhr da begann alles, nicht wahr? All das Unglück, all das Leid.« Sie deutete auf den silbernen Zeitmesser, der seinem Besitzer aus der Hosentasche gerutscht war, die vorangegangenen Scharmützel aber anscheinend schadlos überstanden hatte.

»Mit der Uhr ganz bestimmt nicht, sondern einzig und allein mit dem hinterhältigen Diebstahl. Ausgeführt von meinen scheinheiligen Klassenkameraden.«

Die im fahlen Mondlicht dämonisch wirkenden Gesichtszüge von Rolf Menkhoff spiegelten sich in seiner Stimme wider.

»Heinz Plettenkämper und Eva Pohl. Das haben Sie auf dem Klassentreffen erfahren.«

»Einfach so ins Gesicht gesagt haben Sie es mir. Wollten sich mit mir mal in Ruhe unterhalten. Abseits vom Tisch, ohne die anderen. Ich dachte, Heinz will mir und Eva eine Versicherung andrehen. Stattdessen sagt er erst mal gar nichts, und sie fängt an herumzudrucksen, und dann sagt sie mir, sie und Heinz wollten sich dafür entschuldigen, dass sie mir damals die Uhr geklaut haben. Am Ende fing die blöde Kuh sogar noch an zu heulen. ›Das muss für dich als Kind doch wirklich schlimm gewesen sein.‹« Rolf Menkhoff versuchte, eine weinerliche Frauenstimme zu imitieren. »Was sie damit in Wirklichkeit angerichtet haben, davon hatten die beiden Pfeifen natürlich keinen Schimmer.«

»Dass nämlich Ihre Mutter im Herbst 1944 auf dem Nachhauseweg ums Leben gekommen ist, nachdem sie die Uhr wieder abgeholt hatte«, ergänzte Lieselotte Larisch wie eine erfahrene Kriminalbeamtin im Vernehmungsraum.

»Ich sehe, Sie sind gut informiert. Na, ist ja auch nicht verwunderlich bei der fetten Miss Marple aus dem Sauerland.«

Lieselotte Larisch hielt einen Moment inne. Vielleicht überlegte sie, ob dieser Titel eher als Lob oder doch als Beleidigung einzustufen war. Dann wollte sie Rolf Menkhoffs Geständnis offenbar für eine kurze moralisch-philosophische Betrachtung unterbrechen, besann sich aber eines Besseren.

»Ich glaube kaum, dass man den beiden ernsthaft die Schuld … ach, lassen wir das.«

Anscheinend war ihr beim Aussprechen der Worte bewusstgeworden, dass ihr Gegenüber seine Meinung zu diesem Thema bereits mehr als nachdrücklich untermauert hatte. Stattdessen hielt sie sich wieder an ihren Fahrplan, der vorsah, die Ereignisse rund um die zwei Morde weiter Revue passieren zu lassen.

»Jedenfalls beschlossen Sie noch am gleichen Abend, Frau Pohl und Herrn Plettenkämper zu töten.«

»Was heißt ›am gleichen Abend‹? Im gleichen Moment war das für mich klar!«

Die Selbstverständlichkeit, mit der Rolf Menkhoff das sagte, ließ Lieselotte Larisch unwillkürlich einen Schritt zurücktreten.

»Ich habe es mir immer wieder geschworen: Wenn ich herausfinde, wer das damals getan hat, dann bringe ich denje… diejenigen um.«

»Und damit konnten Sie auch nicht länger warten. Es musste sofort sein.«

»Damit *wollte* ich nicht länger warten.«

Die Stimme des Mörders verlor allmählich diesen brutalen Ton. Sie war jetzt eher kühl und berechnend, so wie die eines skrupellosen Geschäftsmanns.

»Das wäre doch reine Zeitverschwendung gewesen.«

»Also haben Sie den beiden eine raffinierte Substanz in ihr Getränk gegeben, die sie im Laufe der folgenden Stunden sehr müde gemacht hat, sodass sie schließlich nicht mehr in der Lage waren, ihr Fahrzeug zu beherrschen.«

Rolf Menkhoff sah Lieselotte Larisch hämisch an.

»Ach ja, richtig, die Substanz. Die ominöse, geheimnisvolle Substanz …«

»Großer Gott, jetzt wird mir einiges klar.« Lieselotte Larisch klatschte sich mit der Hand vor die Stirn. »Eine solche Substanz hat es nie gegeben, nicht wahr?«

Offenbar wertete sie es als persönliche Niederlage, dass ausgerechnet das, was man von Beginn der Ermittlungen an in beinahe jeder Theorie als feste Konstante eingesetzt hatte, gar nicht zutraf. Auch Theo, der nach wie vor – wenn auch in größer werdenden Abständen – hässliche Würgegeräusche von sich gab, sah überrascht auf. Sein Filmriss beim Klassentreffen zu vorgerückter Stunde, sein totenähnlicher Schlaf in der Nacht und das späte Erwachen am Morgen – alles hatte ausschließlich an seinem unmäßigen Alkoholkonsum gelegen.

Noch bevor Lieselotte Larisch, die sich inzwischen wieder gesammelt hatte, Rolf Menkhoff zur Fortsetzung seines Geständnisses auffordern konnte, machte dieser aus freien Stücken weiter.

»Ich habe die Geschichte mit der Dienstreise erfunden und bin Eva nachgefahren. Es dauerte ziemlich lange, aber irgendwann passte es dann ausgesprochen gut. Es war kein anderer Wagen zu sehen, und wir hatten die Autobahn in diesem Moment für uns allein. Und da kam diese Brücke. Da hab ich sie drangelenkt – hat prima geklappt.«

Es war Lieselotte Larisch anzusehen, wie entsetzt sie über

die Lockerheit war, mit der Rolf Menkhoff das sagte. Es war, als redete er davon, wie er die Blattläuse auf einer Zimmerpflanze losgeworden war.

»Na ja, so ganz perfekt hat es ja nun nicht … wie sagten Sie … geklappt. Immerhin haben auch Sie die Kontrolle über Ihr Auto verloren und es schwer beschädigt.«

»Na und? Kann ja wohl mal passieren. Ich bin ja nicht Jackie Stewart. Wichtig war, dass ich nicht den Wagen von unserer ach so lieben Eva berühre, und das ist mir gelungen.«

»Und warum haben Sie anschließend eine Pause am Rasthof eingelegt?« Lieselotte Larisch schien sich allmählich an die Gefühlskälte des Befragten zu gewöhnen und wirkte immer souveräner.

»Donnerwetter – Sie wissen aber auch alles.« Er lachte mit einer merkwürdigen Mischung aus Bewunderung und Verachtung. »Ich war halt ganz schön angespannt gewesen. Immerhin hatte ich nur einen Versuch gehabt, der unbedingt sitzen musste. Und dann bin ich auch noch selbst ganz ordentlich in die Leitplanken. Da musste ich erst mal eine rauchen und nachsehen, was das Auto mitbekommen hatte.«

»Und haben dabei den Entschluss gefasst, ganz bewusst einen weiteren Unfall zu bauen, um uns damit auf die falsche Fährte zu führen.«

»Ja, Sie oder die Polizei oder sonstwen, der Nachforschungen anstellen würde. Geben Sie es ruhig zu: Sie sind zuerst darauf reingefallen. Lange wissen Sie ganz bestimmt noch nicht, wie es sich tatsächlich abgespielt hat.«

Rolf Menkhoff war offenbar bemüht, ein schelmisches Lächeln aufzusetzen, doch das Bedrohliche, das seine Gesichtszüge umspielte, vermochte er damit kaum zu überlagern.

»In der Tat, Herr Menkhoff, das gebe ich gerne zu.«

Trotz seiner nach wie vor sicht- und vor allem hörbaren Probleme, wieder ordentlich Luft zu bekommen, konnte sich Theo ein gequältes Grinsen nicht verkneifen. Denn er wusste nur allzu gut, dass dies gelogen war. Selbstverständlich gab Lieselotte Larisch das *nicht* gerne zu, und mit Sicherheit wurmte es sie enorm, nicht eher die Wahrheit herausgefunden zu haben.

Doch sie ließ sich nichts anmerken und fuhr selbstbewusst fort: »Am Ende aber bin ich … sind wir dahintergestiegen, was passiert ist. Das haben all ihre raffinierten Täuschungsmanöver nicht verhindern können. Nicht der zweite Unfall, nicht die Drohbriefe und auch nicht die fingierten Attentate. War das nicht übrigens wahnsinnig gefährlich für Sie?«

Die Frage klang reichlich unpassend und eher so wie im Rahmen einer lockeren Plauderei.

»Man hat mir versichert, dass es nicht wirklich gefährlich sei. Wenn ich mich wie abgesprochen verhalte, dann lande der Bohrhammer knapp neben mir, und auf der Jagd würde ich nur leicht am Bein getroffen. Dass sich zur vereinbarten Zeit ausgerechnet der Bock blicken ließ, auf den ich schon seit Jahren scharf war, war allerdings nicht eingeplant. Erst lässt er sich eine halbe Ewigkeit nicht blicken, und dann kommt er ausgerechnet im unpassendsten Moment, den man sich überhaupt denken kann, um die Ecke gebogen. Diese Gelegenheit konnte ich mir einfach nicht entgehen lassen.«

Er wollte ein Schulterzucken andeuten, doch offenbar schmerzte der von Cleo malträtierte Arm so stark, dass er die Bewegung abrupt stoppte und sich auf verbale Äußerungen beschränkte.

»Na ja, es hat ja auch so hingehauen. Der Schütze war anscheinend nicht nur sehr treffsicher, sondern auch recht flexibel.«

›Tut das nicht schrecklich weh?‹, war Theo versucht zu fragen. Doch erstens sah er sich noch immer nicht in der Lage zu sprechen, und zweitens wollte er Lieselotte Larisch in der Rolle der – mehr oder weniger – brillanten Aufklärerin nicht stören. Wie aufs Stichwort fuhr sie fort und brachte das zweite Mordopfer ins Spiel.

»Aber wenn Sie Ihren Klassenkameraden bei der Feier keine Substanz verabreicht haben – warum ist dann Herr Plettenkämper gestorben? Ich kann mir beim besten Willen nicht vorstellen, dass er in dieser Nacht … wie soll ich sagen … durch Zufall verunglückt ist.«

»Ah, ich sehe, es gibt noch etwas, das Sie nicht herausgefunden haben. Na schau mal einer an!«

Wäre die Szenerie nicht so gespenstisch gewesen und hätte Rolf Menkhoffs Stimme nicht diesen verstörenden Unterton gehabt – man hätte den Eindruck gewinnen können, er wäre wirklich amüsiert.

»Na, ich will mal nicht so sein und es Ihnen verraten. Wenn Sie sich nicht ausschließlich auf Ermitteln und Fahnden und …«, er blickte auf ihren Körperumfang, »… Essen konzentrieren, sondern sich auch ein wenig für Technik interessieren würden, dann wüssten Sie, dass Fahrwerke von Autos einen Spurstangenkopf aufweisen, der mittels einer Mutter an der Radnabe befestigt ist. Beim Porsche von Heinz war es eine 10er Mutter mit 17er Schlüsselweite.«

»Und … äh … mit dieser … äh … Mutter haben Sie irgendetwas angestellt?«

Lieselotte Larischs äußerst schwach ausgebildetes technisches Verständnis ließ offenbar keine detailliertere Vermutung zu.

»Gelöst habe ich sie. Wenn man sie lockert und bis auf den

letzten Gewindegang zurückdreht, aber nicht abnimmt, fällt sie irgendwann durch die Vibrationen beim Fahren von selbst ab. Und dann lässt sich das Auto von einem auf den anderen Moment nicht mehr lenken und wird absolut unkontrollierbar.«

In einem Ausdruck scheinbarer Sorge legte er die Stirn in Falten.

»Man weiß natürlich nie, wann das der Fall ist. Hätte auch passieren können, dass die Mutter während einer Stadtfahrt abfällt und Heinz hätte sich den Kotflügel verbeult oder die Stoßstange abgefahren. Aber es ist ja alles gutgegangen.«

Beim letzten Satz hatten sich Rolf Menkhoffs Gesichtszüge wieder entspannt, und er strahlte eine Art Zufriedenheit aus, die einen weiteren kalten Schauer bei Theo auslöste.

Vermutlich erschauderte auch Lieselotte Larisch, allerdings nur im Innern. Äußerlich blieb sie ungerührt und forderte weitere Informationen ein.

»Aber wie haben Sie die … äh … Reparatur …«

»Manipulation …«, half Theo gleichsam röchelnd wie überraschend aus.

»Oh ja, ganz recht, Theo. Also, wie haben Sie die *Manipulation* vorgenommen? Sie hatten ja keine Hebebühne … äh … zur Hand. Und wie konnten Sie denn überhaupt Zeit dafür haben? Es wird ja kaum so gewesen sein, dass sie kurz die Feier in der Ollen Piepe verlassen und die Repa… die Manipulation durchgeführt haben.«

»Doch, genau so war es«, sagte Rolf Menkhoff sehr zu Lieselotte Larischs Überraschung. »Ich bin raus, hab mir das Bordwerkzeug aus meinem Wagen geschnappt und nach kurzem Suchen den Porsche gefunden. Weil Heinz wie üblich zu spät gekommen war, hatte er sein Auto ein ganzes Stück weit oben in der Friedhofstraße abstellen müssen. Das kam mir sehr entgegen, weil ich dort kaum befürchten musste, beobachtet zu werden. Es war nämlich etwas fummelig, und mit Hebebühne wäre es tatsächlich leichter gewesen. So musste ich mich auf den Gehweg legen, um mit dem Schlüssel an die Mutter zu kommen. Letztlich hat es aber reibungslos funktioniert. Das Ganze hat maximal eine Viertelstunde gedauert, und niemandem ist etwas aufgefallen.«

Wieder setzte der Mörder sein selbstzufriedenes Lächeln auf. Theo, dem es von Minute zu Minute etwas besser ging, fragte sich, was ihn an seiner Situation zuversichtlich stimmen mochte.

»Und ihr Idioten seid die ganze Zeit einem Phantom hinterhergelaufen.« Rolf Menkhoff lachte verächtlich. »Huh, der große Unbekannte mit dem Gipsarm – beinahe so mysteriös wie die Beruhigungssubstanz. Ich hatte ja echt Glück, dass der Kerl an diesem Abend da stand.«

Lieselotte Larisch verzog das Gesicht. Zweifellos machte sie sich Vorwürfe, lange Zeit nicht gemerkt zu haben, eine weitere falsche Spur zu verfolgen, eine Spur, die ins Nichts führen würde.

Dann aber veränderte sich ihre Miene und drückte so etwas wie Schadenfreude aus.

»Sie haben schon recht, das war dumm von mir. Doch auch Ihnen ist ein sehr bedeutsamer Fehler unterlaufen, Herr Menkhoff. Sie befanden sich am Abend des Klassentreffens in einer gefühlsmäßig so außergewöhnlichen Situation, dass Sie den Mann mit dem Gipsarm vermutlich gar nicht bemerkt haben. Deshalb haben Sie sich später die beiden von Frau Dierbusch geschossenen Polaroidfotos genau angesehen, damit Sie Ihrem *Dienstleister* möglichst genau würden mitteilen können, in welche Rolle er zu schlüpfen hat. Und Sie haben – genau wie wir – besonders lange und eingehend das Foto betrachtet, auf dem der Mann in den Spiegelfliesen hinter der Theke zu sehen ist. Denn wenn man überhaupt irgendeinen brauchbaren Eindruck von ihm gewinnen wollte, dann nur in diesem Bildausschnitt. Eine winzige Kleinigkeit aber haben Sie bei alldem nicht bedacht …«

Die Schadenfreude kam nun auch in Lieselotte Larischs Stimme zum Vorschein.

»Schon in der Schule haben wir doch gelernt, dass Spiegelbilder seitenverkehrt sind. Das Spiegelbild des Mannes in der Ollen Piepe zeigt den linken Arm eingegipst, tatsächlich handelte es sich also um den rechten. Theos Verfolger jedoch trug die Gipsschiene links. Als ich dahintergekommen bin – *spätestens* als ich dahintergekommen bin –, war mir klar, dass Sie mit enormem Aufwand eine falsche Spur legen, um einen möglichen Verdacht gegen sich gar nicht erst aufkommen zu lassen.«

Sie wog den Hammer in ihren Händen und lächelte süffisant.

»Wie sagt man doch so schön: Wer zuletzt lacht, lacht am besten. Und so wie ich das sehe, trifft das in diesem Fall nicht auf Sie zu.«

Rolf Menkhoff schob den Unterkiefer nach vorn und schnaubte wütend. Hätte er freie Hand gehabt, wäre er ganz sicher auch noch Lieselotte Larisch an die Gurgel gegangen.

Genauso schnell aber, wie er aufgebraust war, beruhigte er sich wieder, und die Wut in seinem Gesicht wich dem mittlerweile bekannten wahnsinnigen Grinsen.

»Wie macht man so etwas, Herr Menkhoff? Wie findet man solche Helfer, wenn man doch bislang – davon gehe ich bei Ihnen jedenfalls aus – keinerlei Kontakte zur Unterwelt hat?«

»Es hat mich selbst überrascht, wie reibungslos das ging. Ich habe einen Zulieferer, von dem ich hin und wieder einfache Bauteile beziehe. Dafür, dass er nur so eine lächerlich kleine Klitsche hat, lebt er auf verdammt großem Fuß, und es halten sich hartnäckig Gerüchte, dass er noch andere Einnahmequellen hat.«

Rolf Menkhoff geriet nun regelrecht ins Plaudern.

»Und wie sich herausstellen sollte, sind diese Gerüchte keineswegs aus der Luft gegriffen. Ich erhielt von ihm – natürlich gegen Zahlung einer ganz hübschen Summe – eine Frankfurter Telefonnummer. Da habe ich angerufen, habe eine Adresse im Bahnhofsviertel mitgeteilt bekommen und bin hingefahren. In dieser üblen Gegend bin ich in eine noch üblere Spelunke und saß dort einem Kerl gegenüber, der eigentlich einen recht ordentlichen Eindruck machte. Na, jedenfalls habe ich gesagt, was ich will. Ich bekam aber nicht etwa sofort ein Angebot, sondern – wieder gegen ein nicht gerade läppisches Entgelt – eine weitere Adresse, jetzt in Straßburg. Auch die lag in einer miesen Gegend, und wieder fand das Treffen in einem zwielichtigen Etablissement statt. Der Mann aber wirkte irgendwie vertrauenswürdig. Hier konnte ich nun sämtliche Wünsche äußern, die ich hatte. Dieses Mal musste ich eine ganze Tasche voller Geld dalassen, aber dafür wurden meine Forderungen in der Folge auch zur vollsten Zufriedenheit erfüllt. Ich war dann noch zweimal da, um weitere Maßnahmen zu besprechen und Details festzulegen.«

Es näherten sich zwei Scheinwerfer, die Theo dieses Mal nicht als das Licht von drüben fehlinterpretierte, sondern richtigerweise einem Pkw zuordnete. Zuerst dachte er, Sabine würde sich in Lieselotte Larischs DAF nähern, doch das sportlich röhrende Motorgeräusch verriet ihm, dass sie ihren Mini

Cooper gewählt hatte, vermutlich, um schneller wieder am Ort des Geschehens zu sein.

»So, alles erledigt«, rief sie, als sie ausgestiegen war und die Böschung hinabstieg, »Krankenwagen und Polizei sind gleich hier.«

Als sie unten angekommen war, stellte sie sich neben Cleo, streichelte der Hündin über den Kopf und sah Rolf Menkhoff an.

»Sie verdammtes Schwein! Sie hätten Theo beinahe umgebracht. Hat es Ihnen nicht gereicht, zwei unschuldige Menschen auf dem Gewissen zu haben?«

Das Gesicht des Mörders verfinsterte sich wieder. Erst schien es so, als wolle er Sabines Frage unkommentiert lassen, aber dann äußerte er sich doch.

»Ach Gottchen, was wissen Sie junges Ding denn schon? Sie haben doch noch niemals …«

»Halten Sie den Mund!«

Nun war es Lieselotte Larisch, die Rolf Menkhoff zurechtgewiesen hatte und dafür erstaunte Blicke erntete – selbst Cleo sah sie scheinbar überrascht an.

»Er hat nicht zwei Menschen auf dem Gewissen, meine Liebe, sondern drei.«

Jetzt waren alle nicht mehr nur verwundert, sondern völlig perplex – zuallererst Rolf Menkhoff, dessen Züge geradewegs entgleisten. Er wirkte wie ein Dieb, der sich absolut sicher ist, unbeobachtet zu sein und dann auf frischer Tat ertappt wird.

Offenbar war nun Lieselotte Larischs ganz großer Moment gekommen. Sie hatte noch etwas in der Hinterhand. Etwas, mit dem sie in wenigen Augenblicken ganz zweifellos als grandiose Ermittlerin dastehen würde.

»Ich hatte gestern keinen Rotkreuztermin, das war geschwindelt«, fuhr sie langsam fort und genoss hörbar jedes einzelne ihrer Wörter. »Stattdessen war ich in Hagen. Ich war auf verschiedenen Ämtern, in Zeitungsredaktionen und sogar bei der Polizei, wo ich mich selbst als freie Journalistin ausgegeben habe. Kurzum – ich habe ein wenig Detektivin gespielt.«

In scheinbarer Bescheidenheit lächelte sie süffisant und legte eine betont lange Kunstpause ein.

»Dabei habe ich etwas Interessantes erfahren.«

Wieder eine Pause.

»Etwas sehr Interessantes, wie ich meine.«

Und noch eine.

»Vor drei Wochen wurde in den Lokalzeitungen darüber berichtet, dass der sogenannte *Jack the Ripper von Hagen* wieder zugeschlagen habe. Eine Sache allerdings passte nicht ins Muster: Das Opfer war zwar wieder eine Frau, aber keine Prostituierte.«

Oben auf der Straße fuhr ein Auto vorbei. Erst sah es so aus, als hielte es an. Der Fahrer hatte vermutlich erkannt, dass sich hier ein Unfall ereignet hatte, und schien zu überlegen, ob er nachsehen und gegebenenfalls helfen sollte. Doch dann entschied er sich offensichtlich dagegen und setzte seinen Weg fort. Theo stellte sich vor, wie unschön sich das angefühlt hätte, würde er hier unten alleine und schwer verletzt liegen.

Lieselotte Larisch indes war offenbar ganz froh, dass sie nur kurz in ihrem so bedeutsamen Vortrag gestört worden war, und sprach nun erstaunlich zügig weiter. Anscheinend wollte sie fertig sein, bevor weitere Störungen kommen würden.

»Ich habe gestern herausgefunden, dass das Opfer der jüngsten Mordtat in Hagen Ingrid Konietzka hieß.«

Zumindest auf eine kurze Pause mochte sie an dieser Stelle

dann aber doch nicht verzichten – für Theo ein klares Zeichen, dass sich ihr Vortrag einem Höhepunkt näherte.

»Ingrid Konietzka – geborene Heimann.«

Theo legte die Stirn in Falten und dachte angestrengt nach. Ingrid Heimann. Er hatte diesen Namen vor nicht allzu langer Zeit gehört, wusste aber nicht mehr, in welchem Zusammenhang.

Dann half Lieselotte Larisch seinem Gedächtnis auf die Sprünge – und ließ ihn erschaudern.

»Das unbekannte Mädchen auf dem alten Schulfoto, das Frau Nöllenkamp bei der Feier herumgegeben hat. Das Mädchen, das nur vier Monate lang der Klasse angehörte und das während dieser Zeit die beste Freundin von Frau Nöllenkamp gewesen war.«

Lieselotte Larisch blickte den anscheinend noch immer konsternierten Rolf Menkhoff scharf an.

»Es war nämlich keineswegs so, dass niemand sonst die Schülerin kannte, die da in die Kamera gelacht hatte. Herr Plettenkämper und Frau Pohl wussten sehr wohl, um wen es sich handelte. Um das Mädchen nämlich, das sich vor bald dreißig Jahren an diesem dummen und so folgenschweren Streich auf Burg Altena beteiligt hat. Das mitgemacht hat beim Diebstahl Ihrer Uhr, Herr Menkhoff. Das haben Eva und Heinz Ihnen erzählt, als Sie drei gemeinsam an der Theke standen. Und haben damit ihr eigenes Todesurteil ebenso unterschrieben wie das von Ingrid Konietzka.«

Langsam verschwand die Überraschung aus dem Gesicht des Dreifachmörders.

»Wie haben Sie es angestellt, Herr Menkhoff? Sind Sie selbst losgefahren, haben Ihr letztes Opfer höchstpersönlich ausfindig gemacht und es eigenhändig umgebracht?«

Lieselotte Larischs Frage war eindeutig rhetorischer Natur, denn im nächsten Moment gab sie selbst die Antwort.

»Oh nein. Dafür hätte Ihnen die Zeit gefehlt. Sie hatten nach den tödlichen … *Unfällen* von Herrn Plettenkämper und Frau Pohl alle Hände voll damit zu tun, Ihre Rolle als um sein Leben fürchtender Mann zu spielen und nicht nur uns, sondern auch Ihre Frau und Ihren Leibwächter an der Nase herumzuführen – eine oscarverdächtige Leistung übrigens.« Sie nickte ihrem Gegenüber mit todernster Miene zu. »Nein, Sie haben auch für die Ausübung dieses abscheulichen Verbrechens die Dienste ihrer französischen Handlanger in Anspruch genommen.«

»Bingo!«, rief Rolf Menkhoff ironisch aus. »Mit dieser Sache ging mir das selbst beinahe etwas schnell. Ich hatte ja erst am Vortag mit dem Mann in Straßburg gesprochen und hatte Sorge, dass seine Jungs mit einer übereilten Aktion scheitern könnten oder ein zu großes Risiko eingehen. Aber man hat mir versichert, dass die Gelegenheit günstig sei und man die Sache sicher und schnell über die Bühne bringen könne. Dieser Gedanke war ganz einfach zu verlockend, um sich unnötig mit Bedenken aufzuhalten.«

Aus der Ferne war leise das Geräusch von Martinshörnern zu hören, und nach einigen Sekunden sah man – ebenfalls noch schwach und in der Ferne – blaue Blitze zucken.

»Sie haben da ja wirklich eine tolle Ermittlungsarbeit geleistet. Schade bloß, dass das letztlich alles umsonst war.«

Rolf Menkhoff nahm, soweit es sein verletzter Arm ermöglichte, eine Haltung ein, die wohl gleichermaßen Lässigkeit wie Überlegenheit ausstrahlen sollte.

»Was meinen Sie damit, warum soll das umsonst gewesen sein?«, fragte Lieselotte Larisch pikiert.

»Weil Sie mir davon nichts, aber auch rein gar nichts beweisen können.«

Einige Sekunden lang war außer den näher kommenden Martinshörnern kein Laut zu hören. Offenbar war die Chefermittlerin kurz irritiert, doch Sie hatte ihre Selbstsicherheit schnell zurückgewonnen und wirkte dann souveräner denn je.

»Oh, darauf würde ich an Ihrer Stelle nicht bauen. Ich, Sabine und Theo werden notfalls unter Eid aussagen, was Sie uns gerade erzählt haben. Die Polizei wird alle Teilnehmer des Klassentreffens befragen, was sie an jenem Abend beobachtet haben. Man wird auch mit dem Wirt sprechen, und vielleicht findet man sogar den Mann mit dem Gipsarm – also den mit dem *richtigen* Gipsarm, und über Interpol auch den mit dem falschen. Falls die Unfallfahrzeuge noch nicht in der Schrottpresse gelandet sind, wird man sie bis auf die letzte Schraube auseinandernehmen – genau wir Ihr eigenes Fahrzeug. Und kurz hinter der Brücke, an der Frau Pohl den Tod fand, wird man Lacksplitter finden und sie Ihrem Mercedes zuordnen. Man wird auch das Waldstück durchkämmen, an dem Ihr Hochsitz steht, Zentimeter für Zentimeter, bis man eine Patronenhülse finden wird, die Rückschlüsse auf die Waffe und somit vielleicht auch auf den Schützen zulässt. Vor allem aber …«, Lieselotte Larisch wirkte nun wie eine bis in die Haarspitzen motivierte Anwältin beim Halten ihres Schlussplädoyers, »… vor allem aber wird man den jüngsten Mordfall in Hagen völlig neu aufrollen. Man wird herausfinden, dass dieser ominöse Jack the Ripper nicht der Mörder ist. Und wenn man den wahren Mörder nicht finden wird, dann zumindest seinen skrupellosen Auftraggeber. Oh nein, Herr Menkhoff, Sie werden nicht ungeschoren davonkommen.«

Die letzten Worte waren durch das akustische Signal von drei zeitgleich eintreffenden Polizeifahrzeugen und zwei Krankenwagen kaum noch zu verstehen gewesen. Sechs Uniformierte stürmten die Böschung hinunter. Nach kurzem Fingerzeig von Lieselotte Larisch und Sabine befreiten sie Rolf Menkhoff von seinen Fesseln, um ihm postwendend und angesichts seines verletzten Arms in recht rustikaler Weise Handschellen anzulegen und ihn zu einem der Krankenwagen zu führen.

Dann kamen zwei Sanitäter und halfen Theo auf die Beine – was nicht einfach war, denn als der linke von ihnen *seinen* in Mitleidenschaft gezogenen Arm ergriff, tat es furchtbar weh. Wahrscheinlich war er tatsächlich gebrochen.

Als sie schließlich aber doch oben an der Straße angekommen waren, drehte Theo sich noch einmal um. Traurig blickte er auf die kümmerlichen Überreste seines geliebten Fortbewegungsmittels. Rahmen, Räder und Lenker waren krumm, Blinker und Spiegel abgerissen, und nur wenige Einzelteile mochten noch unversehrt sein.

»Ach, Theo. Nun sei mal ehrlich – das war doch 'ne ziemlich beknackte Idee mit dem Bonanzarad«, sagte Sabine und strich ihm sanft über die Hand. »Wenn du den Schaden von der Versicherung ersetzt bekommst, dann leg doch einfach noch ein bisschen drauf und kauf dir ein Mofa.«

Theo sah im Geiste ein verschwommenes Bild, wie er wieder und wieder versuchte, im Zusammenspiel mit Gas und Kupplung ein motorisiertes Zweirad in Bewegung zu setzen.

»Es gibt auch welche, bei denen man nur Gas geben und bremsen muss«, fügte Sabine hinzu, als ob sie seine Gedanken gelesen hätte, während der erste Krankenwagen mit Rolf Menkhoff an Bord, eskortiert von einem Streifenwagen, losfuhr.

»Nun ist aber so langsam Schluss mit der netten Diskussion.«

Der Notarzt, der zwischenzeitlich ebenfalls eingetroffen war, nahm Theo an der Hand und zog ihn langsam, aber mit Nachdruck zum Krankenwagen.

»Mein Gott, Sie glühen ja förmlich. Sie haben bestimmt hohes Fieber.«

Jetzt, da alles Wesentliche erledigt war, befuhr der gelbe VW Nasenbär die Szenerie. Wie im Hollywoodfilm wurde das Fahrzeug mit der Handbremse in einer Vierteldrehung zum Stehen gebracht, und die drei Insassen sprangen – natürlich völlig synchron – heraus.

»Sie kommen genau richtig, Herr Hauptkommissar! Der Fall ist aufgeklärt und der Mörder festgenommen.« Schnellen Schrittes ging Lieselotte Larisch zum DAF. »Am besten, Sie fahren einfach hinter mir her. Ich mache uns bei mir daheim eine Kleinigkeit zu essen und erkläre Ihnen alles.«

Und lässig mit einer Hand am Türrahmen fügte sie gönnerhaft hinzu: »Man lässt ja niemanden dumm sterben.«

Als Theo auf der Trage im Innern des Krankenwagens lag, spürte er ein leichtes Stechen in der Armbeuge.

»Wir kommen dich morgen in der Klinik besuchen.«

Bevor die Tür geschlossen wurde, winkte Sabine ihm noch einmal zu und schenkte ihm ein Lächeln, das ihm die Tränen in die Augen schießen ließ. Dann setzte sich das Fahrzeug in Bewegung. Theo spürte, wie seine Schmerzen zurückgingen und eine bleierne, aber ungemein angenehme Müdigkeit Besitz von ihm ergriff.

Gott sei Dank, es war vorbei. Der Fall war aufgeklärt und der Mörder entlarvt. Und er, Theo, lebte noch.

Meine Güte, war das knapp gewesen. Wären Sabine und Lieselotte Larisch auch nur eine Minute später gekommen, wäre er nun tot.

Er nahm sich vor, dieses Gefühl, das er gerade verspürte, zu bewahren. Das Gefühl, noch einmal neu geboren worden zu sein.

Ja, er würde sein Leben von nun an intensiver leben. Würde lang Aufgeschobenes nachholen. Würde zuallererst Sabines Rat Folge leisten und sich ein Mofa kaufen: ohne Schaltung, nur Gas und Bremse. Theo Kettling, der coole Easy Rider. Schon sehr bald würde er nicht mehr trampeln müssen, sondern mit Motorkraft durch die Stadt cruisen. Zwar nur mit anderthalb PS, aber das war egal.

»Ich werde auf nichts mehr verzichten …«, murmelte er in sich hinein, »… auf nichts.«

Immer wieder fielen ihm die Augen zu, doch er wollte diesen Gedanken noch zu Ende führen.

Und schließlich fiel ihm doch noch etwas ein, auf das er nur allzu gut verzichten konnte: auf Lügen und Intrigen, auf nervenraubende und gesundheitsgefährdende Ermittlungsarbeit – kurz: auf Kriminalfälle jeglicher Art.

Und wenn das Schicksal vorhatte, ihn irgendwann nochmal über ein Verbrechen stolpern zu lassen, dann sollte sich das Schicksal doch wenigstens Zeit damit lassen.

Viel Zeit. Ganz, ganz viel Zeit …

Epilog

Der Gitarrenriff von »Whole Lotta Love« verrät ihm, dass jemand auf seinem Smartphone anruft.

Ausgerechnet jetzt. Gerade nimmt er den Motor eines Vorkriegs-Renaults in Betrieb, der sich jahrzehntelang im Dornröschenschlaf befand.

Lothar Bremser wischt die ölverschmierten Hände notdürftig mit dem ersten Lappen ab, den er greifen kann, eilt zur Werkbank und drückt auf den grünen Button links unten auf dem Display.

Es ist der Käufer des 1972er Mercedes. Den vereinbarten Termin zur Abholung des Fahrzeugs könne er nicht ganz einhalten, und er werde sich um etwa eine halbe Stunde verspäten.

Er versichert dem Anrufer, dies sei absolut kein Problem, und verabschiedet ihn.

Bevor er sich wieder an die Arbeit macht, geht er nach draußen, zündet sich eine Zigarette an und denkt über seine berufliche Situation nach.

Es läuft gut für ihn seit einigen Jahren, da gibt es nichts zu meckern. Seit der weltweiten Finanzkrise sind die Preise für Oldtimer angestiegen – erst noch verhalten, dann immer stärker.

Er jedenfalls ist zum richtigen Zeitpunkt auf den Zug aufgesprungen und hat 2012 sein Hobby zum Beruf gemacht. Für kleines Geld hat er ein altes und noch erstaunlich intaktes Gebäude in der Ruinenstadt im Sterbecketal angemietet, einer seit mehr als achtzig Jahren stillgelegten Produktionsstätte für Sprengstoff auf Hagener Stadtgebiet.

In der Werkstatt dort restauriert er günstig erstandene Old- und Youngtimer fast aller Marken und Preisklassen, die er in wiedererstrahltem Glanz mit einem satten Gewinn weiterveräußert.

Seitdem heißt er auch nicht mehr Lothar Bremser, zumindest nicht für seine Geschäftspartner und Kunden. Er ist einfach nur der Doc. Ein Technik-Doc mit heilenden Händen, die alte und todkranke Autos wieder zum Leben erwecken.

Hin und wieder kommt es vor, dass es ihm schwerfällt, sich von einem Fahrzeug zu trennen. Bei diesem Mercedes 300 SEL 6.3 in Byzanzgold-Metallic ist das ganz zweifellos der Fall. Ein wunderbares Auto, seiner Zeit um Dekaden voraus und so ziemlich das Beste, was man Ende der sechziger, Anfang der siebziger Jahre überhaupt kaufen konnte. Vorausgesetzt natürlich, man hatte das nötige Kleingeld.

Schade nur, dass die Originalpapiere dieses prächtigen Klassikers im Laufe der Jahrzehnte verschüttgegangen sind und sich seine Historie deshalb nicht mehr lückenlos nachvollziehen lässt.

Der erste Besitzer war angeblich ein Industrieller aus dem nahe gelegenen Lüdenscheid gewesen. Erfolgreich sei er gewesen, dabei aber recht bodenständig und umgänglich. Dann aber habe er ganz plötzlich und ohne jede Vorwarnung drei Menschen ermordet. Und sich nach seiner Festnahme noch in der Untersuchungshaft erhängt.

So hatte es ihm damals der Verkäufer, dem dieses Schauermärchen natürlich auch nur von Dritten zugetragen worden war, erzählt.

Aber es ist ganz sicher eine dieser typischen düsteren Legenden, die offenbar allzu gerne um alte Autos gestrickt werden. Er wirft die Zigarettenkippe auf den unregelmäßig mit Splitt bedeckten Boden vor der Werkstatt und tritt sie aus. Dann lehnt er sich sinnierend an das Rolltor und fragt sich, wie viele solcher Geschichten er wohl schon gehört hat. Und ob auch nur eine einzige davon stimmt.

Danksagung und Schlusswort

Wie schon im *Lünsch-Mord*, dem ersten Roman der Kettling & Larisch-Reihe, ist auch dieses Mal das Ende wieder ein wenig sentimental geraten. Wobei … so ganz das Ende ist es noch gar nicht, und ich würde mich freuen, wenn Sie, nachdem Sie Ihre Tränen getrocknet haben, die folgende Danksagung lesen. Die Menschen, die darin erwähnt werden, hätten es verdient, weil Sie, liebe Leser, ohne deren tatkräftige Unterstützung das Schweinchen (so nenne ich wegen des Umschlagmotivs dieses Buch liebevoll) jetzt nicht in Händen halten könnten.

Beginnen möchte ich mit, tja … wie soll ich es schreiben? … mit meinem »Entdecker« Thomas Richter. Ohne ihn hätte ich vor bald drei Jahren sicher nicht einen so großen und renommierten Verlag für meinen Debütroman gefunden, und ich freue mich, dass er meine Entwicklung nach wie vor mit großem Interesse verfolgt.

Von Thomas schlage ich einen steilen Pass zu meiner zentralen Ansprechpartnerin für alle, wirklich alle Fragen, die die Zusammenarbeit mit Bastei Lübbe betreffen: meine wunderbare Lektorin Karin Schmidt, die mich als »Fast-noch-Neuling« sicher durch den nicht selten unwegsamen Dschungel des Schriftstellerdaseins führt. Karin betreut auch BestsellerautorInnen wie Eva Almstädt, was mich ehrlich gesagt fast ein bisschen stolz macht.

Hochdekoriert ist auch meine Sprachlektorin Christiane Geldmacher – neben vielen weiteren Auszeichnungen erhielt sie 2015 den Friedrich-Glauser-Preis des Syndikats für ihre

Kurzkriminalgeschichte »Fanpost«. Nun muss sie sich mit mir herumschlagen und sich unter anderem darum kümmern, dass meine geliebten »Wurmsätze« nicht noch länger werden als die von Franz Kafka. Danke für deine Geduld mit mir, Christiane ;-).

Nochmal schnell zurück zum Bastei-Lübbe-Verlag: Ganz herzlich möchte ich an dieser Stelle auch der Gestalterin des sensationellen Umschlagbilds danken. Ohne dich, liebe Christin Wilhelm, könnte ich das Schweinchen nicht Schweinchen nennen.

Zu großem Dank bin ich auch Gerhard Geisel verpflichtet. Wie sah das Lüdenscheider Stadtzentrum 1974 aus? Gab es damals schon den legendären Supermarkt »Zum bösen Wolf«? Seit wann sind die Telefonnummern in der Bergstadt fünfstellig? Es gab kaum eine Frage, die der Heimatforscher nicht beantworten konnte. Dank auch an Ulrich Nölling, der sich für mich in seine Jugendzeit zurückversetzt und mir verraten hat, wo in den Siebzigern in Lüdenscheid was los war.

Außerdem haben mich auch beim zweiten Kettling-&-Larisch-Roman die *Lüdenscheider Nachrichten* sensationell unterstützt. Nicht nur durch die tollen Artikel im Kulturteil, sondern auch mit der Bereitstellung des Verlagsarchivs. Und wenn ich dort nicht das fand, was mir vorschwebte, hatten die alten Recken unter den Redakteuren garantiert die passende Idee.

Wo wir gerade beim Thema Regionalpresse sind: Ein herzliches Dankeschön geht an Thomas Husmann. Der Redakteur der *Nordwest-Zeitung* konnte mir haarfein sagen, wo Theo Kettling und Lieselotte Larisch nach dem Besuch der Redaktion in Oldenburg essen gehen, wo der DAF geparkt wird und so weiter. Zugegeben – seine hellseherischen Fähigkeiten waren mir etwas unheimlich, aber sie haben mir sehr geholfen.

Dass Recherchen für einen eigentlich eher humorvollen Regionalkrimi nicht immer lustig sind, habe ich bei der Beschäftigung mit dem Bombenangriff auf die »Schnurre« erfahren, der sich tatsächlich am 28. März 1945 zugetragen hat. Die Schicksale der Opfer waren plötzlich greifbar, und Geschichte – das war damals mein Gefühl – ist oft nicht so weit entfernt, wie wir glauben. Bei den Nachforschungen sehr geholfen haben mir: Hans Langenbach vom Heimat- und Bürgerverein Rahmede, Dr. Christiane Todrowski, Leiterin des Kreisarchivs Märkischer Kreis, und ihr fleißiges Team sowie last, but not least Monika Biroth, Leiterin des Altenaer Stadtarchivs.

Immer, wenn es um allgemeine Geschichtsfragen ging, konnte ich auf die Hilfe von Dr. Bernd Plaum bauen. Als Historiker mit Herz und Seele hat er mich stets dann mit den richtigen Tipps versorgt, wenn ich mich im Rückblick auf vergangene Zeiten zu verstricken drohte.

Nachfolgend nun die weiteren fantastischen Helfer, ohne die das Schweinchen niemals das geworden wäre, was es ist – der lieben Ordnung halber in der Reihenfolge der Handlung.

Die Busverbindungen, die Theo Kettling im Jahr 1974 nutzt, stimmen auf die Minute genau. Steffen Künne, erster Vorsitzender des Vereins »Traditionsbus Mark-Sauerland« hat sie aus alten Kursbüchern herausgesucht und mich mit vielen weiteren Infos über den Personennahverkehr im Lüdenscheid der Siebziger versorgt.

Polaroid-Sofortbildkameras waren im Jahrzehnt der Prilblumen und Schlaghosen überaus beliebt, und eine SX-70 – oder genauer gesagt, deren Erzeugnisse – spielen im Schweinchen eine wichtige Rolle. Frank Feisel hat Sorge dafür getragen, dass mit Marianne Dierbuschs Fotoausrüstung alles korrekt ist.

»Das vergessene Mädchen« Ingrid Heimann ist mein Lieblingshandlungsstrang im Schweinchen. Ein solches vergessenes Mädchen gab es, wie ich von meiner Schulkameradin Diana Linden erfuhr, in unserer eigenen Grundschulklasse. Auch wenn sie das gar nicht vorhatte – Diana gab mir damit die zündende Idee.

In beinahe jedem Krimi spielen rechtliche Fragen eine Rolle. Dianas Tochter Tosja Linden schlaute mich als angehende Juristin gleichermaßen kompetent wie verständlich auf.

Autos sind im Schweinchen beinahe allgegenwärtig. »Classic Doc« Michael Wichmann hat sich darum gekümmert, dass sich beispielsweise keine Fahrzeuge in die Handlung gemogelt haben, die es damals noch gar nicht gab. Und er hat mir erklärt, was ich mit Heinz Plettenkämpers Porsche anstellen muss, damit es wie ein Unfall aussieht (nachmachen verboten!).

Bei dieser Gelegenheit möchte ich ein pauschales, aber sehr herzliches Dankeschön an die rührigen Mitglieder der vielen Oldtimerclubs im In- und Ausland senden (Greetings to Richard from DAF Owners Club UK), die mich hervorragend unterstützt haben.

Musik ist auch so etwas, das bei uns allen Erinnerungen an die Vergangenheit weckt. Mein musikalischer Berater Wolfgang Rehborn zog zur Zeit des Schweinchens mit seiner eigenen Rockband durch so ziemlich alle Musikkneipen im Rheinland und ist – nicht allein deshalb – ein ausgewiesener Experte.

Ihre ehrenamtliche Tätigkeit als Rotkreuzhelferin übt Lieselotte Larisch mit großer Gewissenhaftigkeit aus. Ralf Koch hat sich darum gekümmert, dass sie die richtigen Termine wahrnimmt.

Und jetzt mal wieder ein gaaanz besonders fettes Dankeschön: Guido Kettling (der heißt tatsächlich so, ist meines Wissens mit Theo aber weder verwandt noch verschwägert) hat das passende Jagdrevier für Rolf Menkhoff gefunden und mir allerhand Wissenswertes über die Jägerei vermittelt. So habe ich unter anderem erfahren, dass die Lodenkotze tatsächlich Lodenkotze heißt :-o.

Dass man medizinische Fachfragen problemlos auf einem Supermarktparkplatz erörtern kann, davon hat mich Dr. Rolf Klement überzeugt – vielen Dank dafür.

Weil ich nicht bei der Bundeswehr, sondern – wie meine Kameradin Lieselotte Larisch – beim Roten Kreuz »gedient« habe, ist mir die Handhabung von Feuerwaffen völlig fremd. Dementsprechend habe ich mich nicht in der Lage gesehen, Theo Kettling beim Scharfmachen des alten Wehrmachtskarabiners zu helfen; Ulrich Cronau hat das für mich übernommen. Die Rechnung für den zerstörten Fernseher geht dir separat zu, Ulrich.

Gab es in den siebziger Jahren schon eine Szene für die Restaurierung und Pflege historischer Motorräder? Ja, gab es – Frank Köster hat mich darüber aufgeklärt.

Bücher verkaufen sich nicht von allein. Und auch wenn der Verlag eine ganze Menge für die Bewerbung tut, steht man selbst ebenfalls in der Pflicht, die Bekanntheit des Romans und die dessen Autors durch ein möglichst breit angelegtes Eigenmarketing zu steigern. Alexander Tinter unterstützt mich dabei mit vielen tollen Ideen.

So, (fast) ganz zum Schluss nochmal einige nicht personalisierte Danksagungen. Zuerst an die Administratoren und Mitglieder der vielen Foren, bei denen ich schnell und unkompliziert Hilfe fand. Egal, ob Aufzüge (für die sich, wie ich mit großem Erstaunen feststellte, nicht nur Harry Hölscher interessiert), Hi-Fi oder sonstige Special-Interest-Gebiete – die

Enthusiasten waren allesamt superhilfsbereit und posteten die passende Antwort oft schon nach wenigen Minuten.

Jetzt aber wirklich der letzte Dank – und der kommt von ganzem Herzen: Ich bedanke mich bei Ihnen allen, liebe Leser, und insbesondere bei den vielen moralischen Unterstützern, den Anfeuerern und Mutmachern. Ich kann gar nicht beschreiben, wie viel es mir bedeutet, wenn – beispielsweise – Patrick fünfzehn (!) Bücher meines Erstlingsromans kauft und an seinen gesamten engeren Bekanntenkreis verschenkt. Wenn Tina und Nico die Wochen bis zum Erscheinen des neuen Romans herunterzählen. Und wenn Tanja fast immer die Erste ist, die neue Facebookbeiträge auf meiner Autorenseite likt (ich kann nichts dafür – diese Schreibweise wird von der Duden-Redaktion tatsächlich empfohlen).

Weil wir gerade beim Schenken waren, kann ich es mir nun doch nicht verkneifen, Ihnen noch folgende nette Begebenheit zu verraten: Wie ich aus ziemlich sicherer Quelle erfuhr, hat – nachdem mein Debüt »Lünsch-Mord« im Herbst 2016 erschienen ist – »Lünsches«, also Lüdenscheids, Bürgermeister das Buch gleich dreimal zu Weihnachten geschenkt bekommen. Viel Spaß damit ☺.

So, wo Sie nun schon bis hierhin durchgehalten haben, finden Sie doch bestimmt auch noch die Zeit, einen Blick auf meine Homepage www.michaelwagner-krimi.de zu werfen und sich idealerweise ins Gästebuch einzutragen. Neuigkeiten aller Art poste ich regelmäßig bei Facebook unter www.facebook.com/michaelwagner.krimi. Und natürlich freue ich mich über Feedback und Anregungen in meinem elektronischen Postfach info@michaelwagner-krimi.de.

PS: Während Sie das hier lesen, entsteht bereits der dritte Band der Kettling-&-Larisch-Reihe. Theo treibt sich (was macht er denn da?) in Oberbayern herum, und sein am Ende dieses Buches geäußerter Wunsch, von Kriminalfällen künftig verschont zu bleiben – so viel sei an dieser Stelle schon verraten –, wird nicht in Erfüllung gehen …